24小時神祕書店

MR. PENUMBRA'S

24-HOUR

BOOKSTORE

by

Robin Sloan

羅賓・史隆——著　謝靜雯——譯

獻給 Betty Ann 與 Jim

書店

1 徵人啟事

迷失在書架陰影裡的我，差點從梯子上跌下來。我正好爬到一半。書店的地板遠遠在下方，彷彿是我剛剛遠離的星球表面。書架的頂端巍然聳立，上頭黝暗無比——書本密密實實擠在一起，光線完全透不過去。那裡的空氣搞不好也比較稀薄。我想，我還看到了一隻蝙蝠。

我為了保住小命而牢牢抓緊，一手扣住梯子，另一手攀住架子前端，手指使勁壓到泛白，目光在指關節上方循線前進，細細搜尋書背——在那裡，看到了。就是我在找的那本書。

不過，讓我倒帶重頭說起吧。

我叫克雷．傑能，當時是我很少碰觸紙張的時期。

我會坐在廚房桌邊，開始掃視筆電上的徵人啟事。不過，看到瀏覽分頁閃啊閃的，我一分心就會跟著網頁連結，前往關於基因改造釀酒葡萄的長篇文章。文章實在太長，所以我先把它加進待讀清單。再來又跟著另一連結到某篇書評那裡。我會把書評也加進待讀清單，順便下載那本書的第一章——是吸血鬼警察系列的第三集。結果，徵人啟事整個被拋在腦後。我會撤退到客廳，把筆電架在肚皮上讀一整天。我有大把大把的空閒時間。

我失業了，原因在於二十一世紀初期飲食連鎖業急遽縮減規模，這個潮流橫掃美國，漢堡連鎖業面臨破產、壽司帝國吹熄燈號。

我丟掉的是在新貝果（NewBagel）公司總部的工作。它不是設在有製作貝果傳統的紐約或其他地點，而是在舊金山本地。這間公司很小又很新，是由兩位Google前任員工所創立。他倆攜手寫出軟體，藉以設計與烘烤出理想世界的貝果：表皮平滑酥脆、麵糰軟軟綿綿，以完美的圓形呈現。是我從藝術學校畢業之後的第一份工作，我以設計師的身分起步，製作行銷廣告來說明和推廣這種可口的環形食物：菜單、折價券、圖解、張貼在店家窗戶的海報，還有一次烘焙商展的整套攤位體驗。

有好多事情得做。首先，其中一位Google前任員工要我試試身手，重新設計公司的商標。原本的商標是淺棕色圓圈裡的活潑七彩大型字母；看起來滿像是用微軟小畫家做成的。我把它改成有稜有角的黑色襯線字型（serif），想藉由這種比較新的字型，多少傳達希伯來文字母那種形狀方正又尖利的感覺。這個商標替新貝果增添了不少分量，也替我從美國平面設計學會舊金山分會那裡贏得一個獎項。後來，我跟其中一位前Google員工提到我知道怎麼寫程式（算知道啦），結果她把網站交由我負責。於是我也把網站整個重新設計過。我在行銷預算不多的情況下，想辦法內建「貝果」、「早餐」和「拓樸學」（topology）這類的搜尋用詞。我也在Twitter上經營@NewBagel的帳號，用早餐小常識加數位折價券，吸引了幾百位粉絲。

雖然這些全都無法代表人類演化的新階段，可是我一直都能學到新東西。我正在進步。不過，經濟開始走下坡，原來在經濟不景氣的時期，大家想要的是表面起泡、形狀橢圓的傳統貝果，而不是平滑有如太空船的貝果，即使上頭撒有精確研磨的礦鹽也一樣。

兩位前任Google員工早已習慣成功，他們不肯默默退場。很快轉用「老耶路撒冷貝果公司」這個新商標來包裝，拋開演算法，開始出產略微焦黑、形狀不規則的貝果。他們對我下達指示，要讓「網站看起來有古早味」。這項任務為我的靈魂帶來負擔，也沒替我掙得什麼美國平面設計學會的獎項。行銷預算逐漸縮減，接著整個消失不見。越來越少事情可做。我既沒學到東西，也沒有任何進步。

最後，前Google員工承認失敗，一舉遷往哥斯大黎加。烤箱冷卻下來，網站漆黑一片。他們沒發遣散費，不過我可以保留公司發的MacBook筆電跟Twitter帳號。

所以，受雇還不到一年，我就失業了。原來縮減的不只是飲食連鎖業。人們住進了汽車旅館跟帳棚貧民窟。整體經濟環境頓時成了一場大風吹，我很確定自己得盡快搶把椅子，任何椅子都好。

當我考慮到競爭有多激烈之時，整個局勢實在令人沮喪不已。我有朋友像我一樣是設計師，可是早已設計出世界知名的網站，或是進階的觸控式螢幕介面，而不是某間新創業貝果店的商標。我有朋友在蘋果工作，而我的死黨尼爾自己經營公司。如果能在新貝果多待一年的時間，我的景況就會不錯，但我沒有足夠的時間來累積個人作品，也來不及專精任何東西。只有我在藝術學院寫的論文，主題是瑞士的字體排印學（1957-1983），還有三頁的網站。

可是，我鍥而不捨地看著徵人啟事。我的標準下滑得很快。一開始堅持只肯到我認同經營宗旨的公司做事。接著我想，只要能學點新東西的地方就可以。後來又認為，只要立意不惡的公司就好。而現在我正小心翼翼地重新描繪我個人對邪惡的定義。

最後，救了我一把的是紙張。我發現自己只有在遠離網路的時候，才能專心找工作。因此，我印出一大疊的徵人啟事，把手機丟進抽屜之後出門散步。我會沿路把要求太多工作經驗的廣告捏皺，丟進凹陷的綠色垃圾桶裡。等我走到筋疲力盡、跳上回程公車的時候，後褲袋裡就會有兩到三份前景看好的工作簡介，準備進行後續追蹤。

這個例行活動的確帶著我找到工作，只不過跟我原本預期的方式不同。

如果你有雙健腿，舊金山很適合散步。這座城市就像個迷你方塊，陡峭的山丘間歇出現，三面環水，放眼淨是讓人驚喜的縱深遠景。你走啊走的，手裡抓著一把印稿，埋頭忙著自己的事，突然地面會驟然下降，讓你可以直接看到海灣，而沿途的建築物會亮著橙色與粉紅幽光。舊金山的建築風格並未潛入這個國家的其他地區，即使早已習以為常，這種風格還是會帶來奇特的景致：高聳狹窄的房屋，窗戶好似眼睛與牙齒，上頭綴著有如結婚蛋糕的絲花裝飾。要是你面朝正確的方向，就會看到鏽紅色如幽影般的金門大橋，正聳立於那一切的後方。

我曾經隨著一個怪異的景致走下一道陡峭的階梯人行道，然後沿著水邊漫步，最後繞了遠路回家。我也曾順著老舊碼頭（小心繞過漁人碼頭上的喧囂人群），眼見海鮮餐廳逐漸退場，讓位給航海工程公司，再來是新成立的社群媒體公司。最後，當胃部咕嚕作響，表明該吃中飯時，我就轉身往城裡走。

不論何時走在舊金山的街道上，我都會留意櫥窗上的徵人告示——你通常不會做這種事，對吧？對於那種告示，也許我原本應該更有戒心的。合法的雇主會使用**克瑞格清單**[1]。

那家二十四小時書店當然沒有合法雇主的模樣：

徵人啟事

晚班

有特定要求

福利好

現在：我很確定「二十四小時書店」是某種拐彎抹角的說法。書店位於百老匯街，那裡就是個愛拐彎抹角的地區。我邊快走邊找工作，遠離住處；書店隔壁是個叫做Booty's的地方，招牌是反覆交叉又打開的霓虹雙腿。

我把玻璃門推開。上方傳來清亮的鈴鐺聲，我緩緩踏了進去。我當時並不明白，自己其實跨過了某個重要的門檻。

裡頭：想像正常書店倒向一側的形狀與體積。這個地方窄得荒謬，高得讓人昏頭，書架一路往上延伸——整整三層樓高（也許更高）的書本。我抬頭仰望（為什麼書店老是要逼你用脖子做出不舒服的動作？）書架平平順順地沒入陰影裡，暗示著可能會永遠延續下去。

書架上塞滿著書籍，讓我覺得自己彷彿站在森林的邊緣——而且還不是友善的加州森林，而是古老的川索維尼亞[2]森林，滿是野狼、巫婆跟揮舞匕首的土匪，全在月光撫照不到的暗處守候你。有扶梯緊緊攀住高聳的書架，可以左右滾動。那種景象通常看起滿迷人的，可是這裡的梯子往上延伸到一片幽暗裡，看起來很不祥。它們在黑暗裡低聲細訴關於意外的謠言。

所以我賴在店面的前半部，燦爛的正午陽光傾洩進來，讓野狼不得靠近。四周與門上的牆壁都是玻璃，厚厚的方形窗玻璃嵌在黑鐵格柵裡，上面有瘦高的金色字母以拱形的方式橫越玻璃，寫著（倒反的）：

普蘭伯的24小時神祕書店

拱形下方的空白裡有個符號——雙手攤平展開，從翻開的書本中升起。

所以，普蘭伯是誰？

「哈囉，嗨。」安靜的人聲從層層疊疊的書架那裡傳來。一個身形顯現——跟扶梯一般高挑細瘦，穿著淡灰扣領襯衫與藍色羊毛衫。走起路來搖搖晃晃，長手一路搭在書架上支撐自己。他從暗影裡走出來，他的羊毛衫跟藍色眼眸正好相配，那雙眼睛低低地窩在皺紋組成的巢穴裡。他已垂垂老矣。

他對我點點頭，無力地揮揮手。「你想在這些書架裡尋覓什麼？」

---

1 Craiglist是線上社群，提供免費線上分類廣告、求職、拍賣等服務。

2 Transylvania傳說是吸血鬼的故鄉。

這句話還真不賴，莫名地反倒讓我自在起來。我問，「您就是普蘭伯嗎？」

「我是普蘭伯沒錯——」他點點頭——「這地方由我管理。」

話一脫口而出，我才意識到自己打算這麼說。「我在找工作。」

普蘭伯眨一次眼，點點頭之後搖搖擺擺走到前門旁邊的辦公桌。那是一個深色螺旋紋的巨大木塊，彷如森林邊緣的堅實碉堡。要是書架群起合力圍攻，搞不好還可以靠木塊抵禦好幾天。

「想找工作是吧。」普蘭伯再次點頭，順勢滑入辦公桌後面的椅子裡，越過這個龐然大物瞅著我看。「你在書店工作過嗎？」

「唔，」我說，「我唸書的時候，在海鮮餐廳當過服務生，餐廳主人就賣自己寫的食譜。」那本書叫《祕密鱈魚》，裡面詳述了三十一種不同的烹調方式——你懂的。「那可能不算數吧。」

「不算，是不算，但也不要緊，」普蘭伯說，「即使有圖書業的經歷，在這裡也不大用得上。」

等等——搞不好這個地方真的是搞色情的。我往下一瞥，東張西望，可是沒看到撕開或別種狀態的緊身馬甲。事實上，我旁邊的矮桌上就擺了一疊蒙上灰塵的達許・漢密特（Dashiell Hammett）[3]。好徵兆。

「跟我說說看，」普蘭伯說，「你愛的一本書。」

我立刻就知道自己的答案。其他什麼都比不上。我跟他說，「普蘭伯，我愛的不是一本書，是一系列。雖然文筆不是最頂尖的，篇幅可能太長，結局也滿糟糕的，可是我前後讀過三次。我會認識我的死黨，就是因為我們在六年級的時候超迷這套書。」我吸口氣。「我愛《龍歌三部曲》。」

普蘭伯挑起一邊眉毛，然後露出笑容。「好，非常好。」他說，接著笑容越發燦爛，露出了一口密擠的白牙。然後他瞇眼看著我，視線上下遊走。「可是你會爬梯子嗎？」

於是轉眼間我就站在梯子上，高聳於二十四小時神祕書店的三樓，只是少了隔開樓層的地板。我被派上去拿的書叫**阿爾．阿斯馬立之書**，在我左側約莫一隻手臂的距離，一百五十度。看來我必須回到地面，把梯子推過去再拿。可是，普蘭伯在下面放聲高喊，「身體探過去，小子！探過去啊！」

哇，我超想要這份工作的。

3 被稱為開創「冷硬派」推理小說和短篇小說的美國作家。

2 外套鈕釦

所以，那是一個月以前的事了。現在我是普蘭伯店裡的大夜班店員，像隻猴子似地在梯子爬上爬下。那可是有一套技巧的。你先把梯子滾到定位，鎖住輪子之後屈起膝蓋，直接跳到第三或第四階。接著用雙臂拉著自己，維持自己往前行進的動力，眨眼間就爬到了空中的五英呎。一面攀爬的時候，目光千萬要平視，不要仰望也不要俯瞰。眼睛要一直聚焦在臉龐前方的一英吋處，看著五顏六色的書背紛紛模糊飄過。邊爬邊在腦海裡數算梯階。最後，當爬到了正確的階層，就伸手去拿目標書籍……哎，當然要探身去拿啊。

作為專業能力來說，這個可能不像網頁設計那樣炙手可熱，不過可能還更有趣就是了。身處這個階段的我只要有工作，來者不拒。

我只希望能多多使用這個新技巧就是了。二十四小時神祕書店不是因為顧客人數過多而日夜不打烊。事實上是幾乎沒有客人，有時候我覺得自己比較像是夜班警衛而不是店員。

二十四小時神祕書店賣的是二手書，但書況一律都很完美，幾乎可以當成新的。他在白天負責採買（只能賣書給名字印在窗戶上的這個男人），而他一定是個很難纏的客戶。他似乎不太在意暢銷書排行榜，庫存的內容範圍廣泛。我想，這些書除了展露他的個人品味之外，看不出有任何模式或目的。所以，這裡找不到少年巫師或吸血鬼警察。滿可惜的，因為這裡正是那種店，在那種店裡你會想買本關於少年巫師的書。會讓你想當個少年巫師。

我跟朋友們講過普蘭伯的店，其中幾位曾經順道過來瞧瞧書架，眼看著我爬進灰塵漫布的高處。我通常會哄誘他們掏錢買東西：史坦貝克（Steinbeck）的小說、波赫士（Borges）的幾本故事書、一本厚重的托爾金（Tolkien）全集——那些作者顯然就在普蘭伯的興趣範圍裡，因為他這裡收錄每一位的完整作品。我最少也會叫朋友買張明信片再走。那種明信片在櫃檯有好大一疊，用筆墨描繪了這家店的正面——那種細線設計好老派，但因為太不酷，反而又酷了起來——二十四小時神祕書店每張賣一塊錢美金。

可是，每幾個小時才一塊美金的進帳，哪付得起我的薪水啊。其實我還真想不通自己的薪水是打哪來的。我也納悶著，這家店到底是靠什麼營運下去的。

到現在，有個客人是我見過兩次的，我很確定她就在隔壁的Booty's工作。我之所以能確定，是因為這兩次她的眼睛都塗了像浣熊般的濃濃睫毛膏，渾身散發著菸味。她有個明亮的笑容，頭髮是塵灰般的金棕色。我看不出她幾歲——可能是強悍的二十三歲或是精彩的三十一歲——我不曉得她叫什麼，但知道她喜歡看傳記。

她頭一次來店裡的時候，緩緩地繞著圓圈，瀏覽著前側的書櫃。她拖著腳步，心不在焉地伸展身軀，接著便走到了櫃檯。「你有賈伯斯的那本嗎？」她問。她在粉紅無袖背心跟牛仔褲上套了件鬆鼓鼓的北臉（North Face）夾克，講話的腔調帶點鼻音。

我皺皺眉說，「可能沒有耶。不過，先查一下好了。」

二十四小時神祕書店有個資料庫，在破舊的米白色Mac Plus上面運作。我把創造這部電腦的那個人的名字輸進鍵盤，Mac電腦發出了低聲嗡嗚——表示成功的聲響。她走運了。

我們偏著腦袋掃視**傳記區**，找到了：就這麼一本，跟全新一樣閃閃發亮。也許是某個其實不太愛看書的科技主管爸爸收到的耶誕節禮物。也許那個科技老爹想直接在Kindle電子書閱讀器上讀也說不定。不管怎樣，有人來這裡賣了這本書，通過了普蘭伯的審核關卡。真是奇蹟。

「他好帥喔。」北臉女說，伸直手臂拿著書。賈伯斯從白色封面往外窺看，手撐著下巴，戴著跟普蘭伯有點相似的渾圓眼鏡。

一週之後，她蹦蹦跳跳地走進前門，露齒笑著，默默合拍雙手——讓她看起來更像二十三而不是三十一歲。接著她說「噢，那本書好好看！現在，聽著——」說到這裡她嚴肅起來「——那個作者還寫過一本愛因斯坦的書。」她舉起手機，顯示亞馬遜網路書店的商品頁面，是華特・艾薩克森寫的愛因斯坦傳記。「是我在網路上看到的，不過我想說，也許可以在這裡買到？」

我們先說清楚：這真是不可思議，這正是書商的夢想啊。這裡有位脫衣舞孃站在歷史的對面喊著，**停！**——然後我們滿懷希望地偏著腦袋，卻發現二十四小時神祕書店的傳記區沒有《愛因斯坦：他的人生與他的宇宙》這本書。關於理查・費曼（Richard Feyman）[4]足足有五本不同的書，但亞伯特・愛因斯坦的書卻一本都沒有。普蘭伯在此透露了自己的觀點。

「真的嗎？」北臉女噘起嘴。「哎唷。好吧，我想我還是上網去買吧。謝了。」她晃到店門外頭的夜色裡，到目前為止還沒回來過。

坦白說，如果我必須根據舒適度、輕鬆度跟滿意度，替購書經驗做個排行，清單就會像這樣：

1.完美的獨立書店，像是柏克萊的比馬龍書店（Pygmalion）。

2.寬敞明亮的邦諾連鎖書店，我知道他們是個企業，不過，面對現實吧——那些店面真的很不錯。尤其是有大張沙發的那些。

3.沃爾瑪超市的書櫃。（就坐落在培養土隔壁。）

4.在太平洋海面下方深處的核能潛水艇「U.S.S.西維吉尼亞號戰艦」的借閱圖書館。

5.普蘭伯的二十四小時神祕書店。

所以我上工後不久，就開始計畫扭轉劣勢。不，我對書店管理一竅不通。不，我掌握不到脫衣舞俱樂部打烊之後的購物人潮脈動。不，我以前不曾扭轉任何劣勢過，除非把這個算進去：我辦過一場二十四小時埃洛・弗林（Errol Flynn）電影欣賞馬拉松，讓羅德島設計學校的西洋劍俱樂部免於破產。可是，我知道有些事情是普蘭伯明顯做錯的——也就是他完全沒做的事。

像是行銷。

我有個計畫：首先，我會用一些小成功來證明自己，然後討點預算來放些平面廣告、在櫥窗裡擺上幾張告示，搞不好擴大規模，再到馬路上的公車候車亭掛張布條：**等公車嗎？過來跟**

---

4 美國物理學家。1965年諾貝爾物理獎得主。

我們一起等吧！然後，我可以把公車時刻表留在筆電的螢幕上，這樣就能在下一班公車出現以前的五分鐘，預先提醒客人。這樣會很棒。

可是，我必須從小處開始著手。我趁著沒有客人讓我分心，埋頭工作。首先，我連線到隔壁未受保護的無線網路，名稱叫做Bootynet。接著，到當地的愛評網站上，針對這個不為人知的寶地，分別貼了幾篇文情並茂的分享文章。然後又寄了充滿善意的電子郵件給當地的部落客，還附上「眨眨眼」的表情符號。再來，成立一個僅有一位成員的臉書群組。我報名參加Google的超定位（hyper-targeted）在地廣告活動——跟我們在新貝果用的一樣——讓你可以用精準到荒謬的程度，來指認出你的獵物。我從Google的長長清單裡一個個挑選特徵：

- 住在舊金山
- 對書有興趣
- 夜貓子
- 身上會帶現金
- 不會對灰塵過敏
- 會看韋斯・安德森（Wes Anderdon）拍的電影
- 最近運用GPS的查詢結果，要距離這裡十個街區以內

我只有十美金的預算可以花在這上面，所以要講得很具體。

那是需求面，還有供應面需要考慮。保守的說法是，二十四小時神祕書店的供貨變化無

常——但那只是故事的片面。我已經學到，二十四小時神祕書店其實是兩店併成一店。

這裡有個多少還算正常的書店，就是表面的這一個，緊緊擠在櫃檯周圍，標明了**歷史、傳記跟詩詞**的矮櫃。有亞里斯多德的《尼各馬科倫理學》跟崔佛南（Trevanian）的《裸殺》。而這間多少算是正常的書店存貨卻品質不一、讓人挫折：不過，庫存的內容至少都是你在圖書館或網路上可以找到的書籍。

另一間書店的書架則在後頭，最重要的是，在高高書架上架有扶梯。就Google來說，高架擺放的書冊並不存在。相信我，我搜尋過了。這些書有很多模樣都很古老——皸裂的皮革、金箔的書名——不過，有的也是用鮮豔硬質的書皮新近裝訂而成。所以並不是全都是古書，只是都很……獨特而已。

我把這裡想成**後區書單**。

我最初開始在這裡工作的時候，還以為它們只是小間出版社推出的書。是的，就是不喜歡留下數位紀錄的艾米許式[5]小型出版社。我原本認為，不然或許是自費出版的作品——一整批手工裝幀的單版書籍，永遠沒機會到國會圖書館或其他地方去。也許神祕書店是某種孤兒院。

可是現在，當了一個月的店員之後，我開始覺得實情更加複雜。情況是這樣的：這裡有第二家書店，也有第二批顧客——這小群人好似怪月亮一樣繞著書店轉動。他們跟北臉女完全不

5 Amish是美國和加拿大安大略省的一群基督新教再洗禮派門諾會信徒，拒絕汽車及電力等現代設施，過著自給自足的簡樸農耕生活。

同，年紀較大，按照演算法似的規律性抵達，從來不在店內閒逛。來的時候十分清醒、態度穩健，渾身傳達著需求的振動。比方說：

門上的鈴鐺會叮叮響起，響聲結束以前，廷多爾先生就會氣喘吁吁喊道，「**金斯雷克之書**！我要找**金斯雷克之書**！」他的雙手會離開腦袋（難道他剛剛真的把雙手貼在頭上跑過街嗎？），然後使勁往櫃檯猛拍。他會重複說一遍，語氣彷彿在說，剛剛都說你襯衫著火了，幹嘛不快點急救啊。

「**金斯雷克之書**！快啊！」

Mac Plus上的資料庫涵蓋了一般書籍與後區書單。後區書單並未根據書名或主題（它們有主題嗎？）來分類上架，所以有電腦輔助是很重要的。我會輸入**金**－**斯**－**雷**－**克**，然後Mac就會慢條斯理地攪動──廷多爾先生會踮著腳跟彈跳不停──接著電腦就會發出嗚響，顯示含義模糊的回覆。不是**傳記**、**歷史**、**科幻小說**或**奇幻**，而是：3－13。指的就是後區書單，第三條走道的第十三層書架，大概離地十英呎。

「噢，真是感謝，謝謝你，是的，真是感謝。」廷多爾會這麼說，欣喜若狂。「這邊是我的書──」他會從某處（可能是褲子吧）撈出一大本書，就是他要歸還的那本，用來交換**金斯雷克之書**。「我的借書卡在這裡。」他會把一張樣式講究的護貝卡片滑過桌面，上頭標有裝飾著店面櫥窗的符號。卡片上會有一串冗長且隱密的編碼，用力地印進了厚重的紙張裡，是我該登記下來的。一如既往，廷多爾會是6WNJHY這個幸運號碼。而我會連續打錯兩次。

等我在梯子上完成猴子任務，就會把**金斯雷克**這本書包進牛皮紙裡。我會想辦法閒聊一下，「今天晚上過得怎樣，廷多爾先生？」

「噢，很好，現在比較好了。」他會發出氣音，抖著雙手接下包裹。「是有進展，慢歸慢，但是步調穩健，當然了！Festina Lente[6]，謝謝你，謝謝你！」接著鈴鐺又會叮叮響起，他匆匆退回街上。那會是凌晨三點。

這是讀書會嗎？他們是怎麼加入會員的？要付錢嗎？

等廷多爾、拉賓或費多洛夫離開，只剩我獨坐在此的時候，我就會自問這些事情。廷多爾可能是裡頭最怪的一個，可是他們都很古怪：全都頭髮半白、態度專心致志，似乎是從其他時代或空間被運送過來的人。他們不用iPhone。說真的，除了那些書之外，他們也絕口不提時事、流行文化或任何事情。我確實把他們當成一個讀書會來看，雖然沒有他們認識彼此的證據。每個人都獨自來到店裡，除了迫不及待想到手的東西之外，對於其他事情一概隻字不提。

我不曉得那些書的內容——不去知道，正是我職務的一部分。回顧一下我獲得錄用的那天，經過爬梯試煉之後，普蘭伯站在櫃檯後面，用晶亮的藍眸瞅著我說：

「這份工作有三項要求，每項都很嚴格。不要輕言答應。前後將近一世紀的時間，這家店的店員向來遵守這些規定，所以我現在絕對不允許有人打破。（一）「晚上十點到凌晨六點，你一定要在這裡。絕對不能遲到，也不能早退。」（二）「你不能瀏覽、閱讀或檢視高架上的

6 拉丁文，「欲速則不達」的意思。

書。只能幫忙會員取書。就這樣。」

我知道你在想什麼：在這裡獨自度過幾十個晚上，你竟然連一本都沒翻開過？是的，我就是沒有。就我所知，普蘭伯在某個地方架了攝影機。要是我偷看被他逮到，我會丟掉飯碗。我的朋友們在職場上像蒼蠅一樣大批陣亡；整個產業、國家的某些部分都漸漸停擺。我不想住在帳棚裡。我需要這份工作。

況且，第三項規定彌補了第二項。

「所有的交易行為，你一定要保持精準的記錄。時間。顧客的模樣。他的心理狀態。他索書的方式。他接下書的方式。他外表有沒有受傷的樣子。帽子上是不是別了一支迷迭香等等的。」

我猜，在正常的情況下，這種工作要求會讓人直起雞皮疙瘩。但在實際的狀況裡——半夜把怪書出借給更怪的學者——卻有種相得益彰的感覺。所以，我的時間不是花在盯著嚴禁翻閱的書架，而是投注在描述顧客的模樣上。

我上工的頭一晚，普蘭伯把櫃檯裡的矮櫃指給我看，那裡排著一組超大本的皮裝巨冊，除了書背上的鮮豔羅馬數字之外，模樣全部相同。「這是我們的工作日誌，」他說，一面用手指拂過整排東西，「將近一個世紀以前開始記錄的。」他抬起最右邊的那本，放在桌上，笨重地發出砰轟一聲。「現在換你幫忙記錄了。」工作日誌的封面上深深壓印著**NARRATIO**[7]跟一個符號——就是前側櫥窗上的那個符號：開展如書的雙手。

「打開吧。」普蘭伯說。

裡面，寬闊的頁面是灰色的，覆滿暗色筆跡。也有速寫圖案：鬍鬚男的小小肖像縮圖，線條緊密的幾何塗鴉。普蘭伯使勁翻開紙頁，在大約半本那裡找到了用象牙書籤標示的地方，字跡就在那裡結束。「你要把姓名、時間跟書名記下來。」他邊說邊拍著紙頁。「可是，我說過，也要把舉止跟外表記下來。為了追蹤他們努力的狀況，我們不僅替每位會員做記錄，也為將來可能成為會員的每位顧客做紀錄。」他頓了頓，接著補充。「他們有些人真的非常努力。」

「他們在努力什麼？」

「你這小子！」他抬起眉毛說。彷彿沒有更明顯的事了，「他們在努力看書啊！」

所以，在標有**NARRATIO**編號第九的書頁上，我卯盡全力把當班期間所發生的事情，做出清晰準確的記錄，只有偶爾會添加點文學巧思。所以我想你可以說第二項規則沒那麼絕對。因為在普蘭伯的書店裡，有本書是我可以碰的，也就是我正在寫的這本。

早上見到普蘭伯時，如果之前有顧客來過，他就會問問我當時的狀況。我就會唸點日誌裡的內容給他聽，他會對我的紀錄方式點頭贊同。但他還會進一步追問。「你對廷多爾先生的描寫是還不錯，」他會說，「可是告訴我，你記得他外套釦子是用珍珠母貝做的？還是牛角呢？或者是某種金屬？會不會是銅製品？」

嗯，好吧：普蘭伯保留這種檔案的確滿奇怪的。我想像不出目的何在，連個邪惡的用途都想不出來。可是當人們過了某個年紀，你就不會去問他們幹嘛做某些事情。這感覺滿危險的。

7 敘述之意。

萬一你說，**呃，普蘭伯，你為什麼想知道廷多爾先生外套釦子的事？**結果他會頓了頓，搔搔下巴，陷入一陣不自在的沉默——然後我們兩人這才意識到：他就是不記得了。

萬一他當場炒我魷魚呢？

普蘭伯不喜歡透露自己的想法，但是傳達了清楚的訊息：做好你的工作，不要問問題。我朋友艾倫上星期才被裁員，現在搬回沙加緬度當啃老族了。在當前的經濟環境裡，我寧可別去測試普蘭伯的極限。我需要這把大風吹的「椅子」。

還有，廷多爾先生的外套釦子是玉做的。

3 大都會

為了讓二十四小時神祕書店保持日夜營運，店長跟兩位店員把太陽的循環分成三等分，我分到的是最暗的那個區塊。普蘭伯分到的是早晨——我想你可以把那段時間叫做「黃金時段」，只是這家店並沒有所謂的黃金時段。我是說，單是有個客人就是大事了，而單一的客人可能在午夜光臨，也可能在正午光顧。

所以我把書店交棒給普蘭伯，不過，是從奧利佛．果恩那裡接手，他就是負責下午到晚上時段的安靜靈魂。

奧利佛高大精實，四肢粗壯、雙腳巨大。他滿頭銅色鬈髮，突出的耳朵跟腦袋呈垂直角度。要是在前世或來生，他可能是個足球選手、賽艇隊員，或是專門在隔壁俱樂部擋住低級男士的保鏢。但這輩子，奧利佛是柏克萊大學的研究生，研讀的是考古學。奧利佛受訓要成為博物館研究員。

他很靜——就那種體型來說太文靜了。他說話都用簡單短句，老是一副在想其他事情的模樣，某種久遠以及（或）遙遠的事情。奧利佛做著關於古希臘愛奧尼亞式柱子的白日夢。

他擁有非常專精的知識。有天晚上，我從普蘭伯小小的**歷史**書區底部抓了本叫《關於傳奇》的書來考他。我用手把標題蓋住，只讓他看圖片：

「米諾斯公牛圖騰，西元前十八世紀。」他喊道。答對了。

「低育茲的大酒瓶，西元前四百五十年，也許是五百年。」沒錯。

「屋頂瓦片，西元六百年。一定是韓國的。」也對了。

小考結束時，奧利佛十題全都答對。我很確定他的腦袋是用不同的時間規模在運作的。我連自己昨天中午吃什麼都快不記得了；奧利佛卻信手拈來就是西元前一千年發生了什麼事，還有當時的景象。

這點讓我嫉妒起來。現在，我跟奧利佛・果恩是同事：我們做同樣的工作，坐在同一張椅子上。可是不久之後，他很快就會往前邁出一大步，從我身邊加速離開。他會在現實世界裡找到立足之地，因為他有專長——除了在寂寞書店裡爬梯子之外的能力。

我每晚十點現身，在櫃檯後面找到奧利佛。他老是在啃書，讀的書總是像《照顧與餵養陶瓦》或《前哥倫布時代的美洲箭頭地圖》這類的書名。每晚，我都會用手指敲敲暗色木頭。「嘿，克雷。」每晚我跟他換班的時候，我們會像士兵一樣點頭道別——就像對彼此處境有獨到見解的男人。

我值完班以後，已經是早上六點，要在那個時間到世界上遊蕩還挺尷尬的。一般我都是回家讀東西或是打電動。我會說這是為了從工作的緊繃狀態放鬆下來。只是在神祕書店值夜班，其實沒什麼好緊繃的。所以我只是在打發時間，等室友們起床碰個面。

馬修（馬特）·米托布蘭是我們的駐屋藝術家。他跟欄杆一樣纖瘦，皮膚蒼白，生活作息怪異——比我還怪，因為更難預測。很多次早上我都不必等馬特起床，因為我回到家就發現他整晚熬夜在忙自己最新的案子。

白天的時候（多少算是白天），馬特替普西迪的**工業燈光與魔術公司**（ＩＬＭ）製造特效，替電影製作道具跟場景。有人付錢讓他設計、打造雷射步槍跟鬧鬼的城堡。可是，他不用電腦——我覺得這點很讓人折服。馬特屬於那群日趨稀少的視覺效果藝術家，還在用刀子跟膠水來製作道具。

馬特不在ＩＬＭ的時候，就是在製作私人的案子。他用瘋狂的密集度來工作，投注一小時又一小時的時間，就像把乾枯細枝添進火堆裡，將時間完全耗光與燃燒殆盡。他睡得很淺也很少，常常直挺挺地坐在椅子上，或是像法老王一樣躺在沙發上。他就像故事書裡的妖精、小精靈什麼的，只是他的元素不是空氣或水，而是想像力。

馬特最新的計畫是他經手過規模最大的，再過不久，就不會有空間可以容納我或沙發了。馬特的最新計畫即將佔領客廳。

他叫它**大都會**，是用箱子、罐子、紙張跟泡棉做出來的。是沒有鐵路的鐵路模型。底下的地勢是陡然起伏的山丘，是用金屬絲網把防碰撞保麗龍小球固定住而做成的。原本只佔一張牌桌，現在馬特又添進兩張牌桌，兩張的高度略有差異，就像地質板塊一樣。而橫越這片桌面地域的，是座迷你小城。

這是個縮小比例的夢境場景，用日常熟悉的物品碎片所構築出來，鮮豔閃亮的超城市。有用平滑錫箔紙做出來的蓋瑞[8]式曲線建築、用乾通心粉做出來的哥德式尖塔跟雉堞，還有用綠玻璃碎片做成的帝國大廈。

牌桌後面的牆壁上貼著馬特的參考照片：是博物館、大教堂、辦公高樓跟連排屋的影像輸出圖。有些是天際線的快照，可是更多是特寫：近鏡頭拍的建築立面跟紋理，都是馬特親手拍攝的。他常常站著，揉搓下巴盯著它們直看，消化沙粒跟閃光的質地，再用個人特製的樂高，將影像分解之後加以重組。馬特運用日常素材的技巧如此高超，原始的素材逐漸消隱，到最後眼裡只有它們變成迷你小塔的模樣。

沙發上有個黑色塑膠無線遙控器；我撿起來按下一個鈕。玩具大小的銀色飛艇本來在門口通道打盹，現在發出嗡鳴，活了起來，朝著**大都會**移去。在馬特的操控下，它可以停在帝國大廈的屋頂，但我只能讓它咚咚撞上窗戶。

大都會過去的走廊那端是我的臥房。這裡有三個房間分別給三位室友。我那間最小，只是個小小白色方塊，天花板有愛德華時期的細絲裝飾。到目前為止，馬特的房間是最大的，可是有穿堂風——位在上頭的閣樓，陡峭狹窄的樓梯頂端。第三間房間在大小與舒適度之間取得了平衡，屬於我們的第三位室友——艾許莉．亞當斯。她目前正在睡覺，可是再不久就會起來。艾許莉每天早晨準時六點四十五分起床。

艾許莉是個正妹。可能長得太正了——過度亮眼、線條簡潔，就像3D模型。她一頭金色直髮，俐落地剪到肩膀上方。手臂因為每兩週就去攀岩而色調健美。她的皮膚永遠透著小麥色。艾許莉在公關公司擔任行銷企劃，曾經出任新貝果的公關，我們當初就是這麼認識的。她喜歡我設計的商標。起初我以為自己在暗戀她，可是後來我意識到她根本是個機器芭比。

我沒有負面的意思喔！我是說，當我們把機器人摸透之後，實在太棒了，對吧？聰明、強壯、有組織力、體貼。那些特質艾許莉全都有。她是我們的金主：這間公寓是她的。她在這裡住了好多年，我們的低廉租金表示她在這裡租了很久。

我呢，就很歡迎我們的領主——機器芭比。

我在這裡住了約九個月之後，我們當時的室友凡妮莎就搬到加拿大去攻讀生態商管碩士，找馬特來頂替她的是我。他是我藝術學院校友的朋友。我在一間白牆小畫廊裡看過他的個展，是在酒瓶跟燈泡裡打造出迷你街坊。我們在找室友的時候，他湊巧也在找房子；能跟藝術家同住一屋，讓我興奮不已，可是我懷疑艾許莉不會喜歡。

馬特當初來訪的時候，穿著合身的藍色休閒外套，配著折痕硬挺的長褲。我們坐在客廳裡（當時由液晶電視佔據，想也想不到後來有「桌上型城市」這種東西），他跟我們說起他目前在ＩＬＭ的任務：設計與打造有藍色斜紋布皮膚的嗜血惡魔。給背景設在Ａ＆Ｆ服飾店裡的恐怖片用的。

「我正在學縫紉。」他解釋。然後他指著艾許莉的一邊袖口。「這就車得很不錯。」

稍晚，等馬特離開之後，艾許莉跟我說她滿欣賞馬特的「酷」。「所以，如果你覺得他適

---

8 指的是加裔美籍建築師 Frank Gehry。

合，那我也可以接受。」她說。

所以這就是我們和諧同住的關鍵：馬特跟艾許莉雖然各有目標，可是他們都非常講究細節。對馬特來說，是小小地下鐵站的迷你塗鴉花飾字型。對艾許莉來說，是能跟兩件式針織衫搭配的內衣。

可是，隨著馬特開始他的第一個案子，真正的試煉也早早到來。事發地點就在廚房。廚房，是艾許莉的聖地。我在廚房裡活動時，總是如履薄冰；我準備的餐點都是容易清理乾淨的，像是麵食跟家樂氏的果漿土司餅乾。我不會去用她的時尚刨刀，或是複雜的壓蒜器。我知道怎麼開關瓦斯爐，可是不曉得怎麼啟動烤箱的對流室，我懷疑要用上兩把鑰匙才行，就像核子飛彈的啟動機制那樣。

艾許莉很愛廚房。她對吃很講究，是個享樂主義者。週末期間，穿著色彩調和的圍裙，髮絲在腦袋上紮成金色的髻，烹煮著噴香的義式燉飯。這是她最閃閃動人，也是最像完美機器芭比的時候。

馬特可以在上面的閣樓，或是有些雜亂的小小後院完成第一個案子。可是，不，他偏偏選了廚房。

這件事發生在我失業的**後新貝果**時代，所以我在現場目睹了整個過程。事實上，艾許莉出現的時候，我還正靠得很近，細看馬特的手工藝。當時她剛下班回家，依然穿著J. Crew牌的碳色配米色服裝。她倒抽一口氣。

馬特在爐子上放了一只Pyrex牌的耐熱玻璃大鍋，裡面裝了油跟染料的混合物，正緩緩攪動。沉甸甸、黏性很強，熱氣從下面緩緩傳來，接著就以慢動作捲曲綻放。廚房燈光全熄滅了，馬特在大鍋後面架起明亮的弧光燈；燈具大放光明，拋出紅與紫的暗影，在室內裝潢的花崗岩跟洞岩上旋轉挪移。

我打直身子站起來，默默無語。我上次這樣被逮到是在九歲的時候，我放學後在廚房桌子上用醋跟發粉製作火山。我媽當時穿的長褲就跟艾許莉一樣。

馬特的視線慢慢升起。他把袖口捲到手肘那裡，暗色皮鞋在陰暗中發亮，沾滿油的指尖也亮著。

「這是在模擬馬頭星雲。」他說。顯而易見。

艾許莉一語不發地瞪著，嘴巴稍稍打開。鑰匙懸在她的手指上晃著，在送往小小掛釘歸宿的半空中嘎然停住，那就在雜物清單的上方。

馬特那時才跟我們住了三天。

艾許莉往前踏出兩步、傾身，就跟我之前一樣，然後凝望那片宇宙般的深處。一團番紅花色的東西往上推擠，正要穿過一層翻攪不止的綠與金。

「要命，馬特，」她用氣音說，「好美啊。」

於是，馬特那鍋像天體物理般的燉物，繼續細火慢煮，而他的其他案子也陸續進行，規模越來越大，越來越雜亂跟佔據空間。艾許莉對他的進度一直頗有興趣；她會晃進房間，單手搭在一邊臀部上，皺起鼻子，信手拈來就是建設性的評語。電視還是她自己挪開的呢。

這就是馬特的祕密武器，也是他的通關護照和免死金牌——因為馬特做得出很美麗的東西。

所以我當然跟馬特說，他應該來書店走走。今晚兩點半他真的來了。門上的鈴鐺叮叮響起，宣布他的到來，他還沒開口就把脖子往後一彎，視線跟著書架往上進入暗影幢幢的區域。他轉向我，用套著格子花呢夾克的手臂直指著天花板說，「我想到上面去。」

我在這裡才工作一個月，還不太有信心搗蛋，可是馬特的好奇心很有感染力。他直接走到後區書單那裡，站在書架之間湊了過去，檢視木頭的紋理跟書背的質地。

我退讓了。「好吧，可是你要抓緊喔。什麼書都別碰。」

「別碰？」他說，一面測試梯子的強度，「萬一我想買一本呢？」

「那些你都不能買——是出借用的。你必須是讀書會的會員。」

「是珍本書？還是首刷版？」他動作很快，已經到了半空。

「比較像是已絕版。」我說。這邊沒有國際標準書號。

「都寫些什麼？」他說，聲音從上頭傳了下來。

「我不知道。」我靜靜地說。

「什麼？」

我這次說得大聲點，也才意識到自己聽起來有多遜。「我不知道。」

「一本也沒拿來翻過？」他在梯子上頓住，往下俯瞰我，一臉不可置信。

現在，我緊張起來了。我知道這場對話會怎麼發展下去。

「你是說真的，從來都沒有？」他往書架伸手。

我考慮搖梯子來表示自己的不爽，可是比馬特拿書來看還棘手的問題是：他可能會摔個狗吃屎。就是有這個可能。他現在手裡就拿著一本，是厚重的黑皮巨書，一副不小心就會害他失去平衡的樣子。他在梯子上搖搖晃晃，我咬緊牙關。

「嘿，馬特，」我的語調突然拔高，發出哀鳴似的聲音，「你幹嘛不放——」

「不可思議。」

「你應該——」

「真的好不可思議。克雷。這你從來都沒看過？」他把書本緊抱在胸前，往下走一步。

「等等！」不知為何，我覺得讓書靠近它的歸屬之處，犯罪的感覺比較沒那麼強烈。「我上來好了。」我將另一把梯子拉到他的梯子對面，跳上橫階。不一會兒就跟馬特同高，兩人在三十英呎的高空悄聲進行了一場會議。

真相當然是我自己也好奇得不得了。馬特把我搞得很煩，可是我也很感激他負責扮演我肩上的惡魔角色。他把厚重的書平衡在自己的胸膛上，朝我的方向偏來。上頭烏漆抹黑，我必須貼得很近，才能把書看清楚。

廷多爾跟其他人竟然為了這玩意在半夜跑來？

「我本來還希望會是暗黑儀式的百科全書呢。」馬特說。

攤開的兩頁顯示由字母組成的紮實矩陣，鋪成滿滿一片的圖像，幾乎沒有留下一絲白色空隙。這些字母又大又粗，用尖銳的襯線字型重重印進紙張。我認得那個字母系統——是羅馬字母，也就是正常的字母——但不是文字。其實呢，根本沒有真正的文字。那些紙頁只是延續不斷的長串字母——毫無區別地湊成一堆。

「話說回來，」馬特說，「我們也看不出來這**是不是**暗黑儀式的百科全書……」

我又從架上拉出一本，這本版型長長薄薄，封面亮綠色，上頭寫著**克瑞希米之書**。裡面也是一樣。

「搞不好是好玩用的謎語，」馬特說，「像是超級進階版的數獨。」

二十四小時神祕書店的顧客，說實在的，就跟你在咖啡店裡看到的那些人一樣，忙著破解單方棋戲問題，或是用藍筆顫巍巍地在報紙上使勁書寫，想解開週六版的填字遊戲。

下方，鈴聲叮叮響起。一陣冰冷的恐懼感襲來，從我的腦袋速速竄往指尖再回到原點。書店前方有個低沉的聲音呼喚，「有人在嗎？」

我對馬特低嘶，「放回去。」然後趕忙攀下梯子。

我咻咻喘氣，離開書庫往前走去，站在門口的是費多洛夫。我見過的書店顧客裡，他是年紀最大的一個——鬍子雪白、手上的皮膚有如薄紙——不過眼眸可能也是最清澈的一位。其實他跟普蘭伯長得很像。現在他把一本書滑過櫃檯——他要歸還**克魯提耶之書**——然後敏捷地敲著兩根手指並說，「我接下來要借**姆勞之書**。」

這就對了。我在資料庫裡找到**姆勞之書**，接著要馬特回到梯子上。費多洛夫疑神疑鬼地瞅著他。「他是另一個店員嗎？」

「是朋友，」我說，「臨時來幫忙的。」

費多洛夫點點頭。我突然想到，馬特也可以用這個讀書會的年輕成員身分過關：他跟費多洛夫今晚都穿上了棕色燈心絨。

「你來這裡工作多久了？三十七天了？」

我自己都不見得算得出來，不過，是的，我確定剛好整整三十七天。這些傢伙真講究精確。「沒錯，費多洛夫先生。」我爽朗地說。

「你覺得怎麼樣？」

「我喜歡，」我說，「比窩在辦公室好。」

費多洛夫聽了點點頭，把借書卡交過來。他的號碼自然是6KZVCY。「我以前在HP做事喔，」（他唸成艾取——皮）「整整三十年。那個啊，才叫辦公室。」接著他貿然發問，「你用過HP的計算機吧？」

馬特拿著**姆勞之書**回來。好大一本，厚重又寬大，是封面斑駁的皮裝書。

「噢，有啊，當然了，」我說，一面用牛皮紙包起那本書，「我整個高中都用一台圖形計算機。是HP——38。」

費多洛夫像個得意的阿公那樣燦笑著。「我做的是28，那是先驅者！」

這番話逗得我一笑。「我的計算機可能還在，不知道丟哪去了。」我跟他說，把**姆勞之書**推過櫃檯給他。

費多洛夫用雙手撈起來。「謝謝，」他說，「你知道嗎？型號38是沒有逆波蘭記法（PRN）的——」他對著內容可能寫有暗黑儀式的書意味深長地輕敲一下——「而且我應該告訴你，PRN對這種工作來說，是很方便的。」

我想馬特說得對：是數獨遊戲。「我會記住的。」我說。

「好了，再次感謝。」鈴鐺叮叮響起，我們望著費多洛夫沿著人行道緩緩朝公車站走去。

「我偷翻了他的書，」馬特說，「跟其他本都一樣。」

之前感覺滿怪的事情，現在看來更怪異了。

「克雷，」馬特說，轉身跟我面對面，「我有個問題。」

「讓我猜猜，」我說，「你要問我為什麼從來都不看——」

「你對艾許莉有意思嗎？」

唔，我還真沒料到他會這麼問。「什麼？沒有啊。」

「OK，那好。因為我有。」

我眨眨眼，茫然盯著站在眼前的馬修．米托布蘭，身穿著完美訂作的迷你西裝夾克。那就像吉米．歐森[9]坦承自己對神力女超人有意思一樣。兩人的對比就是那樣天差地遠。可是——

「我要對她採取行動了，」他凝重地說，「情況可能會變得有點尷尬。」他說得好像要策動午夜突擊的突襲隊員。就像：**沒錯，這一定會有高度風險，但是別擔心。我以前有經驗。**

我的想像有了轉變。搞不好馬特根本不是吉米．歐森，而是克拉克．肯特[10]，背地裡其實是超人。他會成為身高只有五呎四吋的超人，不過還說得過去。

「我是說，技術上來說，我們親熱過一次。」

等等，什麼——

「兩個禮拜以前。你不在。你在書店上班。我們灌了一堆酒。」

我的頭微微暈眩，不是因為馬特跟艾許莉配對的違和感，而是因為意識到這條吸引之線就在我眼前扭轉，而我竟然渾然不覺。我很討厭被蒙在鼓裡。

馬特點點頭，彷彿現在一切都拍板定案。「OK，克雷。這個地方超炫。可是我得走了。」

「回家嗎？」

「不是，是要去辦公室。整晚要熬夜。做叢林妖怪。」

「叢林妖怪。」

「用活生生的植物做。我們必須讓工作室維持在高溫之中。我可能會回來這邊喘口氣。這個地方又涼又乾燥。」

馬特離開了。後來我在工作日誌裡寫下：

晴朗無雲的涼夜。來了個顧客，（該店員相信）他是這間書店多年來的訪客裡，最年輕的一位。他穿著燈心絨布料，量身訂做的西裝外套，下面穿了件鉤有迷你老虎圖案的毛線背心。顧客為了要回去做叢林妖怪而離開店裡，（在強迫之下）購買了一張明信片。

好安靜啊。我用掌心托著下巴，想著我那些朋友們，懷疑還有什麼事我被蒙在鼓裡。

---

9 Jimmy Olson是《超人》漫畫裡的攝影記者。Wonder Woman（神力女超人）也是漫畫主角。

10 在《超人》漫畫裡，超人的分身就是一名叫克拉克・肯特（Clark Kent）的記者。

4 《龍歌三部曲》第一部曲

隔天晚上，又有個朋友來店裡，不是隨便什麼朋友，而是交情最久的。我跟尼爾．夏從六年級以來一直是死黨。在中學那種難以預料的流體力學裡，我發現自己莫名地在頂端附近飄浮，是藍球技術過得去、對女生不會怕到腿軟的那種人畜無害的平凡人物。相反的，尼爾則直接沉到了底部，運動健將跟書呆子阿宅都躲他躲得遠遠的。在學校自助餐廳跟我同桌的伙伴嗤之以鼻，說他看起來可笑，講話方式可笑，身上還有怪味。

可是，我們因為都對唱歌龍獸的書非常著迷而有了緊密連結，最後成了好朋友。我會為他挺身而出、替他辯護，替他用盡了我前青春期的政治資本。我找人邀請他去參加比薩派對，吸引籃球隊的成員加入我們「火箭與巫師」的角色扮演團體。（他們都撐不久。因為尼爾永遠都是當地下城主，老是派出窮追猛打的機器人跟殭屍妖怪去抓他們。）七年級的時候，我對喜歡馬、並有著一頭稻草髮的正妹艾咪．托根森暗示說，尼爾的爸爸是個遭到放逐的王子，有錢到難以估計的程度，所以尼爾可能很適合擔任冬日正式舞會的舞伴。那是他的第一次約會。

所以我猜，你可以說尼爾欠我幾次人情，只不過，我們之間你來我往那麼多次的人情，最後再也分不清個別行動，只看到一團閃亮亮的義氣之霧。我們的友誼是一團星雲。

此刻，尼爾出現在門框裡，高大結實，套著合身的黑色運動夾克。他對灰塵滿布的高聳後區書單全然置之不理，直接進攻標有**科幻與奇幻**的矮書櫃。

「老兄，你有莫法特耶！」他說，拿起一本厚厚的平裝書。是《龍歌三部曲》第一部曲——就是六年級讓我們奠定情誼的那本書，至今依然是我倆共同的最愛。我看了三次。尼爾可能看了六次。

「這本看起來像舊版的。」他邊說著邊一面速速翻動書頁。他說得對。三部曲的最新版本是在克拉克．莫法特死後出版的，特點是封面上輪廓分明的幾何圖形，三本書排在書架上就會組成單一的連續圖案。但是眼前這個版本是用噴槍畫成、身上盤繞著海水泡沫的藍色胖龍。

我力勸尼爾買下來，因為它是值得收藏的版本，價值搞不好比二十四小時神祕書店的定價還要高。而且因為過去這六天以來，我只賣出一張明信片。一般來說，催促朋友買書會讓我過意不去，可是尼爾．夏現在如果不是有錢到難以估計，也絕對能夠跟某些低階王子匹敵。我在普維敦斯的**噢我的鱈魚**餐廳掙扎著賺取最低工資的同時，尼爾卻開了自己的公司。快轉五年，看看他集結多方才幹之後所施展的魔力：就我估計，尼爾的銀行帳戶至少有幾十萬美元，而他公司的市值又超過他存款的幾百萬美元。相反地，我銀行只有兩千三百五十五元，而我曾經任職的公司——要是你把它當成公司的話——只存在於洗錢者跟極端教會所盤據的超金融空間。

不管怎樣，我想尼爾付得起一本舊平裝書的錢，即使他其實再也沒空看書了。我在櫃檯的陰暗抽屜裡挖找零錢的時候，他的注意力終於轉到佔據書店後半部，那暗影幢幢的書架。

「那些是什麼？」他說。他不確定自己是否有興趣。通常來說，比起布滿塵埃的老舊東西，尼爾更喜歡嶄新跟晶亮的事物。

「那個啊，」我壓低嗓子，「才是真正的書店。」

馬特先前的介入，讓我對後區書單的態度大膽起來。

「要是我跟你說，」我說，領著他往後頭的書架走去，「這家書店的常客是一群奇怪的學者呢？」

「讚喔。」尼爾點著頭說。他嗅到了巫師的氣味。

「還有，要是我跟你說——」我從低處的書架挑出一本黑皮書，「——這些書每一本都是用密碼編成的呢？」我把它大大地攤開，展現大片擠成一團的字母。

「好誇張。」尼爾說。他用一根手指從上往下拂過紙頁，穿過襯線字母構成的迷宮。「我那裡有個白俄羅斯來的傢伙會破解密碼。防複製啦，之類的東西。」

潛藏在那個句子裡的，是中學之後，我跟尼爾兩人之間在生活上的差異：尼爾有一群手下——幫他做事的傢伙。我手下則完全沒人，勉強有台筆電而已。

「我可以要他看看這個。」尼爾繼續說。

「嗯，我不確定是不是密碼。」我承認。我合起書本，滑回架上。「如果是密碼，我也不確定值不值得破解。借這些書的傢伙都滿怪的。」

「事情一開始都是那樣的！」尼爾說，往我肩膀用力一搥。

不管怎樣，嗯，尼爾說的可能有道理。

「我們一定要把這些東西弄清楚，」他說，「多少錢？」

我解釋這裡的運作規則，會員都有借書卡——可是，現在不只是閒嗑牙而已了。不管要花多少錢才能加入二十四小時神祕書店的借書會，尼爾都付得起。對他來說都是一筆小錢。

「查一下要多少錢，」尼爾說，他咧嘴笑著。「現在別龜縮啊。」

我退讓了。我會問普蘭伯的。

我們回到矮櫃跟噴槍封面那裡。尼爾又翻了翻我倆過去的最愛之一，就是一艘緩緩接近地球的巨型圓柱太空船的故事。我跟他說起馬特打算追艾許莉的事。接著又問他公司營運的狀況怎麼樣。他拉下運動夾克的拉鍊，得意地指著下面的鐵灰色T恤。

「我們自己做的，」他說，「租了台3D身體掃瞄器，每件T恤都是量身打造的。完全合身。**完全喔**。」

尼爾的身材太棒了。每次我看到他，就忍不住要把自己對那個圓胖六年級小子的記憶疊上去，因為不知為何他現在竟然有了漫畫裡超級英雄那種荒謬的V字體型。

「對品牌打造滿有幫助的，你知道吧？」他說。

那件合身T恤在胸膛部位橫印了尼爾的公司商標。用螢光藍的瘦長字母寫著：ANATOMIX。

到了早上，普蘭伯抵達的時候，我提起朋友想付錢參加後區讀書會的事。他聳肩脫下雙排鈕釦大衣——那件大衣很搶眼，做工細緻，是用最烏黑的羊毛製成的——在櫃檯後面的椅子上坐定。

「噢，那不是付不付錢的問題，」他說，手指搭成尖塔，「重點在於動機。」

「唔，我朋友只是好奇，」我說，「他很愛書。」這番話離事實有點距離。尼爾更喜歡書籍改編的電影。從來沒人拿《龍歌三部曲》來拍電影，這點一直讓他忿忿不平。

「嗯，」普蘭伯說，「他會發現這些書的內容……相當有挑戰性。要接觸它們以前，他必須簽一份契約。」

「所以，等等——不用付錢？」

「不，不用。你朋友只要答應他會深入閱讀就可以。這些書很特別——」他朝著後區書單揮揮長手——「裡面有特別的內容，值得細細閱讀。你的朋友會發現它們會帶領他接觸了不起的東西，但是前提是他願意非常用功。」

「是哲學嗎？」我說，「還是數學呢？」

「不是那麼抽象的東西，」普蘭伯搖搖頭說，「那些書呈現了一道謎題——」他朝著我偏偏腦袋——「可是這點你很清楚吧，不是嗎？小子？」

我扭著臉直接承認，「嗯。我看過了。」

「好，」普蘭伯俐落地點點頭，「沒有比缺乏好奇心的店員更糟糕的事。」他說的時候眼睛閃閃發亮。「那道謎題只要投注時間跟心力，就可以解開。我沒辦法跟你說得到解答的時候會怎麼樣，可是說到這裡應該就夠了：很多人在上面投注了一生。好了，你……朋友會不會覺得值得，我是沒把握。不過呢，我猜他可能會。」

他歪嘴一笑。我意識到，普蘭伯認為，我們只是用「朋友」來當幌子；也就是說，他認為我們在談的其實是「我」。唔，也許是吧，至少有一點點。

「當然，書本跟讀者之間的關係是私密的，」他說，「所以我們靠的就是信任。如果你跟我說，你朋友會用敬重作者的態度，深入閱讀這些書籍，我就會相信你。」

我當然知道尼爾絕對不會用那種方式來閱讀，而且我也不確定自己想參與這件事。時候還不到。目前，我覺得心中著迷跟驚悚的強度不相上下。所以我只說，「好。我會跟他說。」

普蘭伯點點頭。「要是你朋友應付不來，也沒什麼好丟臉的。搞不好隨著時間過去，他會越來越有興趣也說不定。」

5《異鄉異客》

夜復一夜地過去，書店變得愈來愈安靜。一週過去了，一個顧客也沒有。我在筆電上叫出超定位廣告宣傳攻勢的控制台，結果發現，到目前為止閱讀次數是零。螢幕上的角落裡有個來自Google的亮黃色訊息，暗示我設定的標準太過狹隘；按照我的具體設定，最後得到的顧客基礎可能是零。

我暗忖，在二十四小時神祕書店陽光點點撒落的時段，書店會是什麼模樣。我好奇，奧利佛晚上當班的時候，那時正值下班時間，會不會有一群客人湧進來。我想著，這種寂靜與孤獨是不是正在損害我的腦袋。別誤會我的意思：有份工作可做，能坐在這張椅子裡，靜靜累積鈔票（只是沒那麼多就是了），用來付我的房租、購買切片比薩和iPhone的App，我心懷感激。可是我過去是在辦公室、在團隊裡工作，而現在只剩我跟蝙蝠（噢，我知道上面一定有蝙蝠的）。

近來，連後區書單的借書人似乎都不見蹤影了。難道他們被城市另一邊的某個祕密讀書會吸引過去了嗎？還是他們全都買了Kindle在看電子書？

我有一台Kindle，大部分的晚上都在用。我總是想像實體書本瞪著我竊竊私語：**你這個叛徒！**可是，拜託喔，我有好多免費的第一章得看。我的Kindle是我老爸傳下來給我的，是原始型號的其中一個，不對稱的歪斜板子，小小的灰色螢幕跟一片斜角按鍵。看起來就像電影《2001：太空漫遊》。有更新型的Kindle，螢幕較大、工業設計更細膩，可是我這台就像二十四小時神祕書店的明信片：土氣到反倒酷了起來。

《罐頭廠街》的第一章才看到一半，螢幕閃了閃變成一片黑，當掉不會動，然後漸漸消失。大多數的晚上都會發生這種狀況。這台Kindle的電池原本應該能夠維持兩個月，但我曾經把它放在沙灘上太久，結果現在不插電只能撐一個鐘頭。

所以我轉向我的MacBook，開始沿著固定路線巡迴：新聞網站、部落格、Twitter。我往後捲動，找出白天我不在的時候所產生的對話。當你消費的每個媒體都經過時間的轉移，其實有所轉移的，是不是**你自己**？

最後，我按鍵轉到自己的新寵。我轉到了Grumble。

Grumble是個人，可能是個男性人類，是在文獻與密碼的十字路上操作的祕密程式設計者——半《駭客新聞》、半《巴黎評論》。馬特來過書店之後，寄了個連結給我，他猜想Grumble的工作在這裡可能會得到共鳴。他想得沒錯。

Grumble管理的是個忙碌擾攘的盜版圖書館。他寫出複雜的程式，用來破解電子書的數位版權管理。他為了拷貝真正書本裡的文字而建造複雜的機器。如果他替亞馬遜網路書店工作，可能會很有錢。可是他卻破解了原本應該無法破解的哈利波特小說，把這七本電子書全部貼在他的網站上，供人免費下載——只是加了點變化。好了，如果你想免費閱讀哈利波特，你就會遇到內文裡匆匆提到的一位名叫剛伯利茲（Grumblegrits），一個跟哈利波特一起在霍格華茲就讀的年輕巫師。還不差啦；剛伯利茲是說了幾句不錯的台詞。

可是，讓我心醉神迷的是Grumble最新的案子。把二十世紀出版的科幻小說發生地點畫成地圖。他用密碼把它們揪出來，放進3D空間，所以一年又一年，你會看到人類集體的想像力越伸越遠：到了月亮、火星、木星、冥王星、半人馬座阿爾法星跟更遠的地方。你可以拉近與旋轉整個宇宙，也可以跳進多邊形的小太空船，坐在駕駛艙裡悠閒漫遊。你可以跟羅摩[11]約會，或是找出基礎世界（Foundation worlds）。

所以，有兩件事：

1. 這個東西尼爾會很愛。

2. 我想學Grumble。我是說，要是我可以做出這麼酷的東西呢？那會是貨真價實的技巧。我可以加入創業者的行列。我可以到蘋果工作。可以在晨星的溫暖光芒下，看得到其他人類，並且跟他們互動。

我運氣還不錯，Grumble以駭客英雄慣有的風格，釋出了推動這種地圖的密碼。那是用叫做Ruby的程式語言寫出來的3D繪圖引擎——我們當時也用這個來操作新貝果網站——是完全免費的。

所以我現在要用Grumble的密碼來做點自己的東西。我環顧四周，領悟到自己的案子就站在眼前：我要利用製作二十四小時神祕書店的模型，來學習3D繪圖。我的意思是，那只是個裝滿許多更小盒子的高瘦盒子——會有多難？

為了起步，我必須把二十四小時神祕書店老舊Mac Plus的資料檔複製到我的筆電來，這個任務其實負擔不小，因為那台Mac Plus用的是塑膠軟碟，那些東西不能用在MacBook上面。我必須到eBay拍賣網站上購買老式的外接式軟碟機。要價三美金，加上五塊錢運費。把軟碟機插進我的筆電時，感覺怪怪的。

可是現在，手上有了資料，我就可以打造書店的模型。起初還滿粗糙的——只是像虛擬樂高拼組在一起的灰色塊狀——可是漸漸呈現熟悉的面貌。那個空間有如鞋盒一樣方正，恰到好處，所有的架子都到位了。我用座標系統把這些架子搭設起來，所以我的程式可以自己找到三號走道的第十三號架子。模擬窗戶射進來的虛擬光線，在模擬書店的後側灑下稜稜角角的陰影。要是你覺得這樣聽起來滿厲害的，你一定超過三十歲了。

我花了三個晚上反覆試驗，不過我邊學邊做，正忙著把長長的編碼串連起來。能夠做點東西，感覺真不賴，這是一座頗具說服力的神祕書店多邊形仿製品，在我的螢幕上緩緩旋轉。從**新貝果**滅亡以來，我從沒這麼快樂過。我的筆電擴音器正播放著活力四射的當地樂團**月亮自殺**的新專輯，我正準備把資料庫傳到——

鈴鐺響起，我猛按筆電上的靜音鍵。**月亮自殺**安靜下來，我一抬頭，迎面就是一張陌生臉龐。通常我都能馬上偵測到，對象是世上最怪的讀書會成員，還是深夜來逛書店的一般人。可是，現在我的蜘蛛感應力卡住了。

11 Rama是印度神話三大主神之一毗濕奴的化身。

這位顧客矮小但粗壯，處於發福中年的模糊地帶。他身穿灰石色的西裝，搭配扣領白襯衫，敞著衣領。如果不是他的臉龐，這一切外觀原本代表著「正常」——他蒼白得跟鬼似的，眼睛像是黝黑的鉛筆筆尖。還有，他的腋下夾著包裹，整整齊齊地包在牛皮紙裡。

他馬上走到前方的矮櫃，而不是後區書架，所以他可能是個正常顧客。也許他是從隔壁的Booty's來的。我問，「需要幫忙嗎？」

「這些是什麼鬼？這是什麼意思？」他狠狠瞪著矮櫃，一面混亂地咕噥著。

「對啊，我知道看起來沒多少書。」我說。我換了口氣，打算指出二十四小時神祕書店的小小庫存裡幾本讓人驚喜的壓軸好貨，可是他直接打斷我。

「你在開玩笑嗎？沒多少？」他把包裹猛力扔在櫃檯上——啪轟——威風地走到放**科幻與奇幻**的架子。「這本在這裡幹嘛？」他舉起二十四小時神祕書店的單本《銀河便車指南》。「還有這個？你在開玩笑嗎？」他舉起《異鄉異客》。

我不確定該說什麼，因為我不確定目前到底是什麼狀況。

他大搖大擺走回櫃檯，手裡還抓著那兩本書。「你又是哪位？」他的暗色眼眸閃現光芒，流露出挑釁意味。

「我就是經營這家店的人，」我說，盡量保持語調的平穩，「那些書你是想買，還是怎樣？」

他氣得掀動鼻孔。「這家店才不是你在經營的。你連見習生都算不上。」

糟糕。沒錯，我在這裡才工作一個多月，不過，這裡又沒什麼好的——

「不過，你對這家店真正的經營者，完全沒概念，對吧？」他繼續說，「普蘭伯跟你說過了嗎？」

我默默不語。這位絕對不是正常的顧客。

「看來沒有，」他吸吸鼻子，「我猜他沒講。哼，一年多以前，我們就跟你老闆說過，要他把這些垃圾丟了。」為了表示強調，他每講一個字，就用手指輕敲一下《銀河便車指南》。他西裝外套袖口的最後一個釦子沒扣上。「而且不是第一次了。」

「聽著，我真的不知道你在講什麼。」我要保持鎮定。我要維持彬彬有禮的態度。「所以，說真的，那幾本書你要不要買？」

讓我詫異的是，他竟然從褲袋裡挖出皺巴巴的二十元紙鈔。「噢，當然要。」他說著便把錢拋到櫃檯上。我最痛恨這種行為。「我要蒐集普蘭伯不聽話的證據。」頓住。他的暗眸發出閃光。「你老闆麻煩大嘍。」

什麼，因為兜售科幻小說？這個傢伙幹嘛那麼恨道格拉斯．亞當斯（Douglas Adams）？

「那是什麼？」他指著MacBook厲聲說。書店的模型佔住螢幕，緩緩轉動不停。

「不干你的事。」我說，轉動電腦的方向。

「不干我的事？」他忿忿咕噥，「你到底曉不曉得——你不曉得。」他翻翻白眼，彷彿自己遭逢了宇宙史上最惡質的客戶服務。接著他搖搖頭，鎮定下來。「仔細聽好。這很重要。」他用兩根手指把包裹推過櫃檯。寬闊、平坦又熟悉。他的視線落在我身上，他說，「這個地方爛透了，可是我必須確定可以委託你把這個交給普蘭伯。直接交到他手上。不要放在書架上。別留下來給他。要親自交到他手裡。」

「OK，」我說，「可以。沒問題。」

他點點頭。「好。謝謝你。」他撈起自己買的書，把前門推開。接著，在出去的半路轉過身來。「跟你老闆說，科維納向他問好。」

到了早上，普蘭伯都還沒穿過前門，我就已經開始敘述昨晚發生的事情，說得太過急促又雜亂無章，我的意思是，那個傢伙有什麼毛病啊？科維納又是誰？這個包裹又是什麼東西？說真的，他有什麼毛病啊——

「鎮定一下，小子，」普蘭伯說，拉高嗓門也舉起長長的雙手，要我安靜下來。「鎮定啊。說慢一點。」

「在那邊。」我說，我把那包裹當成動物屍體一樣指著。就我所知，那根本就是動物屍體，搞不好還是某隻動物屍體的骸骨，整齊有序地排成五角星的形狀。

「啊啊啊。」普蘭伯用氣音說。他用長長的手指繞住包裹，輕輕地從櫃檯拿起。「太好了。」不過，我當然知道那不是一盒骨頭。我很清楚那是什麼，從那位臉色蒼白的訪客踏進店裡以來，我就知道了。不知為何，這個真相更讓我害怕，因為那就表示，在這裡所發生的事情都不只是一個老頭的怪癖而已。

普蘭伯剝開牛皮紙。裡面是一本書。

「書架的新成員，」他說，「Festina lente。」

這本書非常薄但很美麗。書皮呈亮灰色，是光線一照時就會閃現銀光的某種斑駁素材。黑色書背，用珍珠白的字母寫著**爾多思之書**。所以，後區書單增加了一筆。

「這種書已經有好一陣子沒進新的了，」普蘭伯說，「這需要慶祝一下。在這裡等著，小子，在這裡等等喔。」

他穿過書架退到後側房間。我聽到他鞋子踩在通往他辦公室的階梯上，就在標有**私人空間**的門的另一邊，我從沒進去那裡過。他回來的時候，拿著兩個互疊的保麗龍杯子，還有喝了半瓶的蘇格蘭威士忌。商標上寫著**費茲傑羅**，看起來跟普蘭伯差不多老。他往杯子裡倒了半吋的金色酒液，遞了一杯給我。

「好了，」他說，「形容一下那個訪客的樣子。唸唸你的工作日誌。」

「我什麼都沒寫。」我坦承。事實上，我什麼也沒做。我整晚都在店裡來回踱步，跟櫃檯拉開距離，很怕身體碰到、正眼看到，或是太用力去想那個包裹。

「啊，可是一定要記進日誌裡啊，小子。喏，邊說邊寫好了。跟我說說吧。」

我就跟他說了，邊說邊記。這樣讓我覺得好過了些，彷彿那種怪異感透過深色筆尖，漸漸流出我的血脈，進入紙頁之上。

「有個狂妄的笨蛋來到書店——」

「呃——可能最好別那麼寫，」普蘭伯輕鬆地說，「也許就說他露出快遞人員……的急切模樣好了。」

好吧，那麼，「有個態度急切，叫科維納的快遞人員來到店裡，他——」

「不，不。」普蘭伯打岔。他合上眼睛，掐掐鼻梁。「停。在你動筆描寫以前，我先來解釋好了。他有著極度蒼白，黃鼠狼似的眼睛，四十一歲，身材粗壯，留了不大搭調的鬍子，穿著平滑毛料的單排釦西裝，袖口那裡縫著具有功能的鈕釦，踩著尖頭黑皮鞋——對吧？」

沒錯。我沒看清鞋子的模樣，可是，普蘭伯卻看進眼裡了。

「沒錯，當然了。他叫艾瑞克。他的天賦很寶貴。」他轉動裝了威士忌的杯子。「即使他對角色扮演熱中到昏頭了。我想是跟科維納學的吧。」

「所以誰是科維納？」我覺得自己這樣說很可笑，可是，「他說要跟你問好。」

「當然的事，」普蘭伯翻翻白眼說，「艾瑞克很崇拜他。很多年輕小伙子都是。」他閃避了那個問題。他沉默了半晌，接著抬眼跟我四目相接。「這不只是間書店，你一定猜到了吧。這裡也是某種圖書館，是世界上許多分館的一間。有一間在倫敦，巴黎也有——總共有十幾家。沒有任何一家是相同的，可是功能都一樣，全部都由科維納來監督。」

「所以，他是你的老闆嘍。」

普蘭伯一聽，臉色暗下。「我比較喜歡把他當成**我們的**金主，」他說，在每個字上都稍微頓了頓。我把**我們的**三個字聽進耳裡了，逗得我漾起笑容。「可是我懷疑，科維納不會百分百同意你對他的形容。」

我說了艾瑞克針對矮櫃書籍所說的話——關於普蘭伯的不聽話。

「是，是，」他嘆口氣說，「這件事我以前就講過了。真蠢。圖書館之所以了不起，就是因為它們全都不同。柏林的那家Koster，特色在音樂；聖彼得堡的那家Griboyedov，特色在俄國的大茶炊。而舊金山這間，是這些書店裡面，最不一樣的。」

「是什麼不一樣？」

「哎，就是我們有賣大家可能真正想看的書啊！」普蘭伯聽了放聲大笑，寬闊的笑容露出滿口牙齒。我也笑了。

「所以沒什麼大不了的嘍？」

普蘭伯聳聳肩。「要看狀況，」他說，「就看各人用多認真的態度來看待那位古板的老監工了。那個人相信不管在哪裡，一切永遠都要一模一樣。」他頓了頓。「不巧的是，我不怎麼把他的意見當一回事就是了。」

「他來過嗎？」

「從來沒有，」普蘭伯搖著腦袋厲聲說，「他很多年沒來舊金山了……都超過十年嘍。不，他在很遠的地方，忙著其他職務。真是謝天謝地。」

普蘭伯抬起雙手，對我揮了揮，把我從櫃檯趕開。「現在回家吧。你親眼看到了罕見的事情，意義的深刻程度超乎你所知。要心存感恩。喝掉你的威士忌，我的小伙子！喝吧！」

我把背包往肩上一拋，兩大口就速速乾掉我的杯子。

「那杯，」普蘭伯說，「是要向艾芙琳．爾多思致敬。」他把那本閃閃發亮的灰色書本舉高，用彷彿對她說話的方式說，「歡迎，我的朋友。幹得好。幹得好啊！」

6 原型

隔天晚上，我像平日那樣走進書店，對奧利佛．果恩揮手打招呼。我想問他關於艾瑞克的事，可是我不太知道要怎麼說。我跟奧利佛從來不曾談過這家店的詭異之處。所以我這麼起頭：

「奧利佛，我有個問題。你知道，這家店有正常的顧客嗎？」

「是不多。」

「對。還有專門來借書的會員。」

「就像墨利斯．廷多爾。」

「對。」我倒是不曉得他叫墨利斯。「你有沒有遇過送新書來的人？」

他頓住並想了想。接著，言簡意賅地說，「沒。」

一等他離開，我滿腦子淨是新理論。搞不好奧利佛也參了一腳。也許他是科維納的眼線——沉默的觀察者。完美極了。也許他捲入了某種更深層的陰謀。也許我只看到了事情的表面。我知道像這樣的書店（或者是圖書館？）還有更多家，可是我還是不知道「像這樣的」是什麼意思。我不知道後側書單是幹嘛用的。

我把工作日誌從封面翻到封底，一面尋覓，任何東西都行。也許是來自過去的訊息：**好店員啊，留意科維納的暴怒**。可是沒有。我的前任店員們就像我一樣直來直往。他們寫下的文字質樸又實在，只是描述了來來往往的會員們。其中有些是我認得的：廷多爾、拉賓跟其他人。有些人對我來說是一團謎——只在白天來訪的會員，或是很久以前就不再來訪的會員。從散落在紙頁上的日期看來，這本書涵蓋了五年多一點的時間，只寫滿半本。下一個五年要由我負責填滿嗎？我要在不曉得自己寫些**什麼**的狀況下，連續盡責地書寫好幾年嗎？

要是我整夜想個不停，腦袋就要融成一灘水了。我需要能轉移我注意力的事——具有挑戰性的大事。所以我拉起筆電的蓋子，繼續架設3D書店的工作。

每過幾分鐘，我就抬頭看看前側櫥窗，望向窗外的街道。我在尋找幽幽暗影、飄閃而過的灰西裝，或是黝暗眼眸的閃光。可是什麼也沒有。我的工作把那種怪異感抹消掉了，最後進入興高采烈的狀態。

如果要讓這家店的3D模型真正發揮用途，需要展現給你看的可能就不只是書本的所在位置，也要顯示目前出借的有哪些、又是借給了誰。於是我把工作日誌最後幾週的條目，簡略地輸進電腦，教導我的模型學會辨認時間。

現在，書本在塊狀的3D書架上像檯燈一樣散放光芒，它們是用色彩編碼的，於是廷多爾借過的書本發出藍光，拉賓是綠光，費多洛夫則是黃光等等的。滿酷的。可是，我的新特色也引進了一個程式缺陷：現在，只要把書店旋轉得太遠，書架整個就會閃啊閃得消失不見。坐著的我伏身忙著對付程式，想把問題弄個明白卻始終徒勞無功。這時鈴鐺清脆地叮叮響起。

我不由自主發出詫異的高呼。是艾瑞克要回來對我大吼大叫嗎？還是執行長科維納本人終於回來，要將暴怒降諸於——

是個女生。她半個身子探進店內，看著我說，「店還有開嗎？」

哎，當然**開著**，那個女生的栗色頭髮剪到下巴那裡，身上的紅T恤印了芥末黃的字眼BAM！——是的，我們書店是開著沒錯。

「當然了，」我說，「妳可以進來。我們店永遠開著。」

「我剛剛在等公車，結果手機嗡嗡響起來——我想我有張折價券？」

她朝著櫃檯直直走來，把手機往我這裡一推。小小的螢幕上正是我的Google廣告。超定位在地廣告攻勢——我都把它給忘了，可是它還在運作，而且還找到了某個人。我設計的數位折價券就在那裡，從她刮痕處處的智慧型手機往旁瞥看。她的指甲透著光澤。

「沒錯！」我說，「超棒的折價券。最棒的！」我的嗓門太大了。她一定會轉身離開。Google驚人的廣告演算法把一個超可愛的女生送了過來，我不知道該拿她怎麼辦。她轉著腦袋四下張望書店，露出懷疑的神色。

歷史正仰賴著如此微小的東西。視角只要差個三十度，這個故事就會在這裡結束。可是我筆電的角度恰好如此：3D書店正在我的螢幕上以兩個軸心瘋狂繞轉，就像太空船翻滾穿越空白的宇宙，那個女生往下一瞥，然後——

「那是什麼？」她挑起一邊眉毛說。一道可愛的深色眉毛。

好了，我要把事情搞定，講話不要太宅。「唔，是這家店的模型，只不過妳能看到哪本書還有庫……」

那個女生的雙眼放光，「資訊視覺化！」她一掃疑心，突然開心起來。

「沒錯，」我說，「就是資訊視覺化。喏。來看一下吧。」

我們在半路會合，就在櫃檯末端。我把只要轉得太遠就會消失的3D書店秀給她看。她湊得很近。

「我可以看一下原始程式碼嗎？」

如果艾瑞克的惡意來得出奇不意，那麼這個女生的好奇心也令人驚奇。「沒問題，當然行。」我說，一面轉換著幾個深暗視窗，直到Ruby的原始模樣填滿了螢幕，全是色彩編碼的紅、金跟綠。

「我就是做這種工作的，」她彎低身子說，瞥看程式，「資訊視覺。你介意嗎？」她指了指鍵盤。呃，當然不，深夜的美麗駭客女孩，我哪會介意。

我的四肢系統變得如此習慣某種（非常低）限度的人類（女性）接觸。她就站在我旁邊，手肘稍微戳到我的身體，基本上就讓我有了醉意。我試著擬定自己接下來的步驟。我要推薦愛德華・塔夫特（Edward Tufte）的《量化資訊的視覺呈現》。普蘭伯有一本——我在書架上看過，好大一本。

她迅速捲動並瞄過我的程式，讓我有點難為情，因為我的程式裡滿是這類的評語：**要命，耶！還有，電腦，現在該是你聽命於我的時候。**

「很棒耶，」她笑盈盈地說，「你一定就是克雷吧？」

就寫在程式裡——有個叫做clay_is_awsome（克雷超炫）的方法。我想每個程式設計者都會寫這種東西。

「我是凱特，」她說，「我想我找出問題了。想看嗎？」

我之前掙扎了好幾個鐘頭，可是這個女生——凱特——才五分鐘就找出我書店的程式缺陷。她是天才。在除錯的過程中，她一步步教導我，迅速又信心滿滿地解釋她的推論。接著，她敲著鍵盤，喀答喀答三兩下就除錯完成。

「抱歉，我佔著不放，」她說著趕緊把筆電轉回來給我，「我得意忘形了。」她把一綹髮絲推到耳後，站直身子，故作平靜地說，「所以呢，克雷，你為什麼要做這家書店的模型？」她說著視線一面沿著書架往天花板飄去。

我不確定自己現在就想坦白供出這個地方有多詭異。**哈囉，很高興認識妳，我專賣看不懂的書給怪咖老人——想一起吃個晚飯嗎？**（頓時，我很確定那些老人堆中的其中一個會歪歪斜斜衝進前門來——拜託，廷多爾、費多洛夫，還有全部老人：今天晚上請乖乖待在家裡，繼續苦讀吧。）

我換個角度來說。「因為有點歷史了，」我說，「這家店開了快一個世紀。我想是城裡最老的——搞不好是整個西岸最老的書店。」

「真不可思議，」她說，「Google跟這裡比起來就像個嬰兒。」難怪：原來這女生是Google人。她真的是天才。還有，她有顆牙齒缺角缺得很可愛。

「我超愛這種資料的，」她邊說邊朝我的筆電點點下巴，「真實世界的資料。老資料。」

這個女生閃動著生命的火光。這是我結交新朋友（包括女朋友以及別種朋友）的主要篩選條件，也是我所能給人的最高恭維。我嘗試過很多次，想搞清楚點燃這種火光的是什麼——在冰冷黑暗的宇宙裡，哪些特徵聚合起來，形塑出這麼一顆星辰。我知道重點主要集中在臉上——不只是眼睛還有眉毛、臉頰、嘴巴，還有把所有東西連結起來的微肌肉。

凱特的微肌肉非常迷人。

她說，「你有沒有試過時間序列視覺化？」

「還沒，不算有啦，沒有。」其實我壓根兒不曉得那是什麼。

「我們在Google會替搜尋日誌做這種東西，」她說，「滿酷的——你會看到某個新構想閃過了全世界，就像小小的傳染病。然後一週之內就會消耗殆盡。」

我聽了覺得很有意思，可是主要是因為這女生對我來說很有意思。

凱特的電話發出閃亮的乒一聲，她往下一瞟。「噢，」她說，「我的公車來了。」我心裡暗咒公共運輸系統偶爾的準時。「我可以讓你看看我說的時間序列是什麼，」她冒險問道，「想找個時間見面嗎？」

哎，是，我是想見面。搞不好我就乾脆替她把那本塔夫特的書買下來。我會用牛皮紙包了以後帶過去。等等——那樣很怪嗎？那本書滿貴的。搞不好有低調一點的平裝版。我可以在亞馬遜網路書店買。好蠢，我明明就在書店工作。（亞馬遜送貨的速度夠不夠快？）

凱特還在等我回話。「當然好。」我尖聲說道。

她在二十四小時神祕書店的一張明信片上匆匆寫下電子郵址：katpotente@（想當然是）gmail.com。「折價券我下次再用吧，」她揮揮手機說，「晚點見囉。」

一等她離開，我就登入去看我的超定位廣告攻勢。難道我不小心勾到「正妹」選項嗎？（有沒有勾到「單身」呢？）這種自我介紹法，我承擔得起嗎？純粹就行銷來說，這次是敗筆：我沒賣出任何一本書，不管是貴的或其他價位。事實上我還因為那張草草寫了字的明信片而欠下一塊美金。可是沒有擔心的理由：Google從我原本的十塊美金預算，只扣了十七分。但我得到的卻是單次完美的廣告曝光——就在整整二十三分鐘以前。

後來，深夜獨處加上吸入木質素一個鐘頭之後，我清醒過來，做了兩件事。

首先：我寫了電郵給凱特，問她明天星期六想不想共進中餐。我可能有些膽怯，但我相信打鐵就要趁熱。

然後：我在Google上搜尋「時間序列視覺化」，開始更新我模型的版本，一面想著搞不好我可以弄出原型來讓她佩服。我真的很欣賞那種你可以用原型打動她的女生。

重點是要讓那些隨著時間出借的書本動起來，而不是在同一個時間點看到它們。首先，我往筆電裡輸入更多工作日誌上的名字、書名與時間。然後我開始進行駭客行動。

寫程式的方法各有千秋。一般的書寫語言有不同的節奏跟片語，對吧？唔，程式語言也是這樣。叫做C的語言都是尖銳的命令句，幾乎是赤裸的電腦行話。而叫做Lisp的語言就像兜圈子的長句，滿是從屬子句，句子長到通常讓你忘了開始在講些什麼。叫做Erlang的語言就像這個字本身的拗口唸法：古怪又很斯堪那維亞。我沒辦法用這些語言來寫程式，因為它們的難度太高。

可是，Ruby是我從**新貝果**以來就很中意的語言，是由一位開朗的日本程式設計師發明的，讀起來就像是友善又容易理解的詩歌。就像詩人比利・科林斯（Billy Collins）藉由比爾蓋茲來發聲。

可是，當然了，程式語言的重點在於你不只拿來讀，還得拿來寫。你要讓它替你服務。我想，這點就是Ruby厲害的地方：

想像你在煮飯好了。可是你不是一步步照著食譜走，一面巴望做出最棒的成果，而是不管何時想要，都能把整批材料放進或拿出鍋子。你可以加進鹽巴，嚐嚐看、搖搖頭之後，再把鹽巴全部拉出來。你可以把爽脆到完美的外皮拿起來，把它獨立出來，然後隨你高興往裡頭添加任何東西。那不再是一個線性過程，不是以成功或（對我來說大多是）令人喪氣的失敗為終點。反之，它像是環形迴路、花體字或小小的草寫字。它是一個遊戲。

所以我加了些鹽巴跟一點奶油，然後埋頭苦幹到凌晨兩點，終於弄出了可以運作的新視覺化原型。我馬上注意到奇怪的事情：那些燈光竟然跟著彼此移動。

在我的螢幕上，廷多爾會從二號走道頂端借出一本書。然後下個月，拉賓就會來借同一個書架裡的書。五個星期以後，英伯特會如法炮製——就是同一個書架——不過同時，廷多爾已經把書歸還，從一號走道的底部借了本新的。他領先一步。

我之前沒注意到這種模式，因為它在空間跟時間上相隔遙遠，就像每個音符之間有三個小時空檔的一首樂曲，全以不同的八度音來彈奏。可是在這裡，在我的螢幕上經過濃縮與加速之後，就變得一目了然。他們全都彈奏著同一首曲子，或是跳著同一個舞碼，或者——對了——解著同一道謎題。

鈴鐺叮叮響起。是英伯特：矮短結實，蓄著濃密粗硬的黑鬍子，斜戴著報童帽。他把現有的書（紅皮巨冊）舉起來，推過櫃檯。我迅速掃過那個視覺化影像，找出他在模式裡的位置。一枚橘色光點跳著越過我的螢幕。在他還沒吐出一個字兒以前，我就知道他要二號走道中間的一本書。那會是——

「**普羅赫洛夫之書**，」英伯特咻咻喘氣說，「接下來一定要讀**普羅赫洛夫之書**。」

我梯子才爬到一半就頭昏目眩。到底怎麼回事？我這次不敢輕舉妄動；我從書架上抽出細薄黑皮的**普羅赫洛夫之書**時，在很勉強的狀態之下才保住了平衡。

英伯特出示了他的借書卡——6MXH2I——然後拿走他的書。鈴鐺叮叮響起，我再次形單影隻。

我把這次的交易狀況記入工作日誌，強調英伯特的扁帽以及他口氣裡的蒜味。接著為了替以後的店員著想，或許也為了想對自己證明這是真的，我於是寫下：

二十四小時神祕書店有非常怪異的事情正在發生。

7 快樂想像最大化

「……這就叫Singularity Singles。」凱特．普丹特正在說。她穿著跟之前一樣的紅黃ＢＡＭ！Ｔ恤，那就表示（一）她穿著它睡覺（二）同樣的Ｔ恤她有好幾件，或者（三）她是個卡通人物——不管哪個選項都滿吸引人的。

Singularity Single。讓我想想。（多虧有網路）我知道了，Singularity（奇異點）是未來的一個假設時間點，到時科技的幾何型成長曲線會變成垂直的，而文明就會重新自我啟動。電腦會變得比人更聰明，於是我們就讓它們來主導。或者是它們讓自己來主導……

凱特點點頭。「多少是吧。」

「可是Singularity Singles是……？」

「就是阿宅圈的快速聯誼。」她說。「Google每個月都會舉行一場。男性與女性的比例真的很好，或者應該說真的很糟。要看是誰——」

「妳去參加過了。」

「對啊。我認識了一個替避險基金寫傀儡程式的傢伙。我們交往了一陣子。他很愛攀岩。他有一副強壯的肩膀。」

嗯嗯。

「和一顆殘酷的心。」

我們就在**美食窟**，是舊金山金光閃閃的六層購物中心的一部分。就在市中心，有軌電車總站的旁邊，可是我想遊客不曉得那是一家購物中心；因為那裡沒有停車場。美食窟就是它的美食街，也許是全世界最棒的一個：當地種植的波菜沙拉、豬腹肉捲餅、不含汞的壽司。還有，它在地下，可以跟火車站互通，所以你永遠都不用走到外頭。我每次來到這裡，就假裝自己住在未來，而那種氣氛完全像是籠罩在光輝之中，而塵灰滿布的地表，則由一隊隊使用生質柴油的機車客所掌控。嘿，就像**奇異點**，對吧？

凱特蹙起眉頭。「那是二十世紀版本的未來。在**奇異點**之後，我們就會有解決那些問題的能力。」她把炸豆丸口袋餅剝成兩半，把一半遞給我。「我們會永遠活下去。」

「拜託喔，」我說，「這只是永生不死的老夢——」

「**是**永生不死的夢沒錯。那又怎樣？」她頓住，嚼了嚼，「換個說法好了。聽起來滿怪的就是了，尤其我們才剛剛認識。不過，我知道我滿聰明的。」

那點絕對是真的——

「我想你也滿聰明的。所以為什麼一定要結束？要是我們有更多時間，就能成就更多事情。你知道吧？」

我嚼著口袋餅，點了點頭。這個女生真有意思。凱特直來直往的個性暗示了她曾經在家裡自學，不過這很有魅力。我想，她長得正也有加分作用。我往下瞥了一眼她的T恤。你知道嗎？我想她有一堆一樣的衣服。

「你必須是樂觀派，才會相信奇異點，」她說，「做起來比看起來困難。你玩過『快樂想像最大化』嗎？」

「聽起來像日本電動。」

凱特挺直肩膀。「好了，我們來玩吧。一開始，想像美好的未來。沒有原子彈。假裝你是個科幻小說家。」

好。「世界政府……沒有癌症……漂浮滑板。」我抓到訣竅了。

「再進一步。在那之後的美好未來是什麼？」

「太空船。在火星上辦趴。」

「再進一步。」

「《星際爭霸》。光波輸送器。什麼地方都去得了。」

「再進一步。」

我頓住片刻，然後才意識到，「沒辦法了。」

凱特搖搖頭。「真的滿難的。而且才想了多少？一千年的時間？那之後會有什麼？那之後可能會發生什麼事？才想到這裡，想像力就枯竭了。可是這樣也說得通，對吧？我們可能只能根據自己已經知道的事情，來發揮想像力。我們才想到三十一世紀，就把類比用光了。」

我拚命去想像西元三〇一二年的日常生活。我連半個差強人意的景象都想不出來。人類會住在屋子裡嗎？會穿衣服嗎？我的想像幾乎損耗了我的體力。思緒像手指一般在椅墊後面的空間扒抓著，尋找四散零落的構想，卻什麼也沒找到。

「我個人是認為，發生巨大改變的會是我們的大腦，」凱特輕拍她粉紅的可愛耳朵上方說，「我想，因為電腦的關係，我們會找到不同的思維方式。我講的沒超過你的預期吧，」——沒錯——「可是這種事以前就發生過了。我們跟一千年前的人，腦袋本來就不一樣。」

等等。「是一樣的吧。」

「我們有一樣的硬體，但是有不同的軟體。你知道『隱私』是近來才有的概念嗎？『浪漫』當然也是。」

是的，其實我認為我昨天晚上才冒出浪漫的想法。（這個想法我不會想大聲說出口。）

「每個大構想就像操作系統的升級。」她含笑說。這是她覺得自在的領域。「作家要負起部分的責任。大家都說，發明內心獨白的是莎士比亞。」

喔喔，內心獨白這種東西我可熟了。

「可是我想，」她說，「作家有過他們的機會，現在輪到程式設計師來替人類操作系統進行升級了。」

我講話的對象肯定是Google來的女生沒錯。「那麼下一個升級的內容是什麼？」

「目前已經在進行了，」她說，「有好多事情可以做，就好像你可以同時身處好幾個地方，而且感覺完全正常。我的意思是，看看你四周嘛。」

我轉動腦袋。我看到她希望我去看的東西：幾十個人坐在小小桌邊，全都傾著身子當低頭族，而手機向他們呈現了並不存在，卻比美食窟更有趣的地方。

「一點都不奇怪，根本不是科幻小說，是……」她稍微放慢速度，暗下眼神。我想她覺得自己太激動了。（我怎麼會知道？難道我的腦袋裡有解讀她心思的應用程式？）她的臉頰潮紅，血液浮在皮膚表面，看起來正翻了。

「唔，」她終於開口，「我只是覺得，想像**奇異點**是很合情合理的。」

她的誠懇逗得我一笑。有這位聰明樂觀的女生陪我坐在這個光輝的未來裡，就在地球表面的深處下方，我覺得自己好幸運。

我判定，拿加強版3D書店給她看的時候到了，現在擁有不可思議的時間序列新功能。你知道的：就是一個原型。

「是你昨天弄的嗎？」她挑起一側眉毛說，「了不起。」

我沒說我耗了整晚，還佔用了早上的部分時間。凱特可能十五分鐘就搞定了。

我們看著彩燈彼此蜷繞。我倒帶之後，兩人再看一次。我解釋了英伯特的狀況——這個原型的預測能力。

「可能是運氣，」凱特搖搖頭說，「我們需要看更多的資料，才能看出是不是真的有個模式。我是說，搞不好是你心理投射的結果。就像火星上的面孔。」

或者可說，這就像你原本很確定某個女生喜歡你，結果卻發現她沒那個意思。（這個想法我也不會想大聲說出口。）

「有沒有更多資料可以加進視覺化？這只涵蓋了幾個月的時間，對不對？」

「唔，是還有別本工作日誌啦，」我說，「可是它們其實不算是資料——只是描述。要把它打進電腦裡，要花好久時間。全都是用手寫的，我連自己的筆跡都快認不出來了⋯⋯」

凱特的眼神一亮，「自然語言的語料庫！我一直想找藉口去用書籍掃描器。」她咧齒一笑，猛拍桌子。「帶來Google吧。我們有專門處理這種事的機器。你一定要帶來Google。」

她在自己的座位裡微微彈跳一下，說出語料這個詞的時候，嘴唇張成了美麗的形狀。

8 書的氣味

我的挑戰是：從書店裡偷拿一本書出來。如果我成功了，就可能學到什麼有趣的東西，無論是關於這家店或是這家店存在的目的。更重要的是：也許我可以打動凱特的心。

我不能隨手就拿走工作日誌，因為普蘭伯跟奧利佛也要用。這本工作日誌是書店的一部分。要是我把它拿回家，就得有個好理由，而我不太想得出什麼好理由。**嘿，普蘭伯。我想用水彩把我對廷多爾的速寫畫出來？**最好可以這樣啦。

還有另一種可能。我可以拿別本日誌，比較舊的一本——不是第九而是第八冊，甚至是第二或第一冊。感覺很冒險。有些日誌比普蘭伯的年紀還大，我很怕一碰就會四分五裂。所以最近退休的那本日誌第八冊，可能是最安全也是最堅固的……不過，也是最容易到手的。每次把目前這本日誌滑進書架上的時候，就會看到第八冊。我很確定普蘭伯一定會注意到它不見了。那麼，也許拿第七或第六冊好了……

當我正蹲在櫃檯後面，用一根手指戳著日誌書背，想要測試它們的結構完整性時，店門上方的鈴鐺刺耳地叮叮響起。我彈直身子——是普蘭伯。

他把脖子上的灰色薄圍巾解開來，在書店前側古怪地繞了繞，用指節擂著櫃檯，視線越過矮櫃，之後順著後側書區往上遊走。他發出一聲靜靜的嘆息。有狀況。

「小伙子，今天就是當初，」他終於開口，「我接下這間書店的日子，三十一年前。」

三十一年。普蘭伯坐在這個辦公桌前的時間，超過我人生在世的歲月。我這才領悟到，我對這個地方來說有多年輕——是個轉眼即逝的附加品。

「直到過了十一年，」他補充，「我才把書店前側的名字改了。」

「以前是誰的名字？」

「阿爾—阿斯馬立。他是我的啟蒙老師，擔任我的雇主很多年。穆罕墨德・阿爾—阿斯馬立。我一直覺得在玻璃上放他的名字比較好看。現在還是這麼覺得。」

「普蘭伯看起來不錯啊，」我說，「滿神祕的。」

他一聽便綻放笑容。「當初我改掉店名的時候，還以為我也會改變這個店。可是根本沒有多大改變。」

「為什麼沒有？」

「噢，原因很多。有些好、有些壞。跟我們的資金有點關係……而且我一直滿懶的。早年，我讀書讀得比較多，還會去找新書來。可是現在看來，我安逸慣了，只找自己最愛的。」

唔，既然你都主動提起了……「也許你可以考慮進一些更熱門的書，」我斗膽說道，「獨立書店是有市場的，但有很多人根本不曉得有這個地方，可是等他們發現的時候，又沒多少書可以選擇。我的意思是，我有些朋友過來看過……我們就是沒有他們想買的書。」

「我不知道你這個年紀的人還會看書，」普蘭伯挑起眉毛說，「我有種印象，就是他們都在手機上讀書。」

「不是每個人啦。還有滿多人會，你知道的——還是有人喜歡書本的味道啦。」

「味道！」普蘭伯重複，「當大家開始說起味道的時候，你就知道完蛋了。」他說著便浮現笑容，接著想起某件事，於是瞇起了雙眼。「我想你應該……沒有Kindle吧？」

呃噢。這就像校長問我背包裡是不是有大麻，只不過是用友善的口氣說，彷彿想要分一杯羹。好巧不巧，我的確帶著我的Kindle。我把它從側背包裡拉出來。有點飽經風霜了，背面有好幾道粗粗的刮痕，螢幕底部附近還有零星的原子筆痕。

普蘭伯把它舉高，蹙起眉心。我往上伸手，掐一下角落，它就活了過來。他猛地吸口氣，亮藍眼眸裡映出Kindle那個淡灰長方形。

「了不起。」他說。「想當初，這種魔鏡一般的物種——」他朝著Mac Plus點點頭「——就已經讓我很佩服了。」

我打開Kindle的功能設定，替他把字體放大了些。

「它的文字排版很美，」普蘭伯說，將眼鏡往上推，湊近瞅著Kindle的螢幕，「我知道那種字型。」

「嗯，」我說，「是預設的。」我也喜歡。

「很棒的古典字型。是Gerritszoon。」他說到這裡頓住。「書店前側用的就是這個。這個機器會很快耗光電力嗎？」他稍微搖了一下Kindle。

「電池本來應該可以持續幾個月。可是我的不行。」

「我想，幸好，」普蘭伯嘆口氣，把它遞還給我，「我們的書本還不需要電池。可是我也不是呆子。實體書的優勢少之又少。所以我想，我們有個這麼慷慨大方的金主——」他說到這裡對我眨眨眼——「還真是好事一樁。」

我把Kindle塞回背包裡。我沒有得到安慰的感覺。「老實說，普蘭伯先生，如果我們多弄點暢銷的書過來，大家都會很愛這家書店。也會……」我越說越小聲，然後決定講實話，「也會比較好玩。」

他搓搓下巴，雙眼出神。「也許吧，」他終於開口，「也許時候到了，該要喚起我三十一年前有過的精力了。我會好好考慮的，小伙子。」

我並未放棄把老工作日誌偷渡到Google的想法。回到公寓的時候，在**大都會**的陰影之中，我攤開四肢倒在沙發上，才早上七點就啜起鐵錨牌蒸汽啤酒。我把事情跟馬特說了。有一棟外側是淺色大理石紋、形狀方正有如堡壘的建築物，他正忙著在上頭戳出小小的彈孔。他馬上擬定一個計畫。我指望的正是這個。

「我可以做出完美的複製品，」他說，「沒問題的，傑能。只要把參考影像帶來給我就可以。」

「可是你沒辦法拷貝每一頁吧，可以嗎？」

「只是外側啦。就書皮跟書背。」

「普蘭伯打開完美複製品的時候會怎樣？」

「他不會啦。你說過這本書是從檔案庫拿來的，對吧？」

「是沒錯——」

「所以重點在表面。大家都希望東西是真的。如果你給他們一個藉口，他們就會相信。」

這番話來自視覺效果魔法師，還滿有說服力的。

「ＯＫ，所以你只需要照片囉？」

「是好的照片。」馬特點點頭。「很多照片。每個角度。明亮、平均的光線。你知道我說明亮、平均的光線是什麼意思嗎？」

「沒有陰影？」

「沒有陰影。」他表示同意。「在那個地方當然是不可能的。它基本上是間二十四小時陰影書店。」

「對啊。陰影跟書本的氣味，我們兩者兼備。」

「我可以帶燈過去。」

「那樣我可能會洩露形跡。」

「說的也是。也許有些影子也沒關係啦。」

所以訂好計畫了。「說起暗黑勾當，」我說，「你跟艾許莉進行得怎樣？」

馬特吸吸鼻子。「我要用傳統的方式來追她。」他說。「還有，她不准我在家裡談這件事。可是她星期五要跟我吃晚飯。」

「劃分得這麼清楚，真讓人佩服。」

「我們的室友什麼不會，最會劃清界線了。」

「她會……我是說……你們都聊些什麼啊？」

「天南地北無所不聊，傑能。還有，你知道嗎——」他往下指指淡色的大理石紋堡壘——「這個盒子是她找來的，是她從辦公室的垃圾裡挑出來的。」

不可思議。愛攀岩、會煮義式燉飯的公關專才艾許莉．亞當斯竟然也幫著建設**大都會**。搞不好她沒有那麼像機器芭比。

「你們算有進展了。」我舉起啤酒瓶說。

馬特點點頭。「是有進展沒錯。」

9　孔雀羽毛

我自己也有進展：凱特邀我去參加轟趴。遺憾的是，我沒辦法去。我哪個派對都去不成，因為我在書店的輪班時間，就是從派對登場的時間開始。失望在我心裡扭動；發球權在凱特手上，而她正對我彈來一顆容易接的好球，但是我卻受到束縛而動彈不得。

真可惜，她打著字。我們正在用gmail閒聊。

對啊，太可惜了。不過，等等：**凱特，妳相信我們人類總有一天會超越軀殼，存在於某種無次元的數位昇華，對吧？**

對！

我賭妳不會真的把這件事拿去試驗看看。

你什麼意思？

我就是這個意思：我會參加妳的轟趴，可是我會透過筆電參加——透過視訊聊天。妳要當**我的女伴：帶著我到處去，把我介紹給大家。**她才不會願意配合。

老天，太棒了！好，我們就這麼做。不過你要打扮一下，而且也要喝酒喔。

她竟然願意。可是：等等，我得上班耶，哪能喝酒——

你一定要啦。不然就不算轟趴了，是吧？

我感覺，凱特對無實體人類的未來信念，跟她對非喝酒不可的堅持，兩者並不相容，但我不想追究，因為我要開趴嘍。

晚上十點，我在二十四小時神祕書店的櫃檯後面，穿著藍色橫紋襯衫上套著淺灰毛衣——為了開個玩笑，我希望稍晚的時候，可以得意洋洋地露出——誇張的紫色渦漩紋印花長褲。懂了吧？因為沒人可以看到我的下半身——好了，嗯，你懂的。

凱特在晚上十點十三分上線，我按下攝影機形狀的綠色按鈕。她出現在我的螢幕上，一如既往穿著印有BAM！的紅色T恤。「你看起來好可愛。」她說。

「妳沒打扮啊。」我說。其他人也沒有。

「是啊，可是你只是一顆漂浮的腦袋，」她說，「你要特別帥。」

書店瞬間淡去，我一頭栽入凱特公寓內的景像——請注意，那個地方我還沒親自去過。這是個寬闊開放的無隔間樓面，凱特把筆電當成攝影機一樣移動，讓我看東看西。「這是廚房。」她說。閃閃發亮的玻璃面櫥櫃、不鏽鋼爐台；冰箱上有一幅火柴人xkcd的漫畫。「客廳。」她說，把我快速地橫掃過去。眼前的景象模糊成暗黑的像素條紋，然後重塑成不規則蔓延的空間，裡面有寬大的電視跟低矮的長沙發。有電影海報裝在優雅的窄框裡：《銀翼殺手》、《決戰猩球》跟《瓦力》。大家圍坐成圈——一半坐在沙發上，一半坐在地毯上——玩著某種遊戲。

「那誰啊？」有人高聲說。我的視野一轉，正望著深色鬈髮，戴著黑色粗框眼鏡的圓臉女生。

「這是實驗性的虛擬智慧，」凱特說，「設計來製造好玩的轟趴抬槓。來吧，來試驗看看。」她把筆電往下放在花崗岩的流理台。

深色鬈髮女湊了過來——哎唷，靠得好近——然後瞇起眼睛。「等等，真的嗎？你是真人嗎？」

凱特沒丟下我不管。其實這種事做來輕而易舉：只要把筆電放下，被別人叫走，不要回來就行了。可是並沒有：整整一個小時她領著我到處走，把我介紹給她的室友（深色鬈髮女就是一個），還有從Google來的朋友。

她把我帶到客廳，我們圍坐一圈玩桌遊。遊戲叫做「誰是叛徒」，有個留著細薄鬍子的瘦巴巴男人湊過來解釋說，這遊戲當初是中央情報局發明的，一九六〇年代的情報員都在玩這個遊戲。那是個關於說謊的遊戲。你被賦予某個特定的角色，但你必須說服這群人你是另一個身分。透過遊戲紙牌來進行角色分配，凱特把我的紙牌舉到鏡頭那裡給我看。

「不公平。」圓圈對面的女生說。她的髮絲淡到逼近白色。「他有優勢。我們看不到他的肢體語言。」

「你說得對，」凱特皺著眉說，「我知道他一說謊，就會穿渦漩紋印花長褲。」

一接到提示，我就把自己的筆電一斜，讓他們瞧瞧。眾人哄堂大笑，響亮到擴音器劈啪作響、糊成一片。我也笑了，再替自己倒一杯啤酒。我在書店裡拿開趴用的紅杯子喝。每過幾分鐘，我就抬頭望向店門，恐懼像是一把迷你匕首，掃過我的心，可是腎上腺素跟酒精發揮了緩衝作用，平息我的刺痛感。不會有客人的。從來都沒有客人的。

我們跟凱特的朋友崔佛聊了起來，他也在Google工作，那時另一種匕首穿過我的防禦工事。崔佛滔滔不絕地講著南極洲（誰要去南極洲啊？）的冗長故事，凱特朝他傾身，幾乎像有地心引力似的，可是搞不好是她筆電的角度問題。慢慢地，其他人逐漸散去，崔佛的焦點縮小，只放在凱特身上，有如月亮往下撫照海洋。她的眼眸也回以閃光，而且邊聽邊點頭。

不，別亂想。他們又沒怎樣。只是個好聽的故事。她有點醉了。我也有點醉了。不過，我是不知道崔佛醉了沒啦，還是說——

鈴鐺叮叮響起。我連忙往上一看。靠。不是什麼深夜因為寂寞來亂逛的人，也不是我可以隨便忽視的。是讀書會的成員：拉賓女士。（據我所知）她是借閱後側書區唯一的女性顧客，現在她正擠進書店來，把沉重的皮包當盾牌似地緊抓在胸前，帽子上插了根孔雀羽毛。（這個倒是新的。）

我試著讓眼球分開聚焦，一眼盯著筆電、一眼放在拉賓身上。沒用。

「哈囉，晚安。」她說。拉賓的嗓音就像拉得變形的舊膠帶，老是波動顫抖跟變換音調。她舉高戴著黑手套的手，將孔雀羽毛拉直，或者只是要檢查羽毛是否安在。接著她從皮包裡滑出一本書。她要歸還**柏恩斯之書**。

「哈囉，拉賓女士！」我嗓門太大，說得太急。「要我幫什麼忙？」我考慮用那個讓人汗毛直豎的原型，不用等她說，就事先預測她下本書的名字，可是我的螢幕目前還佔滿了——

「你剛說什麼？」傳來凱特興奮急促的聲音。我把筆電關成靜音。

拉賓沒注意到。「唔，」她說著就滑到櫃檯來，「我不確定怎麼發音，可是我想是**帕—濟—**

比，也許，也許是**帕—金奇—布靈**——」

妳在開我玩笑吧。我卯盡全力拼寫她說的東西，可是資料庫就是跑不出結果。我按照語音規則的假設，再試一組不同的字。不，什麼都沒有。「拉賓女士，」我說，「怎麼拼啊？」

「噢，是P、B，是B、Z、B，不，對不起，是Y……」

妳——在——耍我——是吧。

「然後又是B，只有一個B，Y，不，我是說，對，是Y……」

資料庫說：是Przybylowicz。真是太荒謬了。

我衝上梯子，從書架上粗暴地拉出**普里茲畢洛維奇之書**，差點把它的鄰居**普萊厄之書**也給扯出來摔落在地。我回到拉賓身邊的時候，彷彿戴上滿臉不耐的鋼製面具。凱特在螢幕上默默移動，朝著某人揮手。

我把書本包好，拉賓拿出借書卡——6YTP5T——可是接著她滑往前方的矮櫃，就是放一般書籍的櫃子。噢，不。

漫長的幾秒鐘過去了。她慢慢越過標有**羅曼史**的櫃子，她仰頭閱讀書背時，孔雀羽毛跟著起起伏伏。

「噢，我想這本我也要。」她終於開口，帶著一本丹妮・斯蒂爾（Danielle Steel）的亮紅色精裝本回來。接著她花了快三天的時間才找出她的支票簿。

「所以，」她抖著聲音，「是十三元囉。讓我看看，十三元又幾分？」

「三十七分。」

「十三……元……」她用摧折人心的緩慢速度寫著，可是我必須承認，她的字跡很美。深深暗暗的又繞著環圈，幾乎像是書藝作品。她把支票壓平，慢條斯理地簽名：**蘿絲瑪莉．拉賓**。

她把簽完的支票遞給我，最底下有一行印刷小字告訴我，她一直是電報丘信用合作社的會員，自從——噢，哇——自從一九五一年耶。

老天。我為什麼要用自己的怪異行徑，來懲罰這位怪老太太呢？我心裡有什麼軟化下來。我的面具融化了，我對她露出一抹笑容——真心的笑容。

「晚安了，拉賓女士，」我說，「很快再回來唷。」

「噢，我已經盡量加快速度了。」她說著，露出她那種特有的笑容，臉頰像淡色李子一樣膨鼓起來。「Festina Lente。」她把後側書區的寶物跟她帶有罪惡感的享樂一起塞進皮包裡。它們在頂端突了出來：消光棕色跟光澤紅色。店門叮叮響起，她跟她的孔雀羽毛都消失了。

顧客們有時候就會說那句話。他們會說：Festina Lente。

我回頭朝著螢幕撲去。等我解除了擴音器的消音狀態，凱特跟崔佛依然開開心心地在閒聊。他正在說另一個故事，這次的故事牽涉到逗沮喪企鵝開心的長征探險之旅，顯然非常爆笑。凱特哈哈笑著。我筆電的擴音器不停傳出興致高昂的笑聲。看來崔佛是舊金山整個城裡最冰雪聰明、最樂趣橫生的男人了。鏡頭都照不到他們，所以我假設她一定摸著他的手臂。

「嘿，大家，」我說，「**嘿，大家**。」

我這才意識到他們也把我關了靜音。

我馬上覺得自己好蠢，確定整件事都是個爛點子。凱特轟趴的重點應該是我說著好笑的故事，而凱特摸著**我的**手臂才對。就另一方面來說，這個遠端臨場的練習根本毫無意義，搞不好大家都在鏡頭照不到的地方嘲笑我，對著筆電做鬼臉。我的臉熱燙起來。他們看得出來嗎？螢幕上的我是不是透著怪異的紅色調？

我站起來，躲開鏡頭的凝視。我的腦袋突然湧起一種筋疲力盡的感覺。我意識到，原來過去兩個鐘頭我一直在賣力演出——當個鏡框式鋁製舞台裡咧嘴笑著的小傀儡。這真是個錯誤。

我把手掌貼在書店寬闊的前側玻璃上，從瘦長金色字體形成的籠子裡眺望出去。是Gerritszoon字型沒錯，是這個寂寞地方一絲熟悉的優雅。P的曲線很美。我的呼吸在玻璃上呼出了霧。表現得正常點，我告訴自己。回去電腦那裡要表現得正常點。

「哈囉？」有個聲音從我的筆電傳出來。是凱特。

我滑回辦公桌後方的老位子。「嗨。」

崔佛不見了。凱特獨自一人。事實上，她正在某個完全不同的地方。

「這是我的房間，」她柔聲說，「喜歡嗎？」

樸實無華，除了床鋪、書桌跟笨重的黑皮箱之外，沒多少東西。看起來就像郵輪的船艙。不：是太空船上的分離艙。房間的角落有個白色塑膠洗衣籃，我看到籃子四周散落著——差點灌籃成功——十幾件一模一樣的紅T恤。

「跟我推論的一樣。」我說。

「對，」凱特說，「我決定不想浪費腦袋循環——」她打了哈欠——「去想每天早上該穿什麼。」

筆電搖搖晃晃，一陣模糊之後，我們到了她的床上。她用手撐住腦袋，我看得到她胸部的曲線。我的心跳頓時加快，彷彿就陪在她身邊，伸展身軀、滿懷期待——彷彿我其實不是依然穿著渦漩紋褲子，獨自坐在書店的幽暗光線裡。

「這樣真的滿有趣的，」她靜靜說，「不過我還是希望你可以親自過來。」她伸展身子，雙眼跟貓咪一樣瞇閉起來。我想不出可以說什麼，所以只是把下巴靠在手掌上，望入鏡頭。

「要是你能過來就好了。」她喃喃低語，接著呼呼睡著。我獨自在書店裡，望著在都市另一頭的她，僅有筆電灰光映照的入睡身影。不久，連電腦也進入休眠，螢幕轉而變黑。

轟趴過後，我獨自一人在店裡忙起功課。我做了選擇：我動作輕柔地拉出工作日誌第七冊（雖舊又不會太舊），拍攝要給馬特的參考影像：長鏡頭跟特寫，用我的手機從各個角度快拍，呈現了日誌寬闊扁平的破舊棕色長方形。我拍下細部：書籤、裝訂狀態、淺灰紙頁、封面上書店符號上方的浮凸字眼NARRATIO。普蘭伯早上抵達的時候，我的手機放在褲子口袋裡，影像正傳向馬特的收件匣。每一張圖片送出去的時候，還會發出iPhone微微的呼咻聲。

我把目前的日誌留在桌上。從現在開始我都要那麼做。我的意思是，何必老要擺回架上？要是你問我意見，那種作法簡直故意要害自己腰瘦背痛嘛。要是幸運，這個作法最後會習慣成自然，拋下一種常態的新影子，讓我可以縮身躲在裡頭。間諜就是專做這種事的，對吧？他們天天散步到麵包店買條麵包——完全正常——直到有一天他們改買一條鈾。

10 款式與型號

接下來幾天，我跟凱特相處了更久時間。我在不靠螢幕居中斡旋的情況下，親眼看到了她的公寓。我們一起打電動。我們親熱。

有天晚上，我們試著在她的不鏽鋼爐台上煮晚飯。可是才煮到一半，我們就判定蒸氣沸騰、糊成爛泥的羽衣甘藍菜煮壞了。於是她從冰箱裡拿出一個樣子不錯的塑膠盆，裡面裝著半滿的辣味北非小米沙拉。凱特找不到湯匙，於是就用冰淇淋杓來舀。

「妳做的嗎？」我問，因為我想不是她做的。沙拉太完美了。

她搖搖頭。「從公司拿的。大部分的日子我都會帶點東西回家。是免費的。」

凱特大多時間都耗在Google那裡，朋友們也大多在Google工作，談話的主要內容也都繞著Google打轉。現在我才知道，她連身上大部分的卡洛里也是從Google攝取來的。我覺得很折服：她很聰明，對自己的工作滿懷熱忱，可是也讓人心生畏懼，因為我自己的工作地點不是璀璨發光的水晶城堡，裡面滿是笑容可掬的智者。（我想像Google就是這樣，還有很多好笑的帽子。）

要跟凱特在Google之外的時間裡建立關係，限制多多，純粹因為時間就是不多，而我認為我想要有更多的相處時間。我想贏得進入凱特世界的機會。我想看看公主在城堡裡的樣子。

而我踏進Google的入場券就是第七冊工作日誌。

接下來的三個星期，我跟馬特煞費苦心地建構工作日誌的替身。做表面功夫就是馬特的專長。他從一張新皮革開始，先用咖啡染上污漬，接著從他的閣樓高巢裡拿了一雙老式的高爾夫防滑鞋；我把腳擠進鞋裡，踩在皮革上來回走了兩個鐘頭。

工作日誌的內部需要進一步的研究。深夜，馬特在客廳裡忙著打造迷你城市，我則拿著筆電坐在沙發上，用Google拚命搜尋，把製書過程的指導細節大聲唸出來。我們學習裝訂的方法，查明犢皮紙批發商的事。我們在Jo-Ann Fabrics工藝織品店找到微暗象牙色的布料跟粗厚的黑線。我們還在eBay上買了書蕊。

「你對這個還滿在行的嘛。」我們替空白紙頁上膠水的時候，馬特跟我說。

「什麼？做書嗎？」（我們在廚房餐桌上做。）

「不是，臨時邊做邊學，」他說，「我們在公司也是這樣。跟那些弄電腦的傢伙是不像啦，你也知道。他們每次都做同樣的事，永遠只是像素。可是對我們來說，每個案子都不一樣，新的工具、新的素材。每件事永遠都是新的。」

「就像叢林妖怪。」

「沒錯。我之前只有四十八個小時可以化身盆景藝術大師。」

馬修．米托布蘭還沒跟凱特．普丹特見過面，可是我想他們會處得來的：凱特深信人類大腦的潛能。而馬特可以在一天之內學會任何東西。想到那點，我忽然對凱特的觀點覺得心有戚戚焉。如果我們可以讓馬特活個一千年，也許他能替我們打造出一整個新世界。

對偽工作日誌有畫龍點睛之效的細節，也是最為艱難的挑戰——封面上的浮凸文字。原始版本有NARRATIO這個字深深壓入皮革裡，在細看特寫拍攝的參考影像之後，我發現連文字也是用老字型Gerritszoon。大事不妙。

「為什麼？」馬特問，「我以為我的電腦上有那個字型。」

「你是有Gerritszoon沒錯，」我發出嘖嘖聲，「適合用在電子郵件、讀書報告跟履歷表。這個呢——」我指著在我筆電螢幕上放大的NARRATIO，「——是Gerritszoon Display，適合放在廣告招牌、雜誌跨頁上，看來也適合祕密團體書籍的封面。看，它的襯線比較尖。」

馬特沉重地點點頭。「襯線是尖的沒錯。」

當初在新貝果，我設計菜單、海報跟（容我提醒你）那個得獎的商標時，我學到所有關於數位字型市場的事情：錢與位元組之間的比率落差之大，其他領域都沒有這種情形。這就是我的意思：一本電子書要價十塊美金左右，對吧？通常算的是百萬位元組的文字價值。（順帶強調一下，你每次看臉書，所下載的資料還更多呢。）電子書的話，你付多少錢就可以看到多少：文字、段落，還有可能會滿無聊的數位市場解說。嗯，結果，數位字型大概也是百萬位元組，可是數位字型的費用不是幾十塊美金，而是幾百，有時是幾千美金，而且是抽象的，基本上是隱形的——用薄薄的數學包絡線，來描述字母的微小形狀。整個事情的作法違反了大多數人的消費直覺。

所以，大家當然會試著盜取字型。我不是其中一個。我在學校上過字體排印學的課程，而在我們的最後一項作業裡，每個人必須設計自己專屬的字型。我對自己的字型懷有遠大的抱負——字型叫「泰勒瑪」，可是有太多的字母要畫，根本來不及完成。最後只做完大寫字母而已，適合用在訴求強烈的海報跟石板上。所以相信我，我知道單是做出那些形狀，就要耗費多少心血。字體排印者就是設計師，而設計師就是我的圈內人；我會全心支持他們。可是現在FontShop.com卻告訴我：Gerritszoon Display由紐約市的FLC字型鑄造公司發行，索價三千九百八十九美金。

所以我當然會想辦法盜用這個字型了。

某種聯想以Z字型的方式竄過我腦海。我關掉FontShop的頁面，到Grumble的圖書館去。這裡有的不只是盜版的電子書，還有字型——各種形狀與大小的非法字母。我一一翻過那些清單：有Metro、Gotham跟Soho，全都能免費取用。還有Myriad、Minion跟Mrs Eaves。Gerritszoon Display也在那裡。

我下載的時候，一陣自責感頓時襲來，不過只有微弱的刺痛感。FLC字型鑄造公司可能是時代華納的子公司吧。Gerritszoon是老字型，跟這個字型同名的創造者老早就過世了，哪會在意別人怎麼用他的字型，又是誰在用？

馬特把那個字放在細心描成的書店符號（攤展如書的雙手）上方，那麼一來，我們就完成了設計。隔天他在ILM用電離子切割機，把整個東西在廢鐵上刻了出來——在馬特的世界裡，電離子切割機就跟剪刀一樣稀鬆平常——最後我們用一把粗肥的C型夾鉗，將鐵片壓進那張仿舊的皮革裡，默默在廚房餐桌上壓凸三天三夜。等馬特放開夾鉗的時候，封面完美極了。

所以，時機終於到了。夜幕降臨。我在櫃檯跟奧利佛・果恩換班之後，開始輪值。今天晚上我將獲得前往凱特世界探險的入場券。今晚我即將進行掉包行動。

不過，結果發現，我還真不是當間諜的料——怎樣就是鎮定不下來。我什麼都試過了：讀長篇的調查報導；玩電腦版的火箭與巫師；在後側書區那裡來回踱步。無論什麼都沒辦法讓我集中精神超過三分鐘。

現在我只好勉強坐在櫃檯那裡，但就是靜不下來。如果「坐立不安」是維基百科的編輯功能，我老早就已經把「罪惡感」那個條目整個修訂過一遍，而且還順便翻譯成五種新語言了。

最後，都五點四十五分了。細薄的曙光好似捲鬚，從東邊悄悄爬進。紐約人開始玩起了Twitter。我整晚放鬆不下來，體力徹底透支。

真正的第七冊工作日誌被塞進我的側背包裡，可是日誌比袋子大得多，所以鼓凸出來，在我看來就像世上明顯到最荒唐的罪證了。就像那種巨型的非洲蛇吞下一整隻動物，而你可以看到那隻動物就在蛇身裡，一路往下蠕動著。

那本偽日誌就跟它沒血緣關係的手足站在一起。我把它滑入定位時，才意識到它在架子邊緣留下了一道會洩露形跡的線條。起初我驚慌失措。然後我闖入後側書區深處，從那裡的架子上撈起灰塵，撒在那本偽日誌的前方——我覺得自己就像個糕點師傅——直到灰塵的深度與濃度融合無間。

要是普蘭伯看出差別，我有十幾個理由（還有各有特色的陪襯情節）可以端出來說。可是我不得不承認：那本偽日誌看起來很棒。而我動過手腳的灰塵達到了ＩＬＭ的水準。看起來幾可亂真，我想，要是我也不會多看一眼。哇，前門上方的鈴鐺叮叮響起——

「早安，」普蘭伯說，「昨天晚上狀況怎樣？」

「還好不錯很棒。」我講得太快，放慢速度啊。謹記：常態的影子，蹲伏在那裡。

「你也知道，」普蘭伯邊說著邊脫下雙排鈕釦大衣，「我一直在思考。我們應該讓這個傢伙退休了——」他用兩根指頭輕拍Mac Plus的頂蓋，發出輕柔的答卡答卡聲——「買個比較近期的產品。不要太貴的。也許你可以推薦一個款式跟型號。」

款式跟型號。我從沒聽過有人用這種方式談電腦。只要是裸機，你要什麼顏色的MacBook都買得到。「嗯太好了，」我說，「我會做點調查。普蘭伯先生，也許可以買個重新整機出售的iMac，我想它們跟新的一樣好。」我一口氣把話講完，已經往門口走去。我覺得噁心又想吐。

「還有，」他謹慎小心地說，「也許你可以用新電腦來架個網站。」

我的心快爆開了。

「這家店應該有個網站。早該這麼做了。」

沒問題，我的心已經爆開，還有其他幾個小器官可能也裂開了。可是我目前急著想做這個——我一心只想先處理凱特．普丹特的資料庫。

「哇，太正點了，我們一定要做，我超愛網站的。可是我得先走了，普蘭伯先生，晚點見。」我一口氣把話講完，已經朝著店門走去。我好想吐。

他頓了頓，露出斜向一邊的笑容。「很好。希望你今天過得愉快。」

二十分鐘之後，我就在前往山景市的火車上，把鼓起的袋子抵在胸前抓緊。真怪——我的犯罪看起來如此微不足道。區區十六個小時裡，有誰會在意沒沒無名二手書店裡舊工作日誌的下落？可是我的感受卻大不相同。我覺得自己應該是普蘭伯在世上可以仰賴的兩個人之一，結果卻證明我這個人是靠不住的。

而我這樣做，就只為了打動一個女生。火車轟隆隆、東搖西晃，把我送進了夢鄉。

11 蜘蛛

火車站旁邊的彩虹指示牌在矽谷的豔陽之下微微褪了色，指出前往Google園區的道路。我跟著淺色箭頭穿越蜿蜒的人行道，尤加利樹與自行車架包夾兩側。路一轉，迎面即是寬闊的草坪與低矮的建物，而品牌標誌在樹木之間頻頻閃現：紅、綠、黃、藍。

這陣子以來關於Google的八卦就是，它就像美國本身：依然是城裡最大咖的玩家，卻必然也無可挽回地往下坡走去。兩個都是擁有無可匹敵資源的超級大國，可是各自面臨了快速成長的敵手，最終都會相形失色。對美國來說，敵手就是中國。對Google來說，敵手就是臉書。（這個說法是從科技八卦部落格看來的，所以聽聽就好。他們也說一個剛起步的公司MonkeyMoney明年會一飛衝天。）可是差別在這裡：面對難以避免的趨勢時，美國會付錢給國防承包商打造航空母艦。Google則是付錢給冰雪聰明的人，天馬行空任他們做自己想做的事。

凱特在小小的藍色安全崗哨跟我會合，索取並得到一張訪客證，上頭用紅色印了我的名字跟服務單位，帶領我踏進她的領地。我們切過寬廣的停車場，柏油路在陽光中烘烤著。這裡一輛汽車也沒有。場內擠滿了擱在短短支柱上的白色貨櫃。

「這些就是**大盒**的組件。」凱特指著說。一輛大卡車駛進了停車場的遠端，轟轟加嘶嘶作響。車身漆成了紅綠藍，正拖著其中一個白貨櫃。

「它們就像樂高積木，」她繼續說，「只是除了組件每個都有磁碟空間，多得不得了的空間，還有中央處理器跟其他一堆東西，而且都接了水電跟網路。它們是在越南打造的，然後想運到哪裡都行。不管在哪裡，它們都會自動連上線。全部結合起來，就是**大盒**。」

「可以用來做……？」

「什麼都能做，」她說，「Google製作的每個東西都在**大盒**裡運轉。」她用棕色手臂指向貨櫃側面，那裡用高高的綠色字母橫向模印上去的www，「那表示裡面有個網路的拷貝。」印有YT的就表示，「YouTube上的每段影片。」印有MX的就表示，「你所有的電子郵件。每個人的電子郵件。」

二十四小時神祕書店的書架感覺沒那麼高聳了。

廣闊的步道蜿蜒穿過主要園區。那裡有條單車專用道，Google人騎著碳纖維的競賽型單車跟備有電池組的定速單車呼咻掠過。有兩個灰鬍子騎著斜靠式的單車路過，還有個滿頭藍色雷鬼頭的高挑傢伙踩著獨輪車經過。

「我兩點半在書籍掃瞄那裡預約了一點時間，」凱特說，「先吃午餐吧？」

Google的員工餐廳映入眼簾，廣闊又低矮，像花園派對一樣架起了白色涼亭。前側是開放的，防水布捲收在入口上方，Google人站成了幾列短短的隊伍，排到涼亭外頭的草坪上。

凱特頓住腳步，瞇眼盤算。「這個好了。」她終於說，把我拉向最左邊那排。「排隊策略我還滿拿手的。可是在這裡不容易發揮——」

「因為在Google，每個人都是排隊策略家。」我提出。

「沒錯。所以有時候大家會做假動作。像這個傢伙就很會唬人。」她用手肘戳戳排在我們前頭的Google人。他身材高挑、沙色頭髮，模樣就像衝浪客。

「嘿，我是芬恩。」他邊說邊伸出掌心厚實、指頭修長的手。「你第一次來Google嗎？」他講Google聽起來像**咕—咯兒**，中間微微停頓。

是的，這位疑似來自歐洲的朋友。我隨口閒扯，「伙食怎麼樣？」

「噢，超讚的。主廚很有名……」他頓住，想起了什麼。「凱特，他必須去排別的隊伍。」

「對喔。我老是忘記。」凱特說。她解釋，「我們的伙食是客製化的。裡頭有維他命，一些天然的興奮劑。」

芬恩精力充沛地點點頭。「我正在實驗體內的鉀含量。現在我每天都要吃十一根香蕉耶。身體駭客！」他的臉裂成一個燦爛的笑容。等等，之前那個北非小米沙拉裡也有興奮劑嗎？

「抱歉，」凱特皺著眉說，「訪客的隊伍在那邊。」她指向草坪另一邊，我就把她留在歐洲身體駭客兼衝浪客身邊。

所以，此時我正在寫著**外部依存**（External Dependcies）的標示旁邊等候，那裡還有穿著卡其褲搭藍色扣領襯衫、掛著手機皮套的三個傢伙。草地的另一側，Google人都穿著舒適的牛仔褲跟鮮豔的T恤。

凱特現在正在跟別人說話，是個小麥膚色的苗條男生，剛剛在她背後加入排隊行列。他打扮得像滑板手，所以我猜他有個人工智慧的博士學位。嫉妒的感覺像長矛一樣往下刺中我的雙眼後方，可是我早有心理準備；在凱特認識每個人而且每個人也都認識她的水晶城堡裡，我就知道會有這種狀況。所以我不去在意，提醒自己，是她帶我來的。在這類的情境裡，這點就是王牌：是的，其他人都很聰明，其他人都很酷，其他人都健康又迷人——可是她帶你來了。你必須把這點當成胸針、當成徽章一樣別在身上。

事實上，我低頭一看才明白自己的訪客證上寫著——

姓名：克雷・傑能
公司：二十四小時神祕書店
招待：凱特・普丹特

——所以我把它撕起來，改貼在襯衫上稍高的地方。

有如他們保證過的，伙食的確非常好吃。我撈了兩杓扁豆沙拉、一塊粉紅厚片魚肉、七條新鮮翠綠的蘆筍、一塊超級酥脆的巧克力碎片餅乾。

凱特揮手要我到靠近涼亭周邊的桌子，一陣急急的微風把白色防水布吹得窸窣作響。小片小片的光線舞過桌面，上頭鋪著印有淺藍方格的紙張。原來在Google，大家會在繪圖紙上吃中飯。

「這是拉吉，」她說，朝那位滑板博士揮著一整叉的扁豆沙拉（看起來跟我的一樣），「我們以前是同學。」凱特在史丹佛讀符號系統。這裡的人難道都讀史丹佛嗎？你一畢業，Google

就給你工作？

拉吉開口的時候，突然露出一副老十歲的模樣，聲音短促分明又直接，「所以你是做哪行的？」

我真希望這裡明令禁止提出那種問題，真希望可以用符合Google怪癖作風的版本來取代，像是：**你最愛的質數是哪個？**我指指我的訪客證，承認自己的行業就站在Google的對立面。

「啊，書。」拉吉頓住片刻，忙著咀嚼。接著他的腦袋套入某條溝紋，「你知道的，那些老書對我們來說是個大問題。一般來說，我們把老的知識稱作ＯＫ。Old Knowledge，簡稱為ＯＫ。你知道網路上的資訊有百分之九十五，都是過去五年才創造出來的嗎？可是，我們知道，說起人類的所有知識，比例恰好相反——事實上，ＯＫ大部分代表的是那些大眾都知道或可能知道的事情。」

拉吉眼睛眨也不眨，搞不好也沒在呼吸。

「所以它在哪呢？對吧？ＯＫ在哪裡？嗯，別的先不說，就在老書本裡頭——」他打開細頭馬克筆的筆蓋（那支筆從哪冒出來的啊？）在繪圖紙桌巾上畫了起來——「ＯＫ也在人的腦袋裡頭。還有很多傳統的知識（Tradition Knowledge），就是我們叫做ＴＫ的東西。ＯＫ跟ＴＫ。」他畫出互有交疊的小團東西，用首字母簡稱標示出各個小團。「想像一下，如果我們可以讓大家隨時都能取得ＯＫ／ＴＫ，在網路上、在你的手機上。就不會再有問題無人回答的狀況。」

我納悶拉吉的午餐裡含有什麼成分。

「維他命D、不飽和脂肪酸omega 3、發酵的茶葉。」他說，一面振筆疾書。他在那些小團的旁邊畫下一個點，然後往下嗖嗖移動馬克筆，使得黑色墨汁滲流出來。「那就是我們目前儲存在大盒裡面的東西，」他邊說邊指那個點，「想想它多有價值啊。如果我們可以把這些全都添加進去——」他大手揮過那些小團，好似策劃攻克敵人的將軍——「然後我們就可以真正認真想想未來。」

「拉吉在Google很久了。」凱特說。我們走啊晃的，離餐廳越來越遠。我在走出去的路上隨手多抓了一塊餅乾，現在正小口啃著。「他現在是Pre-IPO[12]，以前當了好久的ＰＭ。」

這個地方怎麼那麼愛用首字母縮寫啊？可是我想我知道ＰＭ。「等等——」我一頭霧水了——「Google這裡有首相？」

「哈，不是啦，」她說，「是『產品管理』（Product Management）。是個委員會。以前只有兩個人，後來變成四個，現在規模更大，有六十四個。ＰＭ負責公司的營運。由他們批准新方案、指派工程師、分配資源。」

「所以都是高階主管囉。」

「不是，那才是重點所在，成員的選擇方式就像是抽獎一樣。你的名字要是被抽到，你就到ＰＭ團隊裡服務十二個月。什麼人都可能被選到，拉吉、芬恩、我。培普。」

---

12 意思是上市上櫃前的投資。

「培普？」

「就是主廚。」

哇——真是徹底平等到超過民主的程度了。我領悟到，「這就像輪到陪審團一樣。」

「你要在這裡工作一年才有資格啦，」凱特解釋，「要是你正在忙什麼超級、超級重要的東西，就可以不要接。可是大家對這個職務的態度都很認真。」

我在想凱特．普丹特是不是也在召集的行列。

她搖搖頭。「還沒，」她說，「可是我很想做做看。我是說，機率不高就是了。這裡有三萬個員工，而ＰＭ只有六十四位。你算算看就知道。不過人數一直在成長。大家說ＰＭ的規模可能還會再擴張。」

現在我不禁好奇，如果我們照這種方式來運作整個國家，會是什麼樣子。

「那就是拉吉想做的！」凱特哈哈大笑，「當然要等他把所有的ＯＫ跟ＴＫ都找到才行囉。」她邊說邊搖頭，有點取笑他的意思。「他擬定一整套計畫要通過一個憲法修正案。要是有人能做到……」她再度噘起嘴。「也可能不是拉吉。」她呵呵一笑，我也是。是啊，拉吉對中美洲來說有些太激烈了點。

所以我問，「誰可以辦得到？」

「也許我可以。」凱特鼓起胸膛說。

也許妳可以。

我們路過凱特的領地：資料視覺化組。它就蹲踞在矮丘上，圍繞著小圓形露天劇場的一群拼裝方屋，劇場的石階往下通往一排巨型螢幕。我們往下望去。有兩位工程師坐在圓形劇場的階梯上，膝上架著筆電，一群泡泡在一個螢幕上四處彈跳，起伏的線條把泡泡都串在一起。每隔幾秒，泡泡就會凝住不動，線條猛地拉直，就像你頸背上豎起的毛髮。接著螢幕閃出紮實的紅。其中一位程式設計師靜靜地咕噥一聲詛咒，傾身湊近她的筆電。

凱特聳聳肩。「還在進行的工作。」

「是做什麼的？」

「不確定。可能是什麼內部的東西吧。我們做的事情大多都是內部的。」她嘆口氣。「Google的規模這麼大，本身就等於是觀眾群。我做出來的視覺化成果，大多都是給其他工程師、廣告業務或PM用的……」她越說越小聲。「老實說，我很想做點大家都能看到的東西！」她笑出來，彷彿大聲說出口就減輕了心裡的負擔。

我們蜿蜒穿過園區邊緣聳立著一大片落羽杉的空地——在人行道上灑下美妙的金黃光斑——來到低矮的磚屋。除了貼在暗色玻璃門上的手寫告示之外，什麼標示也沒有：

書籍掃瞄

到了室內，那棟屋子感覺就像小小的野戰醫院，闃暗微暖。刺眼的泛光燈炯炯往下照在操作檯上，四周圍繞著多關節的金屬長臂。空氣的味道像漂白水一樣刺鼻。書本團團圍繞著檯子；一摞又一摞的書，高高疊在金屬推車上。書本有大有小；有暢銷書也有看來很適合神祕書店風格的舊書。我瞥見了達許・漢密特。

叫傑德的高挑Google人負責操作書籍掃瞄。他蓄了毛茸茸的棕色鬍鬚，上頭有個完美的三角鼻。他有副希臘哲學家的模樣，或許只是因為他穿涼鞋吧。

「嘿，歡迎。」他面帶笑容說，先後握了握凱特跟我的手。「很高興在這邊接待資料視覺化組的人。你是……？」他挑起一邊眉毛瞅著我。

「我不是Google人，」我坦承，「我在舊書店工作。」

「噢，酷。」傑德說。接著他臉色一暗，「只不過，我的意思是，抱歉了。」

「抱歉什麼？」

「唔。抱歉把你們這些人的生意搶走。」他用正經八百的語氣說。

「等等，哪些人？」

「就書……店的人啊？」

喔。我其實沒把自己想成是圖書業的一份子；神祕書店感覺完全像是另外一回事。可是……我的確是賣書的。我負責管理一項Google廣告攻勢，設計來接觸潛在的購書客。莫名地，它卻反過來偷襲我：我竟然成了書商。

傑德繼續說，「我是說，等我們把一切都掃瞄過，而便宜的閱讀設備又普及了……就沒人需要書店了，對吧？」

「那就是這個東西設定的商業模式嗎？」我對著掃描器點點頭，「販售電子書？」

「我們其實沒什麼商業模式啦。」傑德聳聳肩。「我們也不需要。單是靠廣告就賺了那麼多錢，全部的事情都有它罩著。」他轉向凱特，「妳不覺得嗎？即使我們賺了，嗯，五……百萬……美金？」（他不確定這樣說聽起來多不多。順帶一提：是很多。）「嗯，也不會有人注意到。那邊——」他朝園區中央模糊地揮揮長臂——「他們每二十分鐘，大概就能賺到那麼多錢吧。」

真是讓人超沮喪的。要是我賣書可以賺五百萬，我會希望叫人用《龍歌三部曲》初版搭成的轎子，扛著我到處逛逛。

「嗯，差不多吧——」凱特點點頭，「——可是那是好事。能給我們自由。我們可以把眼光放遠。我們可以投資在這樣的東西上面。」她往掃描器附有金屬長臂的閃亮檯子走近一步。光線裡，她張大的眼睛爍爍發光。「看看嘛。」

「總之，抱歉了。」傑德靜靜對我說。

「我們不會有事的，」我說，「大家還喜歡書本的氣味。」況且，傑德的書籍掃描器不是有外來資金協助的唯一一個案子。普蘭伯也有自己的金主。

我把那本工作日誌從背包挖出來，遞了過去。「病人在這裡。」

傑德在泛光燈底下捧著它。「這本書真是美。」他說著一面用長指滑過封面上的浮凸。「內容是什麼？」

「只是私人日記，」我頓住，「非常私人。」

他動作輕柔地翻開工作日誌，把封面跟背面夾進呈直角的金屬框裡。在這裡不會有書背破損的問題。接著把那個框框放在檯子上，用四個小托架鎖定位置。最後他試著搖一搖，要確定框框跟它的乘客都很穩固。那本日誌被綁在裡頭像是個太空人，或是用來測試撞擊的假人。

傑德急忙把我們從掃描器那裡支開。「待在這後面。」他邊說邊指著地上的一道黃線。「這些手臂很利的。」

他的長指頭在一列平板螢幕後方啪答輕敲。響起一陣傳自內部的低沉嗡鳴，接著是高亢的警告聲，然後書籍掃描器突然就展開行動。泛光燈開始頻頻閃動，把密室裡的一切都變成停格影片。一格接一格，掃描器像蜘蛛般的手臂往下伸，抓住紙頁角落，把它們往後一撥。真有催眠作用。我從沒看過動作這麼快速卻又如此細膩的東西。那些手臂——我看不出是四、八或十六根——輕搓紙頁，摩挲它們，將它們撫平。這個東西深愛著書本。

燈光每閃一次，架在檯子上方的兩部巨型相機就跟著轉動，先後快速拍下影像。我側滑到傑德身邊，這樣就能看到我日誌的紙頁在他的螢幕上堆疊起來。兩部相機就像兩隻眼睛，於是影像就會變成3D。我眼睜睜看著他的電腦把這些文字從淡灰色的紙頁上提離起來。看起來就像驅魔術。

我走回凱特身邊。她的腳趾就踩在黃線上，傾身朝書籍掃描器靠去。我怕她的眼睛會被戳到。

「好炫。」她用氣音說。

真的是。我突然對那本日誌湧起一股同情，它的祕密在幾分鐘之內，就全被這一陣光線與金屬組成的旋風摘取光了。書本在過去是相當高科技的。現在再也不是了。

12 創誓者的謎題

後來八點左右，我們待在凱特有如太空船分離艙的臥房裡，坐在像是太空船操縱台的白色書桌前。她坐在我的大腿上，往自己的MacBook傾靠。她正在解釋「感光字元閱讀處理」（OCR），那是一種過程，電腦將墨水的起伏跟石墨的線條轉化成它能理解的字元，像是K、A還有T。

「這不是等閒小事，」她說，「那本書還滿厚的。」加上，前任店員們的手寫筆跡幾乎跟我一樣糟糕。可是凱特有個計畫。「我的電腦必須花整個晚上來消化這些紙頁，」她說，「可是我們沒那個耐性，對吧？」她正以超快的速度打字，編寫我看不懂的長長指令。是的，我們的確沒那個耐性。

「所以我們要叫幾百台機器同時替我們辦事。我們要用Hadoop。」

「Hadoop。」

「大家都在用啊。Google、臉書、國安局。是一種軟體——會把繁重的工作分成很多小小的分量，然後同時發派給一堆不同的電腦。」

Hadoop！我喜歡它唸起來的聲音。凱特・普丹特，我以後會跟妳生個兒子，我們就把他取名為Hadoop。他會是個偉大的戰士、國王！

她往前伸展，手掌牢牢摁在桌上。「我愛這個。」她緊緊盯著螢幕，那裡有個圖表正在開展：是個花朵骨架，有個閃動的中心，還有幾十片——不，幾百片——花瓣。它快速生長著，從小雛菊到蒲公英到巨型向日葵。「一千台電腦正在做我做的事。我的心思不只在這裡，」她輕敲自己的腦袋說，「也在外面。我愛死了——這種感覺。」

她往我身上磨蹭。突然間我可以敏銳地聞到一切：她不久前才洗過的髮絲，貼在我的臉上。她的耳垂稍稍往外突，渾圓粉紅；她的背部因為在Google攀牆而相當強健。我用兩根拇指掃過她的肩胛骨，橫越她鼓起的內衣肩帶。她再次移動，東搖西晃。我把她的T恤往上一推，壓扁的字母反映在筆電的螢幕上：BAM！

後來，凱特的筆電發出低鳴。她從我身上滑開，跳下床鋪，爬上她的黑椅。她踮著腳尖蹲在那裡，脊椎往下朝著螢幕彎曲，好似石像鬼雕像。美麗赤裸女孩造型的石像鬼。「有用耶。」她說。她面色潮紅地轉向我，滿頭髮絲深沉又狂亂，咧嘴笑著。「有用耶！」

午夜時分，我回到了書店。真正的日誌安全返回架上。偽日誌被塞進我的包包裡。一切都照著計畫進行。我處於警戒狀態，感覺良好，摩拳擦掌準備視覺化。我把掃瞄過的資料從大盒裡拉出來；在bootynet上才花不到一分鐘的時間。任何人在那本日誌上記下的所有故事，經過完美的處置，全都流回我的筆電裡。

電腦，現在該是你聽命於我的時候了。

這種事不可能一開始就順利運作。我把原始文本灌入視覺化，感覺就像傑克森·波拉克（Jackson Pollock）在我的原型上施展身手。資料像污垢般地散落各處，粉紅、綠色跟黃色的團塊，全是電玩遊戲的刺眼色調。

我做的頭一件事就是改變調色盤。拜託，請用土色系的。

現在：我這邊同時處理太多資訊了。我只想看看誰借了什麼書。凱特的分析聰明到把名字、書名跟時間在文本裡標籤起來，而視覺化知道怎麼把那些東西以繪圖呈現，所以我把資料跟顯示連接起來，看出了某種熟悉的現象：群集起來的彩光穿越書架彈跳不停，每個光點都代表一位顧客。不過，這些是幾年前的顧客就是了。

看起來沒什麼——只是一團穿越後側書區的彩色東西。接著，憑著直覺，我把點跟點都連接起來，於是它不再是密擠成團的東西，而是一組星座。每個顧客都在書架上留下了一道痕跡，好似喝醉一般的Z字型。最短的星座呈現紅黏土的顏色，劃出了小小的Z字型，只有四個資料點。最長的那個呈現深暗苔蘚的顏色，以鋸齒狀的長型橢圓，曲折穿越了整座書店的寬度。

看起來還是沒什麼。我用觸控板推一下3D書店，讓它沿著軸心轉動。我站起來伸展雙腿。我從書桌的另一側撿起達許·漢密特的書，從我頭一天在書店以來，就注意到它從沒被人碰過。真悲哀。我的意思是，說真的：擺滿胡言亂語內容的書架搶走所有的注意力，而《馬爾他之鷹》卻放著積灰塵？真是悲上加悲。好蠢。我應該開始找別的工作。這個地方快把我搞瘋了。

我回到櫃檯時，那座書店還在打轉，就像旋轉木馬一般急速迴旋……發生怪事了。只要一轉，那個暗色苔蘚星座就會猛地清晰起來。它會在瞬間顯現一個圖片，而且——不會吧。我的手猛按觸控板，讓那個模型放慢直到暫停下來，然後把它轉回來。那個暗色苔蘚星座呈現了清晰的圖片，其他的星座也都融合進去。可是沒有一個跟暗色苔蘚一樣完整，不過倒是描出了下巴的弧度，或一顆眼睛的斜度。當模型排成直線，彷彿我從正門往書店裡看——跟我現在坐的地方非常靠近——那些星座活了起來。星座顯現出一張臉。

是普蘭伯的臉。

鈴鐺響起，他走進店裡，拖著一道長長的盤旋霧氣進來。我詫異的說不出話，不曉得從何講起。我面對著兩個普蘭伯：一個是在我螢幕上默默往外凝望的線框；另一個是站在門口正要綻放笑容的老先生。

「早啊，小伙子，」他爽朗地說，「昨天晚上有沒有什麼值得注意的事情？」

一時片刻，我強烈考慮要把筆電的螢幕闔起來，然後絕口不再提這件事。可是不行：我太好奇了。我就是沒辦法呆呆坐在櫃檯，任由這張詭異之網在我四周撒開。（我意識到，那番話可以用來形容很多種工作，可是眼前這個就是含有特別魔幻的詭異性。）

「你在那邊做什麼？」他問，「你開始架我們的網站了嗎？」

我連忙把筆電轉過來給他看。「也不算。」

他似笑非笑，把眼鏡舉到一個角度，往下瞅著螢幕。他的臉皮一鬆，接著靜靜地說，「是創誓者。」他轉向我。「你解開了。」他一手啪答拍上額頭，臉龐裂成一抹昏眩的笑容。「你解出來啦！看看他！就在螢幕上！」

看看**他**？這不是——噢，普蘭伯現在傾身湊來，我才意識到自己犯了個常見的錯誤：假設所有的老人都長一個樣。螢幕上的線框肖像有普蘭伯的鼻子，可是嘴巴是個小小彎彎的弓型。普蘭伯的嘴巴則是又平又闊，天生要用來露齒笑的。

「你怎麼辦到的？」他繼續說。他得意的很，彷彿我是他孫子而我剛剛擊出了全壘打，或是找出治癒癌症的妙方。「我一定要看看你的筆記！你用了歐以勒法（Euler's method）？還是布里托反演法（Brito inversion）？沒什麼好丟臉的，它早早就能把大部分的混亂排除掉……」

「普蘭伯先生，」我說，語氣洋洋得意，「我掃瞄了一本舊日誌——」然後我才領悟到這句話夾帶了弦外之音，於是支支吾吾地坦承說，「唔，我拿了一本舊日誌。是借走啦。暫時的。」

普蘭伯皺起眼睛。「噢，我知道啊，小子。」他不帶惡意地說。他頓了頓。「你的贗品有很濃的咖啡味。」

唔，所以，「我借了一本舊日誌，我們把它掃描起來——」他臉色一變，頓時滿面憂心，彷彿我不是找出癌症療法，而是可能罹患癌症似的——「因為Google有這個機器，超快的，還有Hadoop，直接就——我是說，同時有一千台電腦在跑，就像那樣！」我彈彈手指以示強調。我想他完全不知道我在說些什麼。「總之，重點是，我們剛剛把資料拉出來。全自動的。」

普蘭伯的微肌肉顫動著。他像這樣湊得這麼近的時候，倒是提醒我，他其實非常老了。

「Google。」他用氣音說。一陣長長的停頓。「好奇怪啊。」他拉直身子，臉上表情極怪——等於是用臉色來表示「找不到這個頁面」的畫面。他自言自語地說，「我必須往上呈報。」

等等，什麼樣的呈報？是要向警方報案嗎？算是重竊盜罪嗎？「普蘭伯先生，有什麼問題嗎？我不懂為什麼要——」

「噢，對，我知道，」他厲聲說，視線朝我閃來，「我現在弄懂了。你作了弊——那樣說還算合理吧？結果，你根本不曉得自己成就了什麼。」

我低頭盯著櫃檯。那樣說是很合理。

等我再次抬頭望向普蘭伯，他的目光已經軟化

「可是……你畢竟還是辦到了啊。」他轉身晃向後側書區。「好怪啊。」

「那是誰？」我突然問。「誰的臉？」

「是創誓者的臉，」普蘭伯邊說邊用長手拂過一個書架。「就是那個苦苦等待、躲藏起來的人。多年以來，他讓見習生心煩意亂。好多年了啊！可是你卻在——多久時間？單單一個月？就把他揭露出來了。」

其實不是，「才一天。」

普蘭伯猛地吸了口氣。他的目光再次閃來，眼睛撐得老大，映出了穿窗而入的光線，用我從未見過的方式散放電光藍。他倒抽一口氣。「不可思議。」他吸了口氣，更深的一口。他露出心慌意亂又精神煥發的樣子，其實有點瘋瘋的感覺。「我有工作要忙，」他說，「我必須計畫一下。回家去吧，小子。」

「可是——」

「回家吧。不管你懂不懂，你今天都做了重要的事。」

他轉身走入滿是塵埃的陰暗書架之中，靜靜地自言自語。我把自己的筆電跟斜背包收拾好，溜出了前門。門鈴發出幾不可聞的叮叮聲。我回頭望進高高的窗戶，在捲曲的金色字體後面，普蘭伯已經隱去身影。

13 你為什麼那麼喜歡書？

我隔天晚上回去的時候，看到了前所未見的情景，讓我倒吸了口氣，走到半路嘎然停步：二十四小時神祕書店一片黑暗。

一切都不對勁了。那家店向來都開著，永遠清醒，在百老匯這個可疑地帶，好似一座小小燈塔。可是現在那些燈卻熄滅了，而前門的內側貼了張小小方紙。普蘭伯以細長的字體寫著：

歇業（AD LIBRIS[13]）

我沒有書店的鑰匙，因為我從來就用不著。向來都是一個傳一個——普蘭伯把書店交給奧利佛，奧利佛轉給我，再由我再把書店還給普蘭伯。一時之間，我七竅生煙，滿腔自私的怒氣。搞什麼鬼？什麼時候會再營業？不是應該先寄封電子郵件還是什麼的通知我嗎？雇主幹這種事真的很不負責任。

可是接著我擔心起來。今天早上的狀況是過分了些。萬一普蘭伯激動過頭，結果心臟病小小發作了一下呢？要是他心臟病大爆發呢？萬一他翹辮子了呢？還是他在某處的寂寞公寓裡暗暗飲泣呢？難道因為普蘭伯爺爺太奇怪而且身上有舊書味，家人根本不來探望他？一陣羞恥感在我的血液裡流竄，跟那股怒氣混合起來，旋攪成濃稠的湯汁，害得我直想嘔吐。

我走到街角上賣酒的店，想買點洋芋片。

接下來二十分鐘，我站在路邊怔怔地啃著Fritos洋芋片，用褲子把手抹乾淨，不確定接下來要做什麼。我應該先回家，等明天再來嗎？我應該在電話簿裡面找普蘭伯，試著打電話給他嗎？算了吧，我不用查也曉得，電話簿不會登記普蘭伯的資料。況且，我也不曉得到哪兒去找電話簿那種東西。

我站在那裡，試著想出比較聰明的行動方案。此時我看到有個熟悉的人影滑過街道而來。不是普蘭伯，他走路是不會滑動腳步的。這位是——拉賓女士。我縮身躲到垃圾桶後面（我幹嘛縮身躲到垃圾桶後面啊？）觀察著她：速速走向書店；當她走到可以察覺書店棄守狀態的範圍時，連忙衝到前門那裡；踮起腳尖、伸長身子查看寫了歇業的告示，鼻子緊貼玻璃，肯定是從那幾個字裡預測了什麼深刻的含義。

接著她鬼鬼祟祟來回瞥著街道。當她把蒼白橢圓的臉龐匆匆轉過來，我看到某種讓她繃緊臉龐的恐懼感。她轉身沿著來時路滑行回去。

我把Fritos的袋子拋進垃圾桶，尾隨在她後面。

---

13 拉丁文，關閉的意思。

拉賓離開百老匯街，踏上一條通往電報丘的道路。即使地勢在腳下升起，她依然維持著行動的迅捷度；她這個小怪人就是有那個能耐。我氣喘吁吁，跟她拉開一個街區的距離快步走著，掙扎著想要趕上。科伊塔噴嘴般的塔頂在山丘上升起，高高聳立於我們上方，在越發深濃的夜空襯托之下，好似長細脆弱的灰色剪紙。一條窄路順著山丘的輪廓向上蜿蜒，拉賓沿路走著，到了半路竟然消失。

我衝刺到她最後站立的地方，找到一道嵌入山坡的細窄石階，就像介於房舍之間的巷道，在交織如薄紗的樹枝下方，陡峭向上蔓延。不知怎的，拉賓已經爬了一半。

我試著朝她的背影呼喊——「拉賓女士！」——可是我喘不過氣來，話一出口就只是呼咻喘息。所以我咳了咳，哼哼唧唧地傾身進入山丘，跟著她往上走。

階梯上一片寧靜。唯一的光線來自兩側房子裡的小小高窗；光線向外洩在結有纍纍暗色李子的枝椏上。前方高處傳來一陣響亮的沙沙聲，小鳥同聲嘎嗚。下一刻，一群野生鸚鵡從棲息地騷動而起，往下朝著樹木夾道的管狀空間蜂擁而來，最後飛入開敞的夜空裡，翅尖掃過我的頭頂。

前方響起尖銳的喀答，一聲吱嘎，接著光線從一道細縫擴展成方形。我跟蹤對象的影子穿過方形，方形在她背後緊緊關起。蘿絲瑪莉・拉賓到家了。

我好不容易走到平台，坐在梯級上想調整呼吸。這位女士的體力真不是蓋的。搞不好她很輕盈，有小鳥一般的骨骼。搞不好她有點微微的浮力。我回頭俯望我們的來時路，視線穿過蕾絲般交疊的黑枝椏，看得到下方遙遠的燈光。

屋裡發出碗盤鏗鏗噹噹的聲音。我敲響拉賓女士的屋門。

接著是一陣冗長明顯的沉默。「拉賓女士？」我呼喚。「我是，呃，書店的克雷。就是那個店員。我只是想問妳一件事。」或者問妳所有的事情。

沉默延續下去。「拉賓女士？」

我看著一抹影子緩緩截斷屋門下方那道光線。它在那裡徘徊——接著門鎖嘎拉嘎拉，拉賓女士探出頭來。「哈囉。」她用甜美的語調說。

她家就像是愛書哈比人的洞穴——屋頂低矮、牆面密閉、書滿為患。空間雖小，但還算舒服，空氣瀰漫著強烈的肉桂香，還有淡淡的大麻味。一張高背椅面對小小的壁爐。

拉賓並未坐在椅子上，而是遠遠退到船上伙房似的廚房角落，雖然還是跟我同處一室，但盡可能離我遠點。我想要是她搆得著，就會爬窗逃逸。

「拉賓女士，」我說，「我必須跟普蘭伯先生聯絡。」

「要不要喝點茶？」她說，「對，來點茶好了，喝完你就可以上路了。」她把弄著一只笨重的銅製茶壺。「我想年輕人晚上都很忙，有很多地方要去，有很多人要見——」

「其實我本來應該在上班的。」

她的雙手在火爐上顫抖著。「當然了，嗯，工作機會多的是，不用心急——」

「我不需要新工作！」我放輕語調說，「拉賓小姐，說真的，我只是需要跟普蘭伯先生聯絡。」

拉賓只是微微頓住一下。「職業有那麼多種。你可以當麵包師傅、標本師傅、渡輪船長……」接著她轉過身來，我想那是她頭一次正眼看我，眼眸灰中帶綠。「普蘭伯先生已經走了。」

「那他什麼時候會回來？」

拉賓一語不發，只是直瞅著我，接著緩緩轉身回頭照料茶壺。茶壺在她的迷你爐子上開始抖晃跟嘶嘶作響。好奇跟恐懼混合成閃閃發亮的複合物，汩汩流進我的腦袋。該是孤注一擲的時候了。

我把筆電拉出來，可能是曾經跨過拉賓巢穴門檻的科技用品裡，最先進的一個，然後把它架在一疊厚重的書本上，那些書全是從後側書區來的。閃亮的MacBook看起來就像個倒楣的外星人，想跟安靜的人類文明忠貞份子打成一片。我啪地把它打開——揭露了外星人會發光的五臟六腑！——把視覺化的功能叫出來，這時拉賓用兩個小碟盛著兩只杯子越過房間。

她的眼睛瞥見螢幕，認出了書店的3D影像，喀拉作響地把碟子猛力放在桌上。她雙手緊握抵住下巴，彎低身子，看著那個線框臉龐逐漸成形。

她尖聲說道，「你找到他了！」

拉賓把薄到幾乎半透明的寬闊捲紙攤開來，擺在現在已經清空書本的桌面。輪到我目瞪口呆了：這就是書店的景象，用灰色鉛筆畫成的，裡面也顯示了一個用線條將架上空間聯繫起來的網狀東西。不過尚未完成；事實上幾乎還沒開始。你可以看到下巴的曲線跟鼻勾，可是沒有別的。這些線條深沉又篤定，周圍淨是橡皮的細毛擦痕——顯示了層層疊疊的過往痕跡，幽魂線條曾經多次被畫下繼而被抹除。

我納悶，拉賓前後到底花了多久時間在這上頭？

她的臉龐洩漏了實情。面頰顫動，彷彿泫然欲泣。「這就是為什麼，」她說著並回頭朝我的筆電一瞥，「這就是普蘭伯先生離開的原因。噢，你做了什麼事？你是怎麼辦到的？」

「用電腦啊，」我跟她說，「大台的那種。」

拉賓嘆口氣，終於向椅子投降。「太糟糕了，」她說，「都花了那麼多功夫了。」

「拉賓女士，」我說，「你們到底在忙什麼？這到底是怎麼回事？」

拉賓合上雙眼並說，「他們嚴禁我說這件事。」她用單眼偷偷一瞥。我保持安靜，一臉坦白，盡量做出人畜無害的模樣。她再次嘆口氣。「可是普蘭伯先生本來滿喜歡你的。他原本很喜歡你。」

我不喜歡過去式聽起來的感覺。拉賓伸手拿茶但不太搆得到。於是我把杯加碟端起來遞給她。

「能夠談談這件事，感覺還不錯，」她繼續說，「花了這麼多年閱讀、閱讀再閱讀。」她頓住，啜口茶。「這件事你不會跟別人講吧？」

我搖搖頭。什麼人都不說。

「很好。」她說著便深深吸口氣。「我在『永生書會』裡是見習生。學會已經成立五百多年了。」接著態度拘謹地說，「就跟書本一樣古老。」

哇。拉賓只是個見習生？她肯定都有八十了。

「妳怎麼開始的？」我放膽一問。

「我本來是他的顧客，」她說，「我去那家書店，噢，前後有六、七年的時間。有一天我付錢買書的時候——我記得好清楚——普蘭伯先生望著我的眼睛說，蘿絲瑪莉——」她模仿普蘭伯，學得維妙維肖——「蘿絲瑪莉啊，妳為什麼這麼愛書？」

「我說，『嗯，我不曉得耶。』」她活力一來，幾乎露出了小女生的模樣，「『我想我很愛看書的原因是書很安靜，而且可以帶去公園。』」她瞇起眼睛。「他看著我，什麼也沒說。於是我說，『嗯，其實，我愛書是因為書是我最好的朋友啦。』然後他露出笑容——他的笑容很棒——接著走過去爬上梯子，我從沒見過他爬那麼高。」

當然。我懂：「他從後側書區拿書給妳？」

「你把它叫成什麼？」

「噢，就是——妳知道的，就後面的書架啊。那些密碼書。」

「它們是codex vitae[14]，」她說，發音精準，「對，普蘭伯先生給我一本書，然後給我用來解碼的符號表。可是，他說他只能給我這份符號表。下一個，還有接下來的，我得靠自己去發掘。」拉賓微微皺眉。「他說要成為無誓者不用花多久時間，可是我覺得好吃力。」

等等。「無誓者？」

「有三個等級，」拉賓說，用白晰指頭一一數算，「見習生、無誓者、誓約者。為了要成為無誓者，你必須先解開創誓者的謎題。就是書店，嗯。你從一本書到下本書，替每一本解碼，找出可以看懂下一本的符號表。那些書是用某種特別的順序上架的。就像纏結的線繩。」

我懂了，「就是我解開的謎題。」

她點了一次頭，蹙眉啜茶。接著，彷彿突然想起來，「你知道嗎？我以前是電腦程式設計師喔。」

不會吧。

「當時的電腦又大又灰，就跟大象一樣。噢，當時的工作難度很高。我們是頭一批在做這件事的人。」

不可思議，「在哪裡？」

「太平洋電話公司，就在薩特街那邊——」她朝著市中心揮著一根手指，「——那時候電話還是很高科技的。」她咧嘴一笑，誇張地擺動睫毛。「我當時可是摩登俏女郎唷，知道吧。」

噢，我相信。

「可是我已經好久沒用那樣的機器了。我從來沒想到要用你的方式來進行。噢，不過啊，這個——」她用一隻手朝那堆書跟文件揮了揮——「好費功夫啊。從一本書掙扎到下本書。有些故事還不賴，可是有些就……」她嘆口氣。

外頭傳來凌亂的腳步聲，鳥兒一陣清亮的齊聲嘎啼，接著響起急促的敲門聲。拉賓瞪大眼睛；我有種感覺就是，她可能不曾有夜間訪客超過兩位的經驗。敲門聲毫不停歇。屋門震動不止。

14 意思是，生命之書。

拉賓把自己推離椅子，轉動門把，原來是廷多爾，眼睛圓睜、髮絲狂亂，一手搭在腦袋上站著，另一手敲門敲到一半。

「他不見了！」他邊喊邊踉蹌地走進房裡，「到圖書館去了！怎麼會這樣？」他快速繞著圈圈踱步，重覆自己的話，緊張的能量像是一個散解開來的迴圈。他的眼睛往我瞟來，但沒有停下或放慢腳步。「他不見了！普蘭伯不見了！」

「墨利斯、墨利斯，鎮定一下。」拉賓說。她領著他到她的椅子那裡，他癱軟進去，扭動身子坐立難安。

「我們要怎麼辦？我們能做什麼？我們一定要做些什麼？」墨利斯尖喊著。「普蘭伯這麼一走……」他越說越小聲，把頭往我這裡一偏，「你有辦法自己經營書店嗎？」

「等一下，等等，」我說，「他又不是死了。他只是——你剛剛不是說他要去圖書館？」

廷多爾的表情說的卻是另一回事。「他不會回來，」他搖著腦袋說，「不會回來，不會回來了。」

剛剛那個複合物——現在恐懼多於好奇——正擴散到我的胃部。是不祥的感覺。

「我是從英伯特那裡聽來的，他又是從蒙瑟夫那裡聽到的。說科維納氣炸了。說普蘭伯會受火刑。火焚！我完蛋了！妳也完了！」他朝著蘿絲瑪莉．拉賓揮動手指。現在她的臉頰正在顫抖。

我完全不懂。「你是什麼意思？普蘭伯會受火刑？」

廷多爾說，「不是他本人，是書，那本書——他的書！這種事一樣慘，甚至更慘。要燒的話，寧可是血肉，也不要是書頁。他們會燒掉他的書，就像當初對付頌德斯、莫法特、唐・阿勒楊卓，那些永生書會的敵人那樣。他、他，葛藍寇最慘了——本來門下有十幾位見習生的！他們全都被拋棄了、迷失了。」他用神情絕望的濕潤眼睛望著我，然後劈頭就說，「我都快完成了！」

我真的把自己捲進一個祕密團體了。

「廷多爾先生，」我斷然地說，「在哪裡？那座圖書館在哪裡？」

廷多爾搖搖頭。「不知道。我只是見習生。現在永遠沒辦法……永遠沒辦法……除非……」他抬起頭。眼眸散放希望的閃光，又說一次，「你有辦法自己經營書店嗎？」

我沒辦法經營書店，但我可以利用它。多虧廷多爾，我才曉得普蘭伯在某個地方惹上麻煩，而那是我的錯。我不懂怎麼會這樣，也不曉得原因何在，可是無法否認的是，害普蘭伯打包離開的是我，現在我真的很擔心他。這個祕密團體似乎特別設計來吸引學究型的老人家——等於是給年長學者的山達基教。如果那是真的，那麼普蘭伯已經深深陷入它的魔掌中。所以，到處打探跟溫和的猜測已經夠多了：我要突襲二十四小時神祕書店，找出我需要的答案。

可是，首先我得進書店才行。

隔天正午，我站在百老匯街上打著哆嗦，定定凝望著平板玻璃。奧利佛・果恩突然站在我身邊。老天，他這種大塊頭走起路來竟然無聲無息。

「怎麼了？」他問。

我小心翼翼地瞅著他。要是奧利佛已經正式加入這個祕密團體了呢？

「你幹嘛站在外面啊？」他問，「滿冷的耶。」

不。他跟我一樣，也是局外人。可是搞不好他是個握有鑰匙的局外人。

他搖搖頭。「店門從沒鎖過。我都是直接走進去，跟普蘭伯先生換班，你知道吧？」

對，然後由我接下奧利佛的位置。可是現在普蘭伯失蹤了。「現在我們卡在外頭了。」

「嗯。我們可以試試防火梯。」

二十分鐘以後，我跟奧利佛忙著運用在普蘭伯陰影重重的書架間，磨練出來的攀爬肌肉。我們有一把萬用梯子，是到五個街區之外的五金行買的，就架在書店跟脫衣舞俱樂部之間的窄巷裡。

Booty's的瘦子酒保也在後面這裡，坐在倒放的塑膠桶上抽菸。他睨了我們一眼之後就回頭看手機了，好像在玩水果忍者。

我扶著梯子，讓奧利佛先爬，然後我尾隨在他後面獨力爬上去。這是個完全陌生的領地；我平日雖然模糊地意識到有這個巷子存在，裡頭有個防火梯，可是不清楚那道防火梯在哪裡跟書店相連。神祕書店的整個後側是我不常走動的地方。在明亮的前側書架以及後側書區的陰暗地帶之後，有個小小的休息室，附有小小桌子跟小小浴室。再來就是標示了**私人空間**的門，通向普蘭伯的個人辦公室。我一直乖乖遵守這項禁令，就像我認真看待第二條規則那樣（關於後側書區的神聖性），至少在馬特牽扯進來以前。

「對啊，這扇門通向一道階梯，」奧利佛說，「階梯會往上走。」我們兩人站在防火梯上，只要有人移動重心，防火梯就會發出刺耳的高聲哀鳴。那裡有扇寬敞的窗戶，老玻璃嵌進滿是刮痕跟細孔的木框。我拉了拉，但它毫不動彈。奧利佛彎下身子，發出研究生式的靜靜嗯哼聲，它就啪答猛然打開，一面發出尖響。我往下瞥瞥巷子裡的酒保。他遵照他自己的工作守則，刻意忽略我們。

我們跳過窗框，進入二十四小時神祕書店黑漆漆的二樓書房。

黑暗中傳來一陣嗯哼咕噥、腳步拖移，接著爆出低聲的「哎唷」，奧利佛找到了電燈開關。橙色燈光從長桌的頂端綻放開來，揭露了我們周遭的空間。

普蘭伯的阿宅指數，比他透露得還要嚴重多了。

書桌上堆滿電腦，沒有一架是晚於一九八七年生產的。有架老舊的ＴＲＳ—80跟矮胖的棕色電視彼此相連。有個扁長型的Atari跟一台亮藍色塑膠外殼的ＩＢＭ個人電腦。有裝滿了軟碟的長盒、好幾疊厚厚的操作手冊，書名都用方方正正的字母印出來：

試算表軟體大師課程

享受樂趣與獲益的基本程式

咬一口你的蘋果

個人電腦旁邊有個金屬長盒，上頭擱了兩只橡膠杯子。盒子旁邊有架老式的轉盤電話，話筒是長長的弧形。你知道的……我想那個盒子是數據機，可能是世界上最古老的。當你準備連上線的時候，就要把話筒插進那些橡膠杯子，彷彿電腦實際上是要撥電話似的。我從沒親眼見過這種東西，頂多只在語帶諷刺的「你敢相信以前就是這樣運作的嗎？」這類部落格貼文裡看過。我整個人都快招架不住了，因為這就表示普蘭伯在人生中的某個時刻，曾經踮著腳尖悄悄潛入虛擬空間過。

櫃檯後方的牆壁上，有張偌大又老舊的世界地圖。這張地圖上沒有肯亞、辛巴威跟印度。阿拉斯加是一片寬闊的空白。有幾根亮閃閃的大頭針刺進了紙張。大頭針戳進倫敦、巴黎跟柏林，還有聖彼得堡、開羅跟德黑蘭。還有更多——這些一定是書店、小圖書館。

奧利佛在一疊文件當中翻找著，而我則把個人電腦的電源打開。扳動開關的時候，發出響亮的刷喀聲，電腦在隆隆聲中活了過來，聽起來好像飛機正要起飛。先是高聲的怒吼，再來是一串斷斷續續的嗶嗶聲。奧利佛猛地轉身。

「你在幹嘛啦？」他竊竊私語。

「找線索啊，跟你一樣。」我不知道他幹嘛竊竊私語。

「可是，要是上頭有怪東西怎麼辦？」奧利佛繼續竊竊私語，「比方說色情照片。」

電腦好不容易送出命令行的提示。這不要緊，我可以摸索出來。當你架設網站的時候，跟遠端伺服器互動的方式，打從一九八七年以來其實沒多大改變，所以我回想新貝果時期的作法，打進幾個說明性的指令。

「奧利佛，」我漫不經心地說，「你有沒有做過數位考古？」

「沒有，」他在抽屜上方彎著身子說，「我其實不太碰比十二世紀更新的東西。」個人電腦的小磁碟存滿了文字檔，命名的方式神祕難解。當我查看一個檔案的時候，裡面就是亂成一團的字體。所以這要不是原始資料，或是編碼過的資料，不然……對。這就是後側書區的書本之一，就是拉賓稱作生命之書的其中一本。我想，普蘭伯把它轉錄在他的個人電腦裡。

有個叫做歐以勒法的程式。我把它輸進去，深吸一口氣，然後按下return鍵……個人電腦嗶嗶抗議。它以亮綠色的文字告訴我，密碼有誤——錯得離譜。這個程式不肯運作，搞不好從來不曾運作過。

「看看這個。」奧利佛在房間的另一頭說。

他伏在檔案櫃頂端的厚書上。封面是皮製的，跟工作日誌一樣有浮凸字樣，寫著PECUNIA[15]。也許是私人日誌，記錄了書商這行多采多姿的細節。可是不是：奧利佛把它翻開的時候，這本書的目的馬上顯現出來。是個帳冊，每張紙頁都分成兩個寬寬的欄位，還有幾十個窄窄的橫格，每格都有普蘭伯用細長筆跡寫成的條目：

FESTINA LENTE CO. ——— $10,847.00

FESTINA LENTE CO. ——— $10,853.00

FESTINA LENTE CO. ——— $10,859.00

15 拉丁文，意思是錢。

奧利佛一頁頁翻過帳冊。條目按照月份排列，可以回溯到幾十年前，總共有幾百條之多。所以那就是我們的金主：FESTINA LENTE公司，一定跟科維納有關。

奧利佛・果恩是個訓練有素的挖掘家。在我忙著扮演駭客的時候，他卻找到了真正有用的東西。我在他的帶領之下，按部就班地在房間裡移動，尋找著線索。

那裡還有一座矮櫃，頂端放著：一部字典、同義反義辭典、一九九三年期皺巴巴的《出版人週刊》、緬甸外帶菜單。櫃子裡有辦公室用品：紙張、鉛筆、橡皮筋、釘書機。

有個衣帽架，除了一條細薄的灰圍巾之外，空空如也。我看普蘭伯圍過。

遠端牆面上有裝在黑框裡的相片，就在通往下方的階梯旁邊。其中一張拍的是書店本身，可是一定是幾十年前拍的：是黑白照片，街道的模樣看來不同。隔壁不是Booty's，而是一家叫做艾里格尼的餐廳，插有蠟燭跟方格桌巾。另一張照片是柯達彩色底片的色彩，拍了一位金髮鮑伯頭的漂亮中年女性，抱著一棵紅木，一邊腳跟往上踢高，朝著相機燦爛一笑。

最後一張照片裡有三個男人在金門大橋前擺姿勢。一位年紀較長，有教授的架勢：鼻勾尖峭、略帶挖苦的迷人笑容。另外兩個年輕得多。其中一位胸膛寬闊、臂膀厚實，就像老派的健美先生。他留了黑色鬍髭，急遽後退的髮線，一隻胳膊對著相機用大拇指比讚。他的另一隻胳膊搭著第三個男人的肩膀，他又高又瘦，有著——等等。第三個男人就是普蘭伯啊。沒錯，是很久以前的普蘭伯，棕色頭髮像光輪一樣，臉頰上有肉。他正露齒笑著。他看起來青春洋溢。

我把相框打開，拉出照片。照片背面以普蘭伯的字跡寫著說明：

兩位見習生跟一位偉大老師

普蘭伯、科維納、阿爾—阿斯馬立

不可思議。年紀較大的男人一定是阿爾—阿斯馬立，那麼留著鬍髭的就是科維納了。他現在是普蘭伯的老闆，也是「全球怪書店」（可能就是Festina Lente公司）的執行長。召喚普蘭伯回到圖書館接受懲罰、資遣、火刑或更慘的事情，一定就是科維納。他在這張老照片裡身強力壯的樣子，可是現在一定跟普蘭伯一樣老了。肯定是個生性殘酷又瘦骨嶙峋的人。

「看這個！」奧利佛從房間對面再次呼喊。這種偵查工作，他絕對比我還拿手。首先是找出帳簿，現在又是這個：他舉高國鐵時刻表，是剛印出來不久的。他把它攤在桌子上，喏，用四道尖銳的筆劃框起來的——我們雇主的目的地。

賓州車站。

普蘭伯要去紐約市。

14 帝國

就我看來，目前的情勢是這樣的：

書店關了。普蘭伯走了，被他的老闆科維納召回祕密圖書館去，那裡其實是這個叫做「永生書會」愛書祕密團體的總部。有東西會受到火焚。這家圖書館在紐約市，但沒人知道確切地點——還不曉得。

奧利佛．果恩打算每天都從防火梯爬進店裡，至少營業幾個鐘頭——那應該可以滿足廷多爾跟其他人的需求。也許奧利佛可以順便多調查點永生書會的事情。

對我來說：我有自己的任務。普蘭伯火車抵達另一端的時間——當然是搭火車了——還在兩天以後。現在他正搭著火車喊恰喊恰喊恰穿越美國中部，要是我動作夠快，就能攔截到他。沒錯：我可以半路抄截並拯救他。我可以撥亂反正，把工作討回來。我可以查出到底是怎麼回事。

我把事情對凱特全盤托出，我好像越來越習慣這麼做了，感覺就像是把一道非常艱難的數學問題載入超級電腦。而我只是輸進幾個變數，按下return鍵，然後：

「沒用的，」她說，「普蘭伯都老了。我覺得這個東西已經屬於他人生的一部分很久了。我是說，基本上，那是他的人生，對吧？」

「是沒錯啦，所以——」

「所以我想你是沒辦法叫他……放棄的。就像說，我在Google已經多久了？三年吧，雖然還算不上是一輩子，可是即使這樣，你現在也不可能跑到火車站找我，叫我回頭。這家公司是我生活中最重要的部分，也是我這個人最重要的部分。我會直接走過你身邊理都不理。」

她說的對，真教人不安，一方面因為那就表示我必須重擬計畫，另一方面因為我雖然明白她說得有理，但我覺得實在說不過去。我對工作（或祕密團體）從來沒有那種感覺過，你可以在火車站攔住我，說服我做任何事情。

「不過，我還是認為，你百分百應該去紐約一趟。」凱特說。

「好了，現在我搞糊塗了。」

「這件事太有趣，不能不追。不然還有什麼替代方案？再找一份工作，永遠在猜你的前老闆出了什麼事？」

「唔，那絕對可以當成備胎計畫——」

「你的第一個直覺是對的。你一定要更——」她頓住，噘起嘴唇，「——懂得運用策略。而且你一定要帶我去。」她咧嘴一笑。當然，我哪可能拒絕？

「Google在紐約有個大辦公室，」凱特說，「我從沒去過，我會跟公司說，我要去見見那邊的團隊。我的經理一定會接受。你呢？」

我怎麼樣？我有個任務，還有個盟友。現在只需要找個金主。

讓我給你一點建議：當身價百萬的人在六年級沒朋友的時候，跟他交個朋友。尼爾・夏現在交遊廣闊——有投資者、員工跟其他創業人士——可是就某個層次來說，他們很清楚（他自己也心知肚明），他們結交的是執行長尼爾・夏。相反地，我現在是、而且永遠都會是地下城主尼爾・夏的朋友。

我的金主會是尼爾。

他的住家具有雙重功能，公司的總部也設在這裡。舊金山早期的時候，那棟房子是寬闊的磚造消防站；現在是個寬闊的磚造科技開放式空間，設有新潮的擴音器跟速度超快的網路。尼爾的公司往外擴散到消防站的地面樓層，十九世紀的消防員當初就在那裡吃十九世紀的墨西哥辣肉醬飯、講十九世紀的笑話，現在被一群跟他們恰恰相反的骨瘦年輕人所取代：穿著細緻霓虹布鞋而不是厚重的黑靴，握手的時候不是多肉厚實的壓掐，而是疲軟無力地滑過。大多都有口音——也許這點倒是沒變？

尼爾發掘寫程式的天才少年，把他們帶到舊金山，加以同化。這些就是尼爾的人馬，其中最厲害的就是伊果，十九歲的他來自白俄羅斯。聽尼爾講，伊果在鏟子背面自學矩陣數學，才十六歲就稱霸明斯克的駭客世界。如果尼爾沒湊巧看到伊果貼在YouTube上示範3D手藝的影片，伊果就會鋌而走險直接投入軟體盜版的職業生涯。尼爾替他張羅了簽證、買了張機票；等他一到，消防站裡就有張桌子等著他。桌子旁邊有個睡袋。

伊果把他的椅子讓給我，起身去找他的老闆。

牆壁露出厚重木頭骨架跟磚塊，上面掛滿了古典女性的巨幅海報：麗塔・海華絲、珍・羅素、拉娜・透納，全都印成亮閃閃的黑與白。螢幕上延續著這個主題。在某些螢幕上，那些女人被放大和像素化；在其他螢幕上，她們被重複十幾次。伊果的螢幕顯示的是扮成埃及豔后的伊莉莎白・泰勒，只是有一半的她是3D素描模型，由綠色線框構成，跟電影同步地悄悄溜過螢幕。

中間軟體替尼爾賺進幾百萬美金。也就是說，製作軟體的人會用他推出的軟體，大多是電玩產品。他賣他們需要的工具，如同畫家需要調色盤或拍電影的人需要攝影機一樣。他賣不可或缺的工具給他們——對方得付大把鈔票來買的工具。

讓我直接切入重點吧：就咪咪物理學（boob physics）來說，尼爾・夏是世界首屈一指的專家。

他有所突破，是在發展出咪咪模擬軟體初版的時候，那時他還是柏克萊的大二生。不久之後，他就授權給正在發展3D海灘排球遊戲的韓國公司使用。那個遊戲很糟糕，但胸部驚為天人。

現今，那個軟體——現在稱作Anatomix——是數位媒體要模擬與呈現數位胸部時的業界標準工具。那套東西神通廣大，整個宇宙的人類胸部都任由你創造與仿效，成果寫實得讓人屏息。有個模組會提供大小、形狀跟真實感的變數。（尼爾會告訴你，胸部並不是球體，它們不是水球，而是複雜的建構，幾乎具有建築性。）另一個模組負責做出胸部——用像素畫出來。那是某種特定的肌膚，透著亮度而且是很難臻至的品質，牽涉到某種叫做「次表面分散」（subsurface scattering）的東西。

如果你從事的是模擬咪咪這一行，尼爾的軟體是唯一的重要選項。它的能耐不止於此——多虧伊果的奮發向上，Anatomix現在可以做出整個身體，有了經過完美校正的抖晃感，還有散布各處的亮度（是你不知道自己身上擁有的）——不過咪咪依然是這家公司的搖錢樹。

說真的，我認為伊果跟尼爾的其他人馬根本是在翻譯。輸入的是——釘在牆壁上、在每個螢幕上發光——史上世界知名的特定銀幕寶貝。輸出的卻是普遍化的模型跟演算法。兜了一圈之後回到原點：尼爾會極度機密地告訴你，現在連電影後製也用他的軟體了。

尼爾快步走下迴旋梯，揮著手一面咧嘴笑著。在分子緊身灰T恤下面，穿著實在很不酷的石洗牛仔褲，腳踩露出澎鬆白鞋舌的New Balance鮮豔運動鞋。你永遠無法徹底逃離六年級。

「尼爾，」他把椅子拉過來的時候，我解釋，「我明天必須去紐約一趟。」

「怎麼？工作有著落了啊？」

不，是工作的相反。「我的前雇主失蹤了，我要找出他的下落。」

「我不怎麼驚訝，」尼爾瞇起眼說。

「你之前說的沒錯。」我說。巫師。

「說來聽聽。」他在座位上坐好。

伊果再次現身，我放棄他的椅子，站著陳述自己的觀點。我跟尼爾說後來出現的線索。我解釋的時候，把它設定成一場「火箭與巫師」式的大冒險：背景故事、角色、我們眼前的任務。團隊正要成形，我說：無賴有了（就是我）、巫師也有了（就是凱特），現在需要一位戰士。（典型的冒險團體都有巫師、戰士跟無賴，到底是為什麼？應該是巫師、戰士跟有錢的傢伙才對。要不然誰要負責出寶劍、咒語跟客棧房間的錢？）

尼爾的雙眼一亮。我知道這種修辭策略一定對了。接著，我把3D書店秀給他看，轉到可以看出滿面皺紋的神祕創誓者的角度。

他挑起雙眉。他被打動了。「我還不知道你會寫程式。」他說。他瞇起雙眼、二頭肌搏動著。他在思考。最後他說，「你想把這個交給我的手下嗎？伊果，來看一下——」

「尼爾，不是。圖樣不是重點。」

伊果還是湊了過來。「我覺得不錯。」他好性子地說。埃及豔后在他背後的螢幕上眨著線框構成的睫毛。

「尼爾，我只是需要飛到紐約去。明天。」我對他拋出友誼培養出來的默契眼神。「而且尼爾……我需要一位戰士。」

他把臉龐皺縮起來。「我想不行……我這邊有很多事情要忙。」

「可是，這是『火箭跟巫師』的情境耶。真的被你料到了耶。這種情節我們以前靠自己編，都不知道有多少次了。現在成真了耶。」

「我知道，因為我們快要推出重點產品了，而且——」

我壓低嗓門，「現在別龜縮了，尼里克．四分血。」

這句話等於是無賴拿沾毒匕首往對方的肚子一戳。我們雙方都心知肚明。

「尼爾……里克？」伊果好奇地重複。尼爾怒瞪著我。

「飛機上有無線網路，」我說，「這些傢伙不會想念你的。」我轉向伊果，「會嗎？」

這位白俄羅斯的巴貝奇[16]露齒笑著搖搖頭。

我小時候讀奇幻小說，老是做著關於性感女巫師的白日夢。我從沒想到自己真的會認識一個，可是那也只是因為我本來不曉得我們之間會有巫師存在，也不知道我們會把他們叫做「Google人」。現在我在性感女巫師的臥房裡，兩人結伴坐在她的床上，試著解開難如登天的問題。

凱特說服了我，說我們永遠沒辦法在賓州車站追上普蘭伯。那裡的表面積太大，她說——普蘭伯有太多方式可以走下火車跟踏上街道。她有數學可以證明這點。我們看見他的機率有百分之十一；要是我們失敗了，就會永遠失去他的蹤跡。我們需要的是個可以相逢的狹路。最好的狹路當然就是圖書館本身。可是永生書會以哪裡為家呢？廷多爾不曉得。拉賓不清楚。沒人知道。

我們用Google密集搜尋，怎麼都找不到Festina Lente公司的網站跟地址。過去一世紀以來的報紙、雜誌或分類廣告都不曾提及。這些傢伙不只是祕密行動，根本就是地下化了。

可是，那個地方一定真正存在吧？——一個有前門的地方。上頭會有標記嗎？我正想到了書店。前側窗上有普蘭伯的名字，還有那個符號，就跟工作日誌和帳冊上面的一樣。雙手敞開如書。我的手機裡有張它的照片。

「好主意，」凱特說，「要是建築物上的某個地方有那個符號——貼在窗戶上或者刻進石頭裡——我們就能找到。」

「什麼，要對曼哈頓的人行道做完整的調查嗎？那要花大概五年的時間吧。」

「其實是二十三，」凱特說，「如果我們用老式的作法。」

她把自己的筆電拉過床單，把它搖醒。「猜猜我們在Google街景裡有什麼？就是曼哈頓每棟建築物的照片。」

「所以扣掉步行的時間，現在只會花我們——十三年的時間？」

「你一定要開始用不同的角度來想事情。」凱特搖著頭發出嘖嘖聲。「這就是你在Google會學到的事情之一。以前很難的事情……再也不難了。」

我還是不懂，這麼特定的問題，電腦怎麼幫得了我們？

「嗯，要是人—類—跟—電—腦，」凱特說，拉高語調模仿卡通機器人，「攜手合作呢？」

她的手指在鍵盤上飛快舞動，有我認得的指令：Hadoop大王的軍隊再次出動。她換回正常的語氣，「我們可以用Hadoop閱讀書裡的紙頁，對吧？所以也可以用來讀建築物上的標示啊。」

當然了。

「可是它會弄錯，」她說，「Hadoop可能會把十萬棟建築物的範圍縮小到大概，五千棟吧。」

「所以我們的時間會降到五天而不是五年。」

「錯！」凱特說。「因為猜猜怎樣——我們有一萬個網友。就叫做——」她得意洋洋地咯

---

16 Babbage（1791-1871）活躍於十九世紀的英國數學家與發明家。

達敲下一個分頁，肥大的黃色字母出現在螢幕上——「Mechanical Turk。它不像Hadoop那樣把工作分派給電腦，而是把工作寄給真人。很多人。大多是愛沙尼亞人。」

她對Hadoop大王以及一萬個愛沙尼亞人下令。她真是無人能擋。

「我不是一直跟你說嗎？」凱特說，「我們現在有這些新的本領了啊——還是沒人懂。」她搖搖頭再說一回，「就是沒人懂。」

現在我也裝出卡通機器人的聲音：「技—術—奇—異—點近了！」

凱特呵呵一笑，在螢幕上移動符號。角落有個大大的紅色數字告訴我們，有30,347個人正等著聽從我們的指令行動。

「人—類—女—孩—非常—美麗！」我搔搔凱特的肋骨，害她勾錯了選項；她用手肘把我推開，埋頭工作。我看著她把曼哈頓成千上萬的建築照片排起來。有赤褐石、摩天大樓、停車建物、公共學校、店面——全都是Google街景車捕捉到的影像，都由一部電腦負責加上「也許、可能含有雙手形成的書本符號」這個旗標，雖然大多情況裡（其實除了一個之外其他都是），只是電腦「誤以為」是永生書會的符號：祈禱中的雙手、華麗的哥德式字母、彎扭的棕色椒鹽卷餅的卡通圖案。

接著她把那些影像送出去給Mechanical Turk——遍布全世界坐在筆電前的急切靈魂，一整個軍隊似的那麼多人——加上我的那張參考照片以及簡單的問題：這些配得起來嗎？是或不是？

她的螢幕上有個小小的黃色計時器，說這項任務會花二十三分鐘。

凱特一直在說的事情，我終於弄懂了：這種東西真的教人心醉神迷。我的意思是，Hadoop大王的電腦軍隊是一回事，可是這是真人耶。多得不得了。大部分是愛沙尼亞人。

「噢，嘿，猜猜怎樣？」凱特突然說，一陣興奮讓她的面孔生氣蓬勃。「他們就快宣布新的產品管理了。」

「哇。祝妳好運嘍？」

「嗯，你知道吧，那不是完全隨機的。我是說，是部分隨機而已。可是其實也有——演算法。我叫拉吉替我說幾句好話。在演算法裡面。」

當然了。所以這就表示兩件事：（一）事實上，主廚培普永遠不會被選來領導這家公司（二）如果Google不讓這個女生坐鎮指揮，那我就要改用別的搜尋引擎。

我們在凱特軟綿綿的太空船床上，伸展身子並排躺著，四腿糾纏，指揮著比我出生小鎮人口還多的人。她是掌理瞬時王國的凱特．普丹特女王，我是她忠誠的配偶。我們不會統率他們太久，可是嘿：沒有事情可以持續很久。我們有了生命、召集盟友、建立帝國，繼而衰敗死去，全都在一瞬間裡——也許只是某處某個巨型處理器的單一脈動。

那架筆電發出低鳴，凱特翻過身去敲敲鍵盤。還重重喘著氣的她，咧嘴一笑，把筆電抬到自己的肚皮上，讓我看看這個「人類—電腦」和諧共處的結果，千架電腦，比電腦數量還多十倍的人類，加上一位冰雪聰明的女孩協同合作：

那是個低矮石造建築的褪色照片，看來不過是一棟大房子。捕捉到越過前方人行道的模糊人影；其中一人掛著粉紅腰包。房子的小窗上圍了鐵窗，黑色遮雨篷下有個陰影籠罩的闃暗入口。就在那裡，刻進石頭，灰色襯著灰色：像一本書那樣張開的雙手。

小不隆咚——沒比真手大多少。但是在人行道上路過，就可能會錯過。這棟建築物在第五大道，面對中央公園，古根漢美術館那條街下去的地方。

永生書會就藏在顯而易見的地方。

圖書館

15 五百年來最怪的店員

我透過衝鋒戰士牌的白色望遠鏡觀望。我正看著同樣微小的灰色符號，張開像本書的雙手，刻進了色澤更深的灰石裡。我蹲坐在第五大道的長凳上，背對中央公園，兩邊各是報攤跟炸豆丸口袋餅推車。我們在紐約市。我們出發以前，我跟馬特借了這副望遠鏡。他警告我別搞丟了。

「你看到什麼了？」凱特問。

「還沒有東西。」牆壁的高處有幾扇小窗，全都有粗重的鐵條護住。是個無聊的小堡壘。永生書會。聽起來好像一幫殺手，而不是一群愛書人。那棟建築物裡到底有什麼活動？難道是跟書有關的性愛戀物癖嗎？一定是。我試著不去想像它們是怎麼運作的。你必須付錢才能成為永生書會的會員嗎？搞不好得付大把的鈔票。可能還會舉辦昂貴的遊輪之旅。我替普蘭伯擔心。他陷得那麼深，甚至看不出它有多麼怪異。

時值清晨。我們直接從機場過來。尼爾不時為了生意到紐約來，我以前都是搭火車從普羅維登斯過來，只有凱特是紐約的新手。我們的飛機在空中盤繞、漸漸降入甘迺迪機場的時候，她目瞪口呆地望著這城市在黎明前的閃閃輝光，指尖搭在窗戶的透明塑膠上，用氣音說話，「我不知道紐約這麼纖細耶。」

現在我們靜靜坐在這座纖細城市裡的椅凳上。天空越來越亮，可是我們籠罩在陰影裡，拿完美又不完美的貝果配黑咖啡當早餐，盡量裝出正常的模樣。空氣裡充滿濕氣的味道，彷彿風雨欲來。一陣冷風急急掃過街道而來。尼爾正在小本子上畫素描，畫著手持彎劍、身材凹凸有致的女郎。凱特買了一份《紐約時報》，可是想不通該怎麼操作，於是現在正忙著把玩自己的手機。

「確定了，」她頭也沒抬就宣布，「他們今天就要宣布一批新的產品管理。」她一直重整、重整再重整頁面；我想她的電池在中午以前就會耗光。

我翻著《中央公園鳥類指南》（在甘迺迪機場買的），一面抽空透過馬特的望遠鏡鬼鬼崇崇望去。

我看到的景象是：

隨著城市的喧囂逐漸竄高，第五大道的車流量開始增加，有個單獨的人影在對面的人行道快步走來。是個中年男人，毛茸茸的棕色頭髮在風中翻飛。我調整望遠鏡的焦點。他有個圓鼻子，多肉的臉頰在冷風中泛起粉紅亮光。他穿著極度合身的深色長褲跟斜紋軟呢夾克，按照他鼓起的肚腩跟肩膀的斜度來剪裁。他走路的時候，腳步帶了點彈性。

我的蜘蛛直覺正在運轉，因為，想當然爾，紅鼻停在永生書會的前門，把鑰匙扭進門鎖裡，小心翼翼走進去。大門兩側小燈座的雙燈活了起來。

我輕拍凱特的肩膀，指向亮起的壁燈。尼爾瞇起雙眼。普蘭伯的火車將會在十二點零一分開進賓州車站。在那之前，我們只能觀望與等待。

零落但穩定的人流尾隨紅鼻，穿過陰暗的門道，全都是模樣正常得不得了的紐約客。有個穿白襯衫搭黑窄裙的女孩；套著橄欖綠毛衣的中年男人；削了平頭看來很能融入Anatomix的傢伙。這些都是永生書會的成員嗎？感覺不對。

尼爾低語，「搞不好他們在這裡有不同的目標對象。更年輕。更鬼祟。」

當然，沒走進陰暗門口的紐約客還有更多。他們擠滿了第五大道兩側的人行道，滔滔湧流的人河，高矮老少、酷跟不酷的都有。一時阻塞的行人陸續飄過我們身邊，擋住了我的視線。凱特興奮難抑。

「這裡好小，可是人好多，」她邊看人流邊說，「他們……就像魚。或是小鳥或是螞蟻，我不知道。像是某種超級有機體。」

尼爾打岔，「妳在哪裡長大的啊？」

「帕羅奧圖。」她說。從那裡到史丹佛，然後再到Google；對於那麼執著於人類潛能外在界限的人來說，凱特一直都離家不遠。

尼爾會意地點點頭。「郊區心靈無法理解紐約人行道上逐漸出現的複雜度。」

「那點我倒不確定，」凱特瞇起眼睛說，「我滿能掌握複雜度的。」

「看吧，我知道妳在想什麼。」尼爾邊說邊搖頭。「妳在想，這只是主體模擬（agent-based simulation），外頭這裡的每個人都依循相當簡單的一組規則——」凱特點點頭——「而且妳在想，妳可以把那些規則弄清楚，然後加以仿效。妳想妳可以模擬整條街道，還有整個鄰里，再來就是整座城市。對吧？」

「沒錯。我是說，當然，我目前還不曉得那些規則是什麼，可是我可以透過實驗，把它們摸清楚，接下來就是小事一——」

「錯。」尼爾說，發出的聲音就像猜謎節目的鈴響。「妳辦不到的。即使妳曉得規則——順帶一提，根本沒有規則可言——可是即使有，妳也沒辦法仿效。妳知道為什麼嗎？」

我的死黨跟我的女友正為了模擬而爭辯不休。我只能乖乖坐著聽。

凱特皺著眉。「為什麼？」

「妳沒有足夠的記憶體。」

「噢，拜託喔——」

「不。妳永遠沒辦法把所有的東西都留在記憶裡。沒有夠大的電腦。連妳那個叫什麼的都不行——」

「是**大盒**。」

「就是。它不夠大。這個盒子——」尼爾伸出雙手，一揮把整個人行道、公園跟後面的街道都涵蓋進去，「更大。」

蜿蜒的人潮往前湧動。

尼爾無聊起來，沿街散步到大都會博物館，打算去拍古典時期大理石雕像的胸部當作參考照片。凱特用拇指寫了幾封急切的短訊給Google人，追蹤關於新PM的傳聞。

十一點三分，穿著長外套的微駝身影快步沿街走來。我的蜘蛛直覺再次刺癢起來；我相信自己可以用實驗室等級的精準度，偵測出某種怪異特質。微駝的人步伐蹣跚，有張像是年老倉鴞的臉龐，戴著毛茸茸的黑色哥薩克帽，朝下拉到外突的鋼硬眉毛。想當然爾：他縮身走進了陰暗的門口。

十二點十七分，終於下起雨來。我們有高大樹木幫忙擋雨，不過第五大道的天色迅速暗下。

十二點二十九分，一輛計程車停在永生書會前方，穿著雙排鈕釦大衣的高挑男人走了出來，往下低身去付司機錢的時候，拉緊外套圍住脖子。是普蘭伯，看到他人在這裡，被暗沉樹木跟淺淡石頭框住，感覺真是超寫實。除了在他的書店內部，我從沒想像過他在其他地方的樣子。他跟書店是一整套的，缺一不可。可是他卻在這裡，站在曼哈頓街道中央，把弄著皮夾。

我彈起身來，衝過第五大道，閃躲緩慢移動的車子。那輛計程車像拉開黃色窗簾似的開走，達啦！我到了。起初普蘭伯一臉空白，接著瞇細雙眼，然後露出笑容，再來把頭往後仰起，爆出一聲狂笑。他繼續笑著，所以我也笑了起來。於是我們站在那裡片刻，笑著對方。我還有點喘呢。

「小伙子！」普蘭伯說，「你可能是這個學會五百年以來見識過最怪的店員了。來，來。」他招呼我到人行道上，還一面笑著。「你來這裡幹嘛？」

「我是來阻止你的。」我說，語氣嚴肅到怪異的地步。「你不一定要——」我氣喘吁吁。「你不一定要進去裡面。你不一定要讓自己的書受到火刑。或者不管是什麼。」

「火刑的事，是誰跟你說的？」普蘭伯挑起一側眉毛靜靜說。

「唔，」我說，「是廷多爾從英伯特那裡聽來的。」頓住。「他又是從，呃，蒙瑟夫那裡聽來的。」

「他們都誤會了，」普蘭伯劈頭就說，「我不是來這裡談處罰的。」他把**處罰**這個詞呸吐出來，彷彿很不合他的身分。「不、不，小伙子。我來是要陳述我的觀點。」

「你的觀點？」

「就是電腦啊，小伙子，」他說，「它們握有我們需要的關鍵。我有這種想法已經好一陣子了，可是從來沒辦法證明它們對我們的工作會有好處。你卻提供了證明！如果電腦可以幫你解開創哲者的謎題，那麼就可以為這個學會做出更多貢獻。」他握出削瘦的拳頭搖了搖。「我來就是準備好跟**首誓者**說，我們一定要使用電腦。我們一定要！」

普蘭伯講話很有創業家推銷自己新興事業的調性。

「你指的是科維納，」我說，「首誓者就是科維納。」

普蘭伯點點頭。「你不能跟我進去——」他朝黝暗的門口往後揮揮手，「——可是我結束以後可以跟你談談。我們必須想想要購買哪些設備……要跟哪些公司合作。我會需要你的幫忙，小伙子。」他抬高視線越過我的肩膀望去。「你不是自己一個人吧？」

我回頭望向第五大道的另一側，凱特跟尼爾都站著，觀望我們並等候著。凱特揮了揮手。

「她在Google工作，」我說，「之前她幫過忙。」

「好，」普蘭伯點著頭說，「那樣很好。可是告訴我：你是怎麼找到這個地方的？」

我咧嘴笑著跟他說，「靠電腦啊。」

他搖搖頭。接著把手探進雙排鈕釦大衣，拉出一只細薄的黑色Kindle，還在運轉當中，清晰的文字襯在淺淡的背景上。

「你買了一台啊。」我面帶微笑說。

「噢，不只一台喔，小子，」普蘭伯說，這又抽出一台電子閱讀器——是Nook。然後又掏出一台Sony，再來是一台標有Kobo的。真的假的？誰用Kobo啊？普蘭伯難道扛了四台電子閱讀器橫越美國？

「我得趕上時代的腳步啊，」他解釋，把它們穩穩堆成一疊，「可是你知道嗎？這台呢——」他拿出了最後一台設備，機身超薄、藍色外表——「是這堆裡面我最愛的。」上面沒有商標。「**是什麼啊？**」

「這個嗎？」他在指間翻轉著神祕的閱讀器。「是我的學生葛瑞格——你還不認識他。他借我在這趟旅程上用的。」他的語氣機密起來。「他說這是個原型。」沒有商標的電子閱讀器很神奇：超薄輕盈，外皮不是塑膠而是布面，就像精裝書一樣。普蘭伯怎麼拿得到原型？我老闆認識什麼矽谷的人啊？

「這個設備很了不起，」他說，一面把它平穩地跟其他台堆起來，然後拍拍這疊東西，「這些都很了不起。」他頓住，然後抬眼看我。「謝謝你，小伙子。因為你，我才來這裡。」

那番話讓我揚起笑容。給他們一點顏色瞧瞧吧，普蘭伯先生。「我們要到哪裡跟你碰面？」

「到海豚與船錨吧，」他說，「把你朋友也帶來。你自己找得到——我說得沒錯吧？用你的電腦啊。」他眨眨眼之後轉身穿過黝暗走道，進入永生書會的祕密圖書館。

凱特的手機帶領我們抵達目的地。因為下起傾盆大雨，所以我們幾乎一路都用跑的。我們找到海豚與船錨的時候，那裡正是完美的避風港，滿室暗色的沉重木頭跟低矮的銅製燈具。我們圍桌而坐，就在濺滿點點雨滴的窗戶旁邊。我們的侍者過來了，他也很完美：身材高大、胸膛壯實，留著濃密的紅鬍子，還有讓我們全都暖和起來的個性。我們點了幾杯的啤酒；他隨著啤酒附上了一盤麵包跟起司。「風雨裡的力量。」他眨著眼說。

「萬一普先生不來呢？」尼爾說。

「他會來的，」我說，「情況跟我本來預期的不一樣。他是有計畫的。我的意思是——他還帶了電子書閱讀器來。」

凱特一聽就泛起笑容，可是頭也沒抬。整個人又黏著手機不放了。她表現得跟選舉日的候選人一樣。

桌上有一疊書，還有氣味新鮮強烈的削尖鉛筆插在金屬杯子裡。那疊書裡有《白鯨記》、《尤里西斯》跟《隱形人》——這是個給愛書人的酒吧。

《隱形人》的封底上有個淺色的啤酒印，書頁的邊緣空白處滿是鉛筆筆跡。字跡密密麻麻到幾乎看不到背後的紙張——有幾十個人的旁註在這裡爭相搶奪空間。我翻了翻這本書，整個字滿為患。有些筆記談的是文本，可是有更多是針對彼此。頁面邊緣常常演化成爭辯，不過也有別種互動。有些難以理解：只是來來回回互寫數字。有的是編碼過的塗鴉：

6HV8SQ到此一遊

我緩緩啜飲啤酒、啃著起司，試著在紙頁之間追蹤那些對話。

接著凱特發出一聲靜靜的嘆息。我抬起頭望過書桌，看到她垮下臉來，眉頭深皺。她把手機往下擱在桌上，用**海豚與船錨**的藍色厚紙巾蓋住。

「怎麼了？」

「他們把新PM的名單用電子郵件寄出來了。」她搖搖頭。「這次沒上。」接著她勉強擠出笑容，從那疊書裡挑出一本飽經風霜的。「沒什麼大不了的，」她邊翻紙頁邊說，故意裝忙。「反正就跟中樂透一樣。機會渺茫。」

我不是創業家，也不是從商的，可是那一刻，我什麼都不想，只想成立一家公司，讓它規模大到像Google那樣，這樣就可以交給凱特．普丹特來管理。

一陣飽含濕氣的強風襲來。我從《隱形人》那本書抬起頭來，迎面就看到門框裡普蘭伯的身影，耳朵上的幾簇頭髮雜亂下垂，給雨水淋成了更深的色調。他的牙齒格格打顫。

尼爾跳起身，把他迎來桌邊。凱特接過他的外套。普蘭伯打著哆嗦，靜靜說道，「謝謝妳，親愛的小姐，謝謝。」他動作僵硬地走到桌邊，抓住椅背撐住自己。

「普先生，很高興見到你，」尼爾邊伸手邊說，「我很愛你的店。」普蘭伯紮實地握了握他的手。凱特揮手打招呼。

「所以這些是你的朋友，」普蘭伯說，「很高興認識你們，你們兩個都是。」他坐下來，使勁呼口氣。「在這裡，我已經很久沒跟這麼年輕的臉孔面對面坐著了，是從——唔，從我的臉也這麼年輕以來。」

我等不及想知道圖書館那裡的事。

「要從哪裡說起呢？」他說著便用紙巾抹抹頭頂。他蹙著眉頭，激動難安。「我跟科維納說了事情的來龍去脈。我跟他說起那本工作日誌，提到了你的巧思。」

他把它叫做「巧思」耶，這是好徵兆。我們的紅鬍侍者又端了一杯啤酒過來，放在普蘭伯面前。普蘭伯揮揮手說，「記在Festina Lente公司的帳上吧，提姆希。全部都是。」

他在這個環境裡如魚得水。他再次開口，「科維納的保守傾向又更深化了，雖然我本來以為不太可能發生這種狀況。他造成那麼多的破壞。我萬萬沒想到。」他搖搖頭。「科維納說加州感染了我。」他把這個詞呸吐出來：**感染**。「真是荒謬。我把你做的事跟他說了，小伙子——我跟他說了事情的可能性。可是他就是不肯讓步。」

普蘭伯把啤酒舉到嘴邊，長長啜飲一口。接著他的視線輪番掃過凱特、尼爾、我，接著又緩緩開口：

「我的朋友們，我有個提議。可是你們必須對這個學會先有個瞭解。你們已經跟著我到了學會的家，可是完全不曉得它的目的何在——還是說，電腦也已經跟你們講了？」

唔，我知道跟圖書館、見習生、立約、書本遭受火刑有關，可是全部都說不通。凱特跟尼爾只知道他們在我的筆電螢幕上所看到的：一序列的燈光穿越一家怪異書店的書架。你在

Google上搜尋「永生書會」時，得到的回覆是：**你是不是要找：獨角獸撒彩色糖粒器？**[1]所以正確的答案是：「沒有。什麼都沒有。」

「之後我們要做兩件事，」普蘭伯點點頭說，「首先，我會跟你們講點我們的歷史。然後，為了理解，你們必須看看閱讀室。在那裡，我的提議就會清楚起來，我誠心希望你們到時願意接受。」

我們當然會接受。那就是你出任務時會做的事。你傾聽老巫師的問題，然後承諾要挺身相助。

普蘭伯把手指搭成了尖塔。「你們知道阿杜斯・馬努蒂烏斯這個名字嗎？」

凱特跟尼爾搖搖頭，可是我點頭表示知道。也許到頭來，讀藝術學院還是有點用處的，「馬努蒂烏斯是頭一批出版商之一，」我說，「就在古騰堡之後。他的書籍到現在還很有名，模樣很美。」我看過幻燈片。

「對。」普蘭伯點點頭。「是在十五世紀末。阿杜斯・馬努蒂烏斯召集文書師跟學者到他威尼斯的印刷廠來，在那裡生產古典作品的初版。索佛克里斯、亞里斯多德跟柏拉圖。維吉爾、賀瑞斯跟奧維德。」

我從旁幫腔。「對啊，他用全新的字型來印那些書籍，是設計師葛立佛・傑利茲遜（Griffo Gerritszoon）的作品。很棒。之前沒人看過那樣的東西，到今天基本上還是最有名的字型。連蘋果電腦都隨機附上Gerritszoon。」可是沒附Gerritszoon Display就是了。你得用偷的。

普蘭伯點點頭。「這些事情歷史學家都很清楚，看來——」他挑起一邊眉毛，「——書店店員也是。有個事情知道一下也滿有意思的，那就是葛立佛・傑利茲遜的作品是我們學會財富的泉源。即使到今天，出版公司要買那個字型的時候，也要跟我們購買。」他壓低嗓門強調，「我們賣得並不便宜。」

我頓時感到某種強烈的連結：ＦＬＣ字型鑄造公司就是Festina Lente公司。普蘭伯的祕密團體就是靠貴到過分的授權費用來運轉的。

「到這裡我們也就說到了它的關鍵，」他說，「阿杜斯・馬努蒂烏斯不只是個出版商，也是哲學家跟老師。他是我們團體的第一個成員，就是永生書會的創誓者。」

ＯＫ，我的字體排印學課程絕對沒教到這個。

「馬努蒂烏斯相信古人的著作裡藏有深刻的真理——從它們之間可以找到大哉問的答案。」

一陣意味深長的停頓。我清清喉嚨。「什麼是……我們的大哉問？」

凱特用氣音說，「怎樣可以長生不老？」

普蘭伯轉頭把視線放在她身上。他睜大明亮的雙眼，點頭表示沒錯。「阿杜斯・馬努蒂烏斯過世的時候，」他靜靜說，「他的朋友跟學生在他的棺木裡塞滿了書——凡是他印製過的書籍都各放一本進去。」

外頭狂風呼嘯，將門吹得匡啷作響。

「他們這麼做的原因是，棺木是空的。阿杜斯・馬努蒂烏斯過世的時候，沒留下遺體。」

1 原文為「unicorn sprinkle」與永生書會（unbroken spine）相似。

所以普蘭伯的祕密團體有個彌賽亞。

「他在身後留下一本他取名為CODEX VITAE的書——就是生命之書。那本書經過編碼，馬努蒂烏斯只把符號表交給了一個人：就是他的摯友跟伙伴葛立佛．傑利茲遜。」

修正一下：他的祕密團體有個彌賽亞跟第一位門徒。可是至少那位門徒是個設計師。滿酷的。還有生命之書的事……我之前就聽過。可是蘿絲瑪莉．拉賓明明說，後側書區的書就是生命之書啊。我搞糊塗了——

「我們這些馬努蒂烏斯的學生前後努力了幾個世紀，一心想解開他的生命之書。我們相信，那本書收錄了他在研究古人時，所發掘的一切祕密——這當中最首要的，就是永生的祕密。」

雨水淅瀝瀝打在窗上。普蘭伯深吸一口氣。

「我們相信，當這個祕密終於解開的時候，永生書會曾經活過的每位成員……都會復活。」

一位彌賽亞、首位門徒，加上復活。勾選、勾選，然後雙重勾選。普蘭伯此時正在有魅力的怪老先生，跟讓人不安的怪老頭之間的邊緣搖搖晃晃。有兩件事讓這個天秤往魅力那邊傾斜：首先，他那種微微挖苦的笑容，並不是精神錯亂的笑容；微肌肉不會說謊。再者，凱特的眼神。她深深著迷。我猜，比這個更怪的事，大家都會相信，對吧？總統們跟教宗們相信的事情，比這個還詭異吧。

「我們講的成員是有幾個？」尼爾問。

「人數還不至於多到，」普蘭伯說，將椅子急急往後一推，撐起自己的身子，「擠不進一間密室。來吧，我的朋友們。閱讀室等著你們過去呢。」

16 生命之書

我們穿過雨水漫步，共用一把向**海豚與船錨**借來的寬闊黑傘。尼爾把它舉在我們上方——戰士永遠負責撐起雨傘——普蘭伯位居中央，我跟凱特緊緊貼在他的兩側。普蘭伯佔不了多少空間。

我們來到黝暗的門口。這個地方跟舊金山那家書店天差地別，二十四小時神祕書店有一整牆的窗戶，溫暖燈光從室內傾瀉而出，但是這個地方卻是空白的石塊加兩盞昏暗的壁燈。二十四小時神祕書店歡迎你入內，但這個地方說的卻是：**不，你還是不要進來比較好**。

凱特把門拉開。我是最後一個穿門而過的；踏進門的時候，我掐了掐她的手腕。

我沒料到迎面而來的景象會那麼平凡無奇。我原本以為會有石像鬼雕像。結果，兩張低矮沙發配上玻璃方桌，組成了小小的等候區。八卦雜誌在桌面上排成扇形。正前方有個狹窄櫃檯，掌櫃的是我今天早上在人行道上看過的平頭年輕男子。他穿著藍色羊毛衫。在他上方的牆面上，方方正正的無襯線大寫字母宣布：

F L C

「我們是回來找戴克先生的。」普蘭伯對著幾乎頭也不抬的接待員說。那裡有扇霧面玻璃門，普蘭伯領著我們穿過門去。我還繼續屏氣凝神，等著看到石像鬼雕像，可是沒有：只是一片灰綠色的靜物，由寬闊的電腦螢幕、低矮的分隔板，以及曲線型黑色辦公椅所組成的涼爽大草原。這是間辦公室。看起來就跟**新貝果**一樣。

日光燈在天花嵌板後方滋滋作響，辦公桌各自聚集成群，坐著我今天早上透過望遠鏡所看到陸續到來的人。他們大多戴著耳機；沒人從螢幕上抬起頭來。我的視線越過彎垂的肩膀，看到試算表、收件匣跟臉書頁面。

我滿頭霧水。這個地方看起來明明有不少電腦。

我們左彎右拐繞過那些小隔間。代表無趣的辦公室生活的圖騰，這裡應有盡有：速成咖啡機；嗡嗡作響的中型冰箱；巨型多功能雷射印表機，正閃著顯示**卡紙**的紅光。有一面白板，上頭留有幾世代以來腦力激盪的褪色痕跡。現在，它以亮藍色的筆畫寫著：

未結案訴訟：7!!

我一直預期會有人抬頭注意到我們這個小隊伍，可是他們似乎都專注在自己的工作上。鍵盤發出沉靜的喀達喀達響，聽起來就跟屋外的雨水一樣。遠處角落傳來一聲輕笑；我望了過去，是穿綠毛衣的男人，對著螢幕嘻嘻笑著。他正吃著塑膠杯裡的優格。我想他正在看影片。

周邊是私人辦公室跟會議室，全都有霧面窗戶跟小小名牌。我們的前進目標就在房間最遠的盡頭，而名牌上寫著：

艾德格．戴克／特殊方案

普蘭伯細瘦的手緊握門把，另一手往玻璃一敲之後就逕自把門推開。

辦公室極小，但跟外頭的空間迥然不同。我的雙眼使勁想要順應新的色彩平衡：這裡，牆壁的色調深暗濃郁，綠底的壁紙上頭有金色漩渦。這裡的地板是木製的；踩在鞋子底下富有彈性，還會發出呻吟。普蘭伯走到我們背後關上門的時候，鞋跟發出輕盈的喀喀聲。這裡的光線不一樣，因為來自溫暖的檯燈，而不是頂頭的日光燈。房門關起來的時候，原本無所不在的滋滋聲被驅逐出去，由甜美沉重的寂靜所取代。

這裡有張厚重的辦公桌——就是神祕書店裡那張桌子的雙胞胎——桌子後面坐著我今天早晨在人行道上瞥見的：圓鼻男。在這裡，他在便服上披了寬鬆的黑袍。袍子寬鬆地收攏在前側，用一支銀別針繫住——敞開如書的雙手。

現在我們終於有了點重要的發現。

這裡的空氣聞來不同，像是書的氣味。桌子跟圓鼻男的後方，緊貼在牆的書架上擺滿了書本，一路延伸到天花板。可是這間辦公室沒那麼大。永生書會的祕密圖書館看起來跟地區型機場書店的規模差不多。

圓鼻男綻放笑容。

「長官！歡迎回來。」他說著站起身來。普蘭伯舉起雙手，作勢請他坐下。圓鼻男把注意力轉到我、凱特跟尼爾身上，「你的朋友是？」

「他們是無誓者，艾德格。」普蘭伯連忙說。他轉向我們，「學生們，這位是艾德格．戴克。他負責守護閱讀室的門口多久？艾德格？到現在有十一年了嗎？」

「十一年整。」艾德格含笑說。我這才意識到，我們全都笑容滿面。在冰冷的人行道跟更凜冽的辦公室隔間之後，他跟他的密室就像一劑暖身的提神品。

普蘭伯瞅著我，雙眼皺瞇起來，「艾德格跟你一樣，以前也在舊金山那家書店當店員，小伙子。」

我有點時空錯置的昏眩感——就是這世界遠比你預期的還緊密的典型感受。工作日誌裡那個歪斜的筆跡就是戴克的嗎？他以前輪夜班嗎？

戴克神情一亮，然後裝出嚴肅的模樣。「給個建議。總有個晚上，你會耐不住好奇心，想說自己是不是該到隔壁的俱樂部瞧瞧。」他頓住。「千萬不要。」

沒錯，他肯定是輪夜班的。

辦公桌對面放了把椅子——高椅背、拋光木頭打造——戴克作勢請普蘭伯就坐。

尼爾機密似地傾過身子，用拇指越過肩膀，往後指指之前那間辦公室，「所以那只是幌子嗎？」

「噢，不是，不是，」戴克說，「Festina Lente公司是真正的事業。貨真價實。他們負責Gerritszoon字型的授權——」我跟凱特、尼爾都睿智地點點頭，就像熟知內情的見習生——「還有更多的業務。他們也做其他事情，像是電子書的新方案。」

「是什麼？」我問。這裡的營運狀況比普蘭伯講的要精明老練多了。

「我不是完全瞭解，」戴克說，「可是我們會替出版商辨識電子書的盜版。」聽到那番話，我的鼻翼掀動；我聽過大學生被控幾百萬美金的故事。「那是新業務。是科維納想出來的點子。看來利潤滿豐厚的。」

普蘭伯點點頭。「我們的書店之所以能存在，多虧外頭那些人的辛勞。」唔，還真棒。原來我的薪水是靠字型授權費用跟侵權案件來支付的。

「艾德格，這三位解開了創誓者的謎語，」普蘭伯說——凱特跟尼爾一聽到都挑起眉毛——「該是讓他們看看閱讀室的時候了。」他說話的語氣可以讓我聽見強調用的大寫字母。

戴克咧齒一笑。「太棒了。恭喜，歡迎。」他朝著牆上的一排鉤子點點頭，有一半吊著普通的夾克跟毛衣，另一半掛著他身上那種暗色袍子。「所以，首先呢，請先換上那些袍子。」

我們把濕答答的外套抖下來。我們套上袍子的時候，戴克解釋，「我們在下面必須維持清潔。我知道袍子看起來有點傻氣，可是設計得真的很好。側面這邊的剪裁讓你可以自由活動——」戴克前後揮舞手臂，「——裡面有口袋可以裝紙張、鉛筆、尺跟羅盤。」他把自己的袍子大大地拉開給我們看。「雖然我們下面有書寫用具，可是你們必須帶自己的工具來。」

那種規定簡直太可愛了：**來祕密團體的第一天，別忘了帶自己的尺唷！**可是哪裡是「下面」？

「最後一件事，」戴克說，「你們的手機。」

普蘭伯舉起空空的掌心，一面扭動指頭。可是我們其他人都乖乖繳出了震動的黑暗同伴。

戴克把它們投進辦公桌上的木頭淺桶裡。裡面已經有三支iPhone了，還有一台黑色Neo跟傷痕累累的米白色Nokia。

戴克站起來，拉正袍子準備就緒，往辦公桌後面的書架猛力一推。書架順暢無聲地轉開——彷彿毫無重量，在太空中漂浮似的——它們分開的時候，露出後頭的幽暗空間，那裡的寬闊階梯一路盤旋降入黑暗。戴克伸出一隻手臂，邀請我們上前。「Festina lente。」他一板一眼地說。

尼爾猛吸一口氣，我很清楚那個動作的意思。那就表示：**我等了一輩子，終於有機會可以穿過內建在書架後方的祕密通道**。普蘭伯把自己撐起來，我們跟隨他往前。

「長官，」戴克對普蘭伯說，往展開的書架一側站去，「如果你之後有空，我想請你喝杯咖啡。有很多事情可以談談。」

「一言為定。」普蘭伯面帶笑容說。我們穿過開口的時候，他拍了拍戴克的肩。「謝謝你，艾德格。」

普蘭伯領著我們走下階梯。他走得小心翼翼，一面緊抓扶欄，就是厚重金屬托架上的寬闊木條。尼爾在附近徘徊，隨時準備在他絆倒的時候抓住他。寬闊的梯階是用淡色石頭打造的；弧度頗大，引領我們一路盤旋直往地裡鑽去，老舊壁燈燈罩裡的弧光燈彼此相隔甚遠，因此這一路的照明幽幽暗暗。

當我們一步接一步地走著時，我聽到了聲音。是低沉的喃喃聲，接著是更響亮的轟隆聲，再來是迴盪不已的人聲。等梯級平坦如地的時候，前方有個光線投射出來的框框。我們穿了過去。凱特倒抽一口氣，呼出小朵的雲。

這不是圖書館。是蝙蝠的洞穴。

閱讀室在我們眼前延伸開來，深長又低矮。天花板上交錯著厚重的木梁。我們頭頂上方的木梁之間，露出了斑駁的基岩、所有歪斜的接縫跟凹凸參差的平面，全都閃著某種內含的水晶。這些木梁橫跨整個密室的長度，就像卡氏網格一樣，展露了尖銳的視角。凡是交錯的地方，就會有明亮的吊燈垂下，照亮下方的空間。

地板也是基岩，不過拋光到跟玻璃一樣平滑。方形木桌擺成整齊有序的一排排，兩張兩張併在一起，一路擴及到密室的盡頭。它們簡單但堅固，每張上頭都放了單本巨冊。書都是黑色的，也都用粗重的黑鍊子，跟桌子繫在一起。

人們圍在桌邊或坐或站，男男女女都穿著戴克那樣的黑袍，對談、急促含糊的發言與爭辯。下面這裡算起來一定有十幾個人，他們讓這個地方有了迷你股市的感覺。聲音彼此融合與重疊：竊竊私語的低嘶、腳步的拖拉。筆在紙上的刮擦、粉筆在小黑板上的吱嘎。咳嗽跟吸鼻子。感覺好像教室，只不過學生都是成人，而我對他們正在研讀的東西毫無概念。

密室長邊的那側牆上排滿書架。木頭的材質跟橫梁、書桌都相同，全都塞滿了書本。那些書本跟桌上的巨冊不同，多采多姿：紅、藍、金，布質跟皮面，有的破舊、有的光鮮。它們可以用來擊退幽閉恐懼感；要是沒有這些書，下面這裡的感覺就像地下墓穴，可是因為它們佔滿了書架，為這個密室帶來色調與質感，其實給人頗為受寵與舒服的感覺。

尼爾發出欣賞的呢喃。

「這是什麼地方啊？」凱特邊說著邊搓揉著手臂，並頻打冷顫。也許眼前都是暖色系的色彩，但空氣卻冷颼颼的。

「跟我來。」普蘭伯說。他踏上地板，在一群群圍著桌子的黑袍人之間穿梭。我聽到對話的片段，「……這裡的問題是布里托，」蓄著金鬍子的高挑男人說，並戳著桌上的厚重黑書，「他堅持所有的操作都一定可以逆轉，但事實上……」他的聲音隱沒不見，但我又聽到另一個人聲，「……一心想把紙頁當成分析的單位。用不同的方式來思考這本書吧——它是由字母串起來的，對吧？它沒有兩次元，而是一次元。所以……」就是今天早上在人行道上的那個貓頭鷹臉男，有著剛硬的眉毛。他依然駝著身子，還戴著毛茸茸的帽子。配上袍子之後，他百分之百就像巫師。他用粉筆在小黑板上拉出尖銳的筆畫。

一圈鍊子纏住了普蘭伯的腳，他把它甩開的時候，發出明亮的鏗鐺響。他扭著臉嘀咕，「真荒謬。」

我們靜靜跟在他後面，像是短短一列的黑羊。書架中斷的地方只有幾處：長型密室的兩側各有一扇門，還有密室盡頭那裡。盡頭那裡讓位給平滑光裸的岩石，明亮的吊燈下方搭了一座木頭講台。講台高聳、造型簡樸。那一定是他們進行獻祭儀式的地方。

我們路過的時候，幾位黑袍人抬頭一瞥、停下動作，瞪大了眼睛。「普蘭伯，」他們面帶微笑驚呼，伸出雙手。普蘭伯點點頭，報以笑容，輪流跟每個人握手。

他領著我們走到講台附近一張沒人佔據的桌子，介於兩盞明亮吊燈之間略帶暗影的地方。

「你們來到了非常特別的地方。」他說著便低身坐進椅子。我們打理著新袍子的衣褶，也跟著坐下。他的嗓音非常沉靜，在那片嘈雜之中幾不可聞；「你們絕對不可以跟任何人提起，也不能洩露圖書館的地點。」

我們全都點點頭。尼爾低語，「這裡真不可思議。」

「噢，特別的不是這個房間，」普蘭伯說，「它確實很老舊了。可是任何地窖都一樣：建在地底下的堅固密室，冰冷又乾燥。沒什麼了不得的地方。」他頓了頓。「了不得的地方是這個房間裡的內容物。」

我們在這個排滿書本的地窖裡才三分鐘，我已經忘了外在世界的存在。打賭這個地方是設計來逃過核子戰爭的。其中有一扇門肯定通往儲藏的豆子罐頭。

「這裡有兩件寶物，」普蘭伯繼續說，「一件是很多書本組成的收藏，另一件是單本書。」他舉起骨瘦的手，搭於鍊在我們桌上的黑皮書冊上，跟其他的黑書一模一樣。它的書背上以銀色瘦高字母寫著：**馬努蒂烏斯之書**。

「就是這本，」普蘭伯說，「這就是阿杜斯·馬努蒂烏斯的生命之書。在這間圖書館以外的任何地方都找不到。」

等等，「連你的書店裡都沒有？」

普蘭伯搖搖頭。「見習生不能讀這本書。只有這個學會的正式會員才可以——誓約者跟無誓者。像我們這樣的人並不多，我們只能在這裡研讀馬努蒂烏斯之書。」

那就是我們放眼看到的景象——熱烈的研讀。不過我注意到有好幾位黑袍人朝我們看來。

也許沒那麼熱烈。

普蘭伯在椅子上轉身，揮手指出牆上一排排的書架。「這就是另一件寶物。學會的每個會員都跟隨了創誓者的腳步，推出自己的 codex vitae，也就是自己的生命之書。這就是無誓者的任務。比方說，你認識的費多洛夫——」他對我點點頭，「就是其中一個。等他完成的時候，就會把自己學到的一切、自己所有的知識，傾注到這樣的一本書裡。」

我想到費多洛夫跟他雪白的鬍鬚。沒錯，他可能學到了一些事情。

「我們之所以要用工作日誌，」他對我說，「就是為了確定費多洛夫學到了知識。」普蘭伯挑起一邊眉毛。「我們一定要確定他懂自己所達成的事情。」

也是。他們必須確定他不是只把一堆書餵給了掃描器。

「費多洛夫的生命之書通過我的核准，然後獲得首誓者的接納之後，他就會成為誓約者。最後他就會做出終極的奉獻。」

呃喔：會在真正邪惡的講台上舉行暗黑儀式。我就知道會這樣。我喜歡費多洛夫。

「費多洛夫的書會經過編碼、拷貝跟上架，」普蘭伯斷然地說，「在他過世之前，誰都不能讀。」

「好爛。」尼爾用氣音說。我對著他瞇起眼睛，可是普蘭伯泛起笑容，舉起張開的手。

「我們會做這種奉獻，是出於深深的信念，」他說，「我現在是以完全認真的態度說這件事的。等我們解開馬努蒂烏斯的生命之書，我們學會裡曾經尾隨他腳步的每個成員——曾經創造自己的生命之書，並交出來存放保管的人——會再活一次。」

我拚命壓抑，不讓懷疑的神色竄過我的臉龐。

「什麼，」尼爾低嘶，「就像殭屍嗎？」他說得有點大聲，有些黑袍人轉身朝我們看來。

普蘭伯搖搖頭。「永生的本質是個謎，」他說，聲音輕柔到我們必須湊過去聽，「可是我所經歷過的著作與閱讀，都告訴我這是真的。我在這些書架跟其他書架裡都感覺到了。」

我不相信永生那部分，可是我的確知道普蘭伯說的那種感覺。在圖書館的書架之間走動，手指摸過書背——很難不覺得有靈魂正在沉睡。只是一種感覺，不是事實，可是請記得（我重複）：人們往往會相信比這個更怪的事。

「可是你們為什麼不把馬努蒂烏斯的書拿來解碼？」凱特說。這是她專精的領域，「符號表出了什麼事？」

「啊，」普蘭伯說，「好問題。」他頓住並吸了口氣。「傑利茲遜有自己的獨特之處，了不起的程度跟馬努蒂烏斯不相上下。他選擇不把符號表傳下來。五百年來……我們討論過他的決定。」

他講話的方式讓我聯想到，那些討論可能牽涉到槍枝或匕首。

「在只能靠自己的狀況下，為了解開馬努蒂烏斯的生命之書，我們試過自己想像得到的各種方法。我們用過幾何學。我們找過隱藏的形狀。那就是創誓者謎題的起源。」

就是視覺化之後顯現的那張臉——當然了。我又湧起一陣時空錯置的昏眩感。從我的MacBook裡往外凝望的是阿杜斯·馬努蒂烏斯。

「我們曾經求助於代數、邏輯、語言學、密碼學……我們的成員裡也有偉大的數學家，」

普蘭伯說，「在上頭的世界裡曾經榮獲獎項的男男女女。」

凱特如此專注地傾身向前，幾乎趴在桌面上。這就像貓草一樣吸引人：有待破解的密碼**以及**通往永生的關鍵，兩者結合在一起。一陣得意的微微興奮感湧上心頭：帶她來這裡的是我。Google今天讓人失望，而真正的行動就在地下的永生書會這裡。

「我的朋友，你們一定要瞭解，」普蘭伯說，「這個學會從五百年前成立以來，幾乎都以同樣的方式運作著。」他用手指指著那群喧鬧的黑袍人，「我們用粉筆跟小黑板、墨水跟紙張。」說到這裡，他變了語調。「科維納相信我們一定要嚴加遵守這些技巧。他相信，要是我們有任何變動，就會喪失我們的獎賞。」

「而你，」我說——你這位使用Mac Plus的男人——「並不同意。」

作為回答，普蘭伯轉向凱特，現在他說話真的只剩氣音，「我們現在要講到我的提議了。如果我沒弄錯的話，親愛的小姐，妳的公司把大量的書籍——」他停頓，搜尋措詞——「帶到數位書架上。」

她點點頭，清晰地低聲回答，「佔所有出版品的百分之六十一。」

「可是你們沒有創誓者的生命之書，」普蘭伯說，「沒有人有。」停頓。「也許你們應該要有。」

剎那間我就弄懂了：普蘭伯提議來一場跟書有關的竊盜行動。

有位黑袍人捧著從架上拿下的綠色厚書，拖著腳步路過我們的桌子。她高挑精瘦，四十多歲，眼神流露睡意，黑髮剪得極短。我看到她在袍子下面穿的是藍色印花衣服。我們保持靜默，等她過去。

「我相信我們一定要破除傳統，」普蘭伯繼續說，「我老了。要是可能的話，我希望當我這個人只剩架上區區一本書之前，可以親眼看到這項工作完成。」

我腦海又閃過一件事：普蘭伯是誓約者之一，所以他自己的生命之書一定就在這裡，在這個洞穴裡。那個想法讓我的腦袋微微暈眩。裡面寫了什麼？述說著什麼樣的故事？

凱特的雙眼閃閃發亮。「我們可以把它掃瞄起來，」她拍著桌上的書本說，「要是有密碼，我們也可以破解。我們有超強的機器——是你想都想不到的。」

閱讀室響起一陣呢喃，黑袍人之間竄過一波意識的漣漪。他們全都坐直身子，發出注意跟警告的低語與哨聲。

密室的遠端盡頭，由上方延伸下來的寬闊梯階那裡，有個高挑身影出現了。他的袍子跟其他人都不同；比較精緻，脖子周圍的黑色布料有額外皺折，沿著袖子綴有紅色開叉。袍子從他的肩上垂下，彷彿只是隨意披上：下面有亮眼的棕色西裝露了出來。

他筆直朝我們走來。

「普蘭伯先生，」我低語，「我想也許——」

「普蘭伯。」那個身影用吟誦的語調說。他的音量不大但非常低沉，一路穿越密室。「普蘭伯。」他又說一次，邁開大步疾走。他的年事已高——沒有普蘭伯那麼老，但也相差無幾。不過他的體格紮實許多。背不駝，步履也不蹣跚，我想搞不好他在西裝下藏有胸肌。他整個腦袋削得光禿禿的，留了整齊的深色鬍髭。他是海軍中士型的吸血鬼。

現在我認出他來了。這就是他：跟年輕普蘭伯合照的那個人，就是在金門大橋前方用雙手拇指比讚的青春壯男。這就是普蘭伯的老闆，讓書店能夠經營下去的人，也是慷慨的Festina Lente公司執行長。這位就是科維納。

普蘭伯把自己拉出椅子。「請來認識一下舊金山的三位無誓者。」他說。然後對著我們說，「這位就是首誓者，也是我們的贊助人。」突然間他扮演起了殷勤部屬的角色。他在演戲。

科維納冷冷打量我們。眼眸深暗、散發閃光——猛烈噬人的智慧。他直勾勾地瞅著尼爾思索，然後開口，「跟我說：在亞里斯多德的著作裡面，創誓者最早印過的是哪一本？」發問的語氣雖柔和但毫不寬容，字字都像裝了消音器手槍裡的子彈。

尼爾的臉龐一片空白。那陣停頓很不自在。

科維納叉起胳膊，轉向凱特，「嗯？妳呢？有沒有概念？」

凱特的手指抽動著，彷彿想用手機查詢。

「艾傑克斯，你還得多下點功夫啊，」科維納說，轉而攻擊普蘭伯，態度依然沉靜。「整套文集的名稱，他們到現在應該都能朗朗上口了，也應該可以用希臘原文倒背如流才對。」

要不是我的腦袋還因為發現普蘭伯有名字而忙著打轉，不然我聽到那種話，肯定會皺起眉頭。而且還是——

「他們在研究上還屬於新手。」艾傑克斯．普蘭伯嘆口氣說。他比科維納矮個幾英吋，而他正努力伸展，想站直身子，一面微微晃動。他用那雙藍色大眼環顧房間，露出懷疑的神色。

「我是希望過來一趟，對他們有所啟發，可是裝上鍊子是有點太過火了。我不確定它們符合本會秉持的精神——」

「在這裡，我們對書的態度不會那麼輕率，艾傑克斯，」科維納打岔，「我們這裡不會把它們搞丟。」

「噢，那小子拿走的書，哪比得上創誓者的生命之書呢。而且書並沒遺失。你隨便什麼藉口都想利用——」

「是你自己主動提供的。」科維納語氣平板地說。他的語調一板一眼，可是卻在整個密室裡迴盪。閱讀室現在安靜下來。黑袍人都閉上嘴巴、動也不動，搞不好連呼吸都停了。

科維納在背後緊握雙手——老師的姿勢。「艾傑克斯，我很高興你回來了，因為我已經做了決定，而且想親口跟你說。」停頓，然後腦袋熱切地一偏。「你回紐約的時機到了。」

普蘭伯瞇起眼睛。「我有書店要經營。」

「不。不能繼續下去了，」科維納搖著腦袋說，「放滿了跟我們工作無關的書本，就是不行。擠滿了對我們的責任一無所知的人，也不行。」

唔，我自己倒不會說是擠滿了人。

普蘭伯安靜無語，視線低垂、眉頭深皺。他的灰髮在腦袋周圍豎立起來，恍如零散思緒形成的雲朵。如果他把頭髮削掉，模樣可能就會跟科維納一樣時髦搶眼。可是也許不會。

「是沒錯，我的確進了別種書籍，」普蘭伯終於說，「我幾十年來都是這樣的。就跟我們老師在我之前所做的一樣。我知道你是記得的。你明明曉得，我的見習生之所以會加入我們，有半數是因為——」

「因為你的標準是這麼的低落。」科維納打斷他的話。他的視線掃過凱特、尼爾跟我。「沒辦法認真看待功課的無誓者，又有什麼用處？他們會削弱我們的力量，而不是讓我們更為強大。他們讓一切產生風險。」

凱特蹙起眉頭。尼爾的二頭肌搏動著。

「你在荒野裡耗費太多時間了，艾傑克斯。回到我們身邊來。在你的兄弟之間度過餘下的光陰吧。」

普蘭伯現在皺歪著臉。「舊金山有見習生跟無誓者。還滿多人的。」他的聲音頓時粗啞起來，跟我四目相接。我看到閃逝而過的痛苦，我知道他正想到廷多爾、拉賓跟其他人，還有我跟奧利佛·果恩。

「到處都有見習生，」科維納說，揮著手彷彿不把他們當一回事，「無誓者會跟著你到這裡來，或者不會。可是，艾傑克斯，讓我講清楚說明白。Festina Lente公司對你書店的支援到此為止。你再也不會從我們這裡獲得資助。」

閱讀室現在徹底寂靜：沒有窸窣聲、沒有喀達響。黑袍人們正往下瞪著自己的書，他們全都在聽。

「你有個選擇，我的朋友，」首誓者柔聲說，「我正努力要幫忙你看清情勢。我們不再年輕了，艾傑克斯。如果你重新投入我們的任務，還有時間可以做出好成績來。如果不這樣——」他的視線往上一挑——「唔，那麼你可以儘管把剩下的時間，在外頭隨便揮霍掉。」科維納狠狠瞅了普蘭伯一下——神情流露憂心，但也顯露出高高在上的意味——他終於又說了一次，

「回到我們身邊來吧。」

接著他轉開身子，回頭大步往寬闊階梯踅去，帶有紅開叉的袍子在身後啪啪翻飛。他的臣民們連忙假裝奮發研讀，於是傳來吵雜的紙筆刮擦與腳步移動聲。我們逃離閱讀室的時候，戴克再度問起共飲咖啡的事。

「我們需要比咖啡更強烈的，小子。」普蘭伯說，試著擠出笑容，差一點就要（結果沒有）成功。「我今天晚上很想跟你談談……要約哪裡？」普蘭伯轉向我，把話說成了問句。

「到北橋好了，」尼爾插話，「西二十九跟百老匯之間。」我們就住那裡，因為尼爾認識業主。

我們留下袍子，拿了手機，穿越Festina Lente公司灰綠色的陰影，往外走去。我的布鞋蹭過辦公室專用的斑紋鋪地素材時，我想到我們一定就在閱讀室的正上方——基本上就踩在它的天花板上。我沒辦法判定那裡往地裡鑽得有多深。二十英呎嗎？還是四十？寬闊的階梯似乎盤旋不停。

普蘭伯自己的生命之書就在下面。我沒看到——反正就在架上的某處，在眾多書背之一——可是它在我心中佔有的地位大於黑色封皮的馬努蒂烏斯之書。我們在最後通牒的陰影之下匆匆離開，我覺得普蘭伯可能把什麼珍貴的東西拋在後頭了。

沿牆的辦公室有一間比其他都大，霧面的玻璃門跟其他間辦公室區分開來。我現在可以清楚看到名牌：

馬可思・科維納／執行董事

所以，科維納也有名字。

有個影子貼著霧面玻璃移動，我這才意識到他在裡面。他在幹嘛？在電話上忙著跟出版商協商，為了Gerritszoon老字型的使用漫天索價？交出某個煩人的電子書盜用者的姓名跟地址？關掉另一家美好的舊書店？跟他的銀行商談，取消某項常態的支出？

這不只是祕密團體，這還是個企業。而不管地上或地下，都由科維納一手掌控。

17 反抗者聯盟

曼哈頓目前大雨滂沱——幽暗吵雜的暴雨。這家頂級精品旅館的業主是尼爾的朋友安椎，也是新創業的執行長，我們就在裡頭躲風避雨。旅館的名稱叫北橋，是駭客的終極藏身處：每三英呎就有電力插座，空氣布滿無線網路，你幾乎可以看到，而在地下室，可以直接連上在華爾街正下方延伸的中繼纜線。如果**海豚與船錨**是普蘭伯的地盤，這裡則是尼爾的天下。門房認識他；停車小弟會跟他擊掌。

北橋的大廳是紐約創業新手世界的中樞。尼爾說，不管在哪，只要有兩個或更多人坐在一起，都可能是某家新公司在校對公司的條款。我們依偎在沉重的矮桌周圍，是用老舊的磁帶捲筒製成的，我猜我們可以算得上是——不是公司，不過至少是某種剛成形的組織。我們是個小小的反抗者聯盟，而普蘭伯是我們的絕地武士歐比王。而我們都知道科維納是誰。

我們從地下出來以後，尼爾緊咬著首誓者的話題不放。

「而且我不知道他留那個鬍子是什麼意思。」他繼續說。

「從我認識他以來，他就一直留那種鬍子了。」普蘭伯說，勉強擠出笑容，「可是他那時候還沒那麼死板。」

「他以前什麼樣子？」我問。

「就像我們其他人啊——就像我。他以前很有好奇心。對於很多事情，都還沒有定見。哎，我到現在也還是這樣！」

「唔，現在他感覺還滿……有自……信的。」普蘭伯皺起眉頭。「為什麼不呢？他是首誓者啊，而且他希望學會能維持一直以來的樣子。」他把細瘦的拳頭往綿軟的沙發一捶。「他不肯退讓、不肯實驗，甚至不願意放手讓我們嘗試。」

「可是Festina Lente公司明明有電腦。」我指出這點。事實上，他們運作的是一整個數位反暴亂組織。

凱特點點頭。「對啊，其實他們給人的感覺還滿精明世故的。」

「啊，可是只有在地面上是這樣，」普蘭伯搖著手指說，「對於Festina Lente公司的世俗工作來說，電腦是可以接受的——可是對永生書會來說就不行了。不行，永遠不行。」

「不能用手機。」凱特說。

「不能用手機，不能用電腦。阿杜斯．馬努蒂烏斯沒用過的東西——」普蘭伯搖著頭說，「一概都不能使用。電燈——你們不會相信我們以前為了電燈的事，前後吵了多久，整整耗了二十年耶。」他哼了哼。「我很確定，要是有一、兩顆燈泡，馬努蒂烏斯也會很高興。」

大家都默默無語。

尼爾終於開口，「普先生，你不用放棄。我可以贊助你的書店。」

「書店的事就到此為止吧，」普蘭伯揮揮手說，「我很愛我們的顧客，可是有更好的方式可以服務他們。我不會像科維納那樣，緊緊抓住熟悉的事物不放。如果我們可以把馬努蒂烏斯之書帶回加州……如果妳，親愛的小姐，可以做到妳所承諾的事……我們以後就不需要那家書店了。」

我們坐下來好好策劃一番。在完美的理想狀況下，我們都同意把那本生命之書帶到Google的掃描器，讓那些蜘蛛腳在上面爬來爬去。問題是，我們根本沒辦法把那本書帶離閱讀室。

「一把破壞剪，」尼爾說，「我們需要破壞剪。」

普蘭伯搖搖頭。「這件事我們一定要暗地進行。要是科維納意識到這件事，他們絕對不會放過我們，Festina Lente公司擁有龐大無邊的資源。」

他們也認識一堆律師。況且，要把**馬努蒂烏斯之書**交給Google任意處置，我們手頭上並不需要有那本書。我們只消把它放進磁碟裡即可。所以我問，「要是我們把掃描器帶去找書呢？」

「掃描器沒辦法隨身攜帶，」凱特搖搖頭說，「我是說，你是可以移動它，可是有一整套程序要遵守。他們上次到國會圖書館，花了整整一星期的時間，才讓它開始運轉。」

所以我們需要某種工具，或是另找幫手。我們需要客製化的掃瞄器以便進行這個祕密行動。我們需要擁有圖書館學位的007詹姆士．龐德，我們需要——等等。我知道我們需要的是誰了。

我一把抓起凱特的筆電，按鍵前往Grumble的駭客書籍中心。我在檔案館裡挖掘——回溯、回溯、再回溯，要回到他最早的方案，就是當初帶動這一切的那些……有了。找到了。

我把螢幕轉過去讓大家看。上面顯示了一張GrumbleGear 3000的清晰照片；是用厚紙板製作的書籍掃描器。可以從舊箱子蒐集紙板，然後用雷射裁切機以正確的角度切出窄孔跟調整片。將著把那些零件固定到位，做成框框；拼組完成以後，再拆開壓平以便攜帶。有兩個窄孔是給相機用的。整個東西都能塞進側背包。

用的只是一般遊客用的爛傻瓜相機，就是隨便在哪裡都買得到的那種。這個掃描器特別的地方，就是那個框框。單是一台相機，就得伸展身子把書固定在正確的角度，每次翻頁都會手忙腳亂，要花好幾天時間才掃瞄得完。可是如果把兩台相機並排架在GrumbleGear 3000上，由Grumble的軟體來控制，一次就能把展開的雙頁拍進去，完美對焦、完美對齊。高速卻低調。

「是用紙做的，」我解釋，「所以可以通過金屬偵測器。」

「怎樣，這樣你就能把它偷偷帶上飛機嗎？」凱特問。

「不是，這樣就能偷偷帶進圖書館。」我說。普蘭伯瞪大眼睛。「不管怎樣，他都把示意圖貼出來了，我們可以下載。我們只是需要蒐集材料，找到雷射裁切機。」

尼爾點點頭，一根手指繞起圈圈，指遍整個大廳。「這裡是紐約最宅的地方。我想我們弄得到雷射裁切機。」

假設我們組裝得出GrumbleGear 3000，也能讓它運作，那麼我們在閱讀室的時候就需要有一段完全不受干擾的時間。馬努蒂烏斯的生命之書是個巨冊，掃瞄起來要花好幾個鐘頭。誰要負責執行？普蘭伯動作不穩，沒辦法偷偷摸摸。凱特跟尼爾是可靠的同夥，但是我另有計畫。等掃瞄書籍的任務一成為可能，我立即下了決定：我要單獨行動。

「我想跟你一起去，」尼爾說，「這才是刺激的部分啊！」

「不要逼我用你在『火箭與巫師』裡的別名，」我舉起一根指頭說，「有女生在場的時候最好不要。」我擺出正經的表情。「尼爾，你開了間公司，有員工跟顧客。你有責任要扛。要是你被發現，或是老天，我不知道，如果**遭到逮捕**什麼的。問題就大了。」

「要是你被逮捕了，你覺得就不會是問題嗎？克雷摩．紅——」

「啊！」我打斷他的話。「首先：我沒有實際的責任要扛。再來：基本上我已經是永生書會的見習生了。」

「你確實解開了創誓者的謎題。」普蘭伯點點頭。「艾德格會替你做擔保。」

「況且，」我說，「我扮演的是這個局面裡的無賴。」

凱特挑起一邊眉毛，我靜靜解釋，「他是戰士、妳是巫師，我是無賴——就當這段對話從沒發生過吧。」

尼爾緩緩點了一次頭。他雖然垮皺著臉，但不再抗議。很好。我就自己進去，而且到時帶著離開的，不會是一本而是兩本書。

北橋前門掃進一陣冷風，艾德格．戴克從雨中蹦蹦跳跳走進來，臉孔裹在紫色塑膠夾克的拉緊兜帽裡。普蘭伯揮手召他過來。凱特的視線對上我的；她一臉緊張。這場會面相當關鍵。如果我們想要接近閱讀室跟**馬努蒂烏斯之書**，戴克就是關鍵，因為鑰匙在他手上。

「長官，書店的事我聽說了。」他說，氣喘吁吁坐在凱特旁邊的沙發上。他動作謹慎地把兜帽往後拉開。「我不知道該說什麼。太糟糕了。我會跟科維納談談。我可以說服他——」

普蘭伯舉起一手，接著把事情全都跟戴克說了。他跟戴克提起我的工作日誌，還有關於Google以及創誓者謎題的事。他跟戴克說到對科維納的提議，還有首誓者的否決。

「我們會對他下功夫的，」戴克說，「我會時不時就拿出來講，看看是不是可以——」

「不，」普蘭伯插話，「他真是不可理喻，艾德格，我沒那個耐性。小子，我年紀比你大多了，我相信今天就可以解開生命之書的密碼——不用等個十年或一百年，而是今天！」

我突然想到，科維納不是唯一信心過度的人。普蘭伯真心相信，電腦可以完成任務。重提這項計畫的人是我，但我自己反倒沒那麼有把握，這樣會不會滿怪的？

戴克瞪大了雙眼，環顧四周，彷彿北橋這裡可能有黑袍人潛伏其中。不大可能；我懷疑這個大廳裡的人幾年以來碰也沒碰過實體書本。

「你不是認真的吧，長官，」他輕聲細語，「我是說，我記得當初你要我把標題全輸進Mac的時候，你是很興奮沒錯——可是我從來沒想到……」他吸口氣。「長官，學會不是這樣運作的啊。」

所以，當初建立書店資料庫的是艾德格．戴克。我心中突然升起一股同為店員的溫情。我們的手指都曾經放在那塊喀喀響的短短鍵盤上。

普蘭伯搖搖頭。「就是因為我們卡住了，這件事看起來才會奇怪，小子，」他說，「科維納害我們動彈不得。首誓者並沒有忠於馬努蒂烏斯的精神。」他的雙眼恍如藍色雷射光束，用一根長指頭往下戳戳磁帶桌子。「他以前很積極進取的，艾德格！」

戴克點點頭，但仍然一臉嚴肅。他的臉頰微紅，用指關節掃過頭髮。所有的團體就是這樣開始分裂的嗎？擠坐成圈？低聲說著行銷話術？

「艾德格，」普蘭伯平靜地說，「在我的學生裡面，你跟我是最親近的。我們在舊金山並肩工作了好多年。你擁有永生書會的真精神，小子。」他頓住。「把閱讀室的鑰匙借我們一個晚上。我只有這個要求，艾德格。克雷不會留下任何痕跡的。我向你保證。」

戴克的臉上毫無表情，頭髮潮濕凌亂。他字斟句酌，「長官，我本來以為你不——我從來沒有想到——長官。」他靜了下來。北橋大廳並不存在。整個宇宙都是艾德格．戴克的臉，還有他若有所思的嘴唇彎度，以及他可能會說出口的「不行」或者——

「好。」他挺直身子，深深吸口氣之後又說，「好的，我當然會幫你，長官。」他猛地點點頭，露出笑容。「當然的了。」

普蘭伯咧嘴一笑。「我還真懂得挑適合的店員，」他說，伸手過去往戴克的肩膀一拍。他大笑一聲。「我真懂得挑人！」

計畫底定。

明天，戴克會把備用鑰匙裝進信封裡封好，上頭指明要給我，然後送到北橋門房手上。我跟尼爾會想辦法製作GrumbleGear，而凱特要到Google的紐約辦公室現身一下。普蘭伯會跟幾位贊同他主張的黑袍人見面。夜幕降臨的時候，我會帶著掃描器跟鑰匙，到永生書會的祕密圖書館去，我會在那裡解放**馬努蒂烏斯之書**——還有另一本書。

可是那全是明天的事。現在凱特已經回我們的房間休息。尼爾去跟一群紐約的創業傢伙聚會。普蘭伯坐在旅館酒吧，慢慢喝著厚重平底玻璃杯內的金色液體，一面陷入沉思。他在這個地方看起來很怪：比大廳裡的其他人都要老上幾十歲，在刻意調整的幽暗光線裡，他的頭頂好似淡色的信號燈。

我獨自坐在低矮的沙發，瞪著我的筆電，想知道我們要怎樣找到雷射裁切機。尼爾的朋友安椎給我們線索，是兩個不同的曼哈頓駭客空間，但只有一家有雷射，而且預約已經滿到幾個星期以後了。人人都忙著製作某種東西。

我突然想到，馬特・米托布蘭可能認識某個地方的什麼人。這座城市裡，一定有某家視覺效果商店握有我們需要的工具。我在手機上打出求救訊號：

在紐約，需要雷射裁切機，越快越好。知道哪裡有？

三十七秒過去了，馬特回傳簡訊：

問Grumble。

當然了。我花了幾個月的時間瀏覽那個盜版圖書館，卻從來沒在上面貼過文。Grumble的網路有個熱鬧滾滾的論壇，大家會在那裡索討某些特定的電子書，然後還會抱怨自己收到的東西的品質。也有個技術性的次論壇，大家會在那裡討論書籍數位化的關鍵細節，也就是Grumble本尊會現身的地方，他會用全小寫字母簡短又精確地回覆提問。我就是要到那個次論壇求救。

嗨，大家好，我在Grumblematrix裡潛水一陣子了，頭一次出來po文。我今天晚上在紐

約，正好需要一架Epilog雷射裁切機（或類似的東西），就是根據GrumbleGear 3000指示需要的那種。我打算盡快進行一場祕密掃瞄，而目標就是印刷史上最重要的書籍之一。換句話說：這個東西可能比哈利波特還了不起。有人可以幫個忙嗎？

我吸口氣，檢查三次看看有沒有拼錯字，然後送出貼文。我希望Festina Lente公司的盜版巡邏人員不會讀到這段文字。

北橋的房間跟Google園區裡的白色貨櫃很像：四四方方的長型東西，各自接了水電跟網路。也有狹窄的床鋪，但那些床鋪顯然是針對脆弱的人類神經系統的勉強讓步。凱特穿著底褲跟紅T恤坐在地上，朝著自己的筆電傾身。我坐在她上方的床緣，我的Kindle從她的USB插口——嗯，這可不是委婉的說法喔——借用電力，第四次讀《龍歌三部曲》。在為了PM的事情失望過後，她終於再次振作精神，扭過身來看著我說，「這真的很刺激。我真不敢相信我竟然沒聽過阿杜斯．馬努蒂烏斯。」他在維基百科的條目就顯示於她的螢幕上。我認出了她臉上的神情——就像她之前提到**奇異點**時浮現的表情。「我一直以為永生的關鍵會是，嗯，比方說，有迷你機器人會修理你腦袋裡的東西，」她說，「而不是書本。」

我必須坦白說，「我不確定書本是不是任何事情的關鍵。我是說，拜託，這是個祕密團體耶。真的是。」她聽了皺起眉頭。「可是，阿杜斯．馬努蒂烏斯本人寫的一本遺落的書，這本身是還滿重要的啦。之後，我們可以把普蘭伯先生弄回加州。靠我們自己的力量來經營那家書店。我有個行銷計畫。」

這些話凱特都沒聽進去。她說，「山景市有一組人手——我們應該跟他們說說這件事。那組人就叫Google Forever。他們專門研究壽命延長，像癌症治療、器官再生、DNA修復這些。」越說越離譜了。「也許還順便研究冷凍科學？」

她有點防備地往上朝我一瞥。「他們用的是歷程研究法。」我用手指撩撥她淋浴之後還帶著濕氣的頭髮。她散發出柑橘的氣味。

「我就是不懂，」她說，再次轉身仰頭看我，「我們的壽命這麼短，你怎麼受得了？**好短暫啊**，克雷。」

老實說，我的人生展現了不少奇怪（有時讓人困擾）的特性，可是「短暫」並不在其中之列。打從我開始上學以來，就像過了永恆那麼久的時間；搬到舊金山以來，感覺就像歷經了科技—社會的新紀元。那時候我的手機都還不能上網。

「你每天都會學到不可思議的東西，」凱特說，「比方說，紐約市有個祕密地下圖書館——」她頓了頓，為了製造效果而倒抽一口氣，逗得我發笑，「然後你會意識到還有那麼多新鮮事等著你發掘。八十年或一百年，就是不夠用。不管怎樣，就是**不夠**啦。」她有點話不成聲，我這才領悟到，原來這種思路在凱特．普丹特的心裡埋得有多深。

我往下傾身，吻吻她的耳上，然後低語，「妳真的想把自己的腦袋冷凍起來嗎？」「我絕對會、絕對要冷凍我的腦袋。」她一臉嚴肅地仰頭看我。「我也會把你的腦袋冷凍起來。一千年之後，你會感謝我的。」

18 彈出

早上醒來的時候，凱特已經離開，她已前往Google的紐約辦公室。我的筆電上有封電子郵件正等著——是Grumble論壇轉來的訊息。時間戳記是凌晨三點五分，是——要命。竟然是Grumble本尊親自發來的。訊息言簡意賅：

比哈利波特還要了不起的東西？跟我說你需要什麼。

我的脈搏在耳中怦怦搏動。太炫了。

Grumble本尊住在柏林，但大多時間似乎都在旅行，在倫敦、巴黎或開羅進行特種掃瞄活動。也許有時候會到紐約來。沒人知道他的真名；沒人曉得他的長相。他可能是女的，或者甚至是一群人的組合。不過在我的想像裡，他是男的，而且沒比我大多少。在我的想像裡，他向來單獨行動——穿著澎鬆的灰色羽絨衣，把書籍掃描器的厚紙板組件，當成防彈背心那樣穿在衣服下面，拖著腳步走進國會圖書館——不過他五湖四海都有盟友。

也許我們會見上一面。搞不好我們會變成朋友。也許我會變成他的駭客學徒。可是我必須冷處理，要不然他會以為我是聯邦調查局，或者更糟的是，是Festina Lent公司派來的。於是我這麼寫：

嘿，Grumble！老兄，謝謝回覆。我是你的大粉絲——

好了，不要這樣寫。我傾身按下刪除鍵，重頭開始：

嘿。我們拿得到相機跟厚紙板，可是找不到雷射機。你能幫個忙嗎？備註：好啦，J. K.羅琳固然很了不起……可是阿杜斯．馬努蒂烏斯也是。

我按下送出，把MacBook啪答闔起來，退到浴室去。北橋寬闊的蓮蓬頭從上方噴出了工業強度的燙熱水流，顯然是設計給機器人而不是人類用的。我在下方將洗髮精搓進頭髮，一面想著駭客英雄跟冰凍腦袋的事。

尼爾在大廳等我，快吃完一碗純燕麥粥，正呼嚕地喝著羽衣甘藍菜打成的果菜汁。

「嘿，你的房間有生物特徵辨識門鎖嗎？」

「沒有，只有感應卡。」

「我的門鎖應該要認出我的臉，可是它不放我進去。」他皺起眉。「我想辨識功能對白人才有用。」

「你應該拿更好的軟體來賣你朋友，」我說，「把生意擴張到餐旅服務業。」

尼爾翻翻白眼。「是啦。我不想再往更多市場擴張生意了。我有沒有跟你說過，我接過國土安全部寄來的電子郵件？」

我凝住不動。這跟Grumble有任何關係嗎？不，那樣太荒謬了。「你的意思是最近的事嗎？」

他點點頭。「他們想要一個應用程式，要把厚重衣物下的不同體格類型視覺化出來。像是穆斯林蒙面長袍那類的。」

呼，我鬆了口氣。「你打算要配合嗎？」

他皺了皺臉。「才不要。就算這不是個噁心的構想——不過這真的滿噁心——我手上已經有太多事情要忙了。」他大聲喝著果菜汁，用吸管把亮綠色圓柱往上吸。

「你明明喜歡的，」我快活地說，「你喜歡同時攬一大堆事情在身上。」

「沒錯，我是喜歡蠟燭多頭燒沒錯，」他說，「可是，頂多只能淺嚐，沒辦法完全投入。老兄，我沒生意伙伴，也沒有負責業務發展的人手。我連有趣的東西都沒時間碰了！」我不確定他講的是程式——或是咪咪。「老實說，我現在真正想做的是創業投資。」

尼爾．夏，創業投資家。我們六年級的時候作夢也想不到。

「那你幹嘛不做？」

「嗯，我想你可能過度高估Anatomix的收入了，」他挑起眉毛說，「那裡可不是Google。要當創投家，你必須先有很多資本。我現在只有一堆跟電玩公司簽下的五位數合約。」

「還有電影製片場，對吧？」

「噓，」尼爾低斷，在大廳裡東張西望，「那些事情不可以讓任何人知道。老兄，我有重量級的文件耶。」他頓了頓。「上頭有史嘉莉・喬韓森（Scarlett Johansson）簽名的文件。」

我們去搭地鐵。Grumble的下一個訊息在早餐之後來到，寫著：

曼哈頓橋底地區的傑街十一號，有個grumblegear 3000正在等你。跟對方要霍格華茲特餐。不加菇菇。

這可能是出現在我的收信匣裡，最酷的一個訊息了。祕密情報站。我跟尼爾現在正要過去。我們必須說出通關密語，然後就可以拿到特種任務使用的書籍掃描器了。

列車轟隆隆搖晃著穿越東河下方的隧道。車窗烏黑一片。尼爾輕輕抓住上頭的橫桿說著：「你確定不想走業務發展？你可以帶頭進行那個蒙面長袍案子喔。」他挑眉咧嘴一笑，我這才意識到他不是在開玩笑，至少關於業務發展的部分不是。

「你想替你的公司找業務發展人，我絕對是最差的選擇，」我說，「我拍胸脯保證。到最後你一定會叫我走路。那就太慘了。」我不是開玩笑的。替尼爾工作會破壞我們的友誼協定。他會是老闆尼爾・夏，或是商界導師尼爾・夏——再也不是地下城主尼爾・夏。

「我不會炒你魷魚的，」他說，「我只會把你降職。」

「降成什麼？伊果的學徒嗎？」

「伊果已經有學徒了。是迪米崔。他超級聰明。你可以當迪米崔的學徒。」

我確定迪米崔只有十六歲。我不喜歡這件事聽起來的感覺。我轉換話題：「嘿，你要不要自己拍電影？」我說，「好好炫耀一下伊果的技術。成立另一家皮克斯。」

尼爾聽了點點頭，然後靜默片刻、仔細思考。最後說，「我很願意。要是我認識電影界的人，我馬上就替他出資。」他頓了頓。「女性也可以。可是如果是女性，我可能會透過我的基金會來贊助她。」

對喔：尼爾．夏藝文女性基金會。是尼爾因應狡猾的矽谷會計師的積極要求，所設立的避稅手段。尼爾請我幫忙架設佔位網站，讓它看起來更有正當性，而到目前為止，那是我所設計第二讓人沮喪的東西（從新貝果到老耶路撒冷的品牌再造，依然佔居首位。）

「那就去找個拍電影的人啊。」我說。

「你才去找啦。」尼爾反唇相譏。真像六年級生。接著有什麼在他的雙眼裡亮起。「其實……那樣正好。對了。就當成這次贊助你探險的交換條件吧，克雷摩．紅手，你要幫我這個忙。」他壓低嗓門，用地下城主的口氣說話，「你要幫我找個拍電影的。」

我的手機帶領我們來到了曼哈頓橋底地區的那個地址。那條沿河的街道相當安靜，隔著圍牆就是愛迪生聯合電力公司的一座座變壓器。這棟建物陰暗狹窄，比神祕書店還要窄細，也破敗許多。看起來好像不久以前才發生過火災；門框與前側窗戶周圍有一道道長長的黑線升起。

要不是有兩個東西，整個空間就有一副遭到遺棄的模樣：第一，前方歪斜地插著烯類樹脂質料的寬闊招牌，上頭寫著「彈出派餅」。第二，比薩的溫暖香氣裊裊升起。

裡面破爛不堪——沒錯，之前肯定有過火災——可是空氣濃烈芳香，滿是碳水化合物的氣味。前側有張牌桌，上頭有個凹陷處處的存錢罐。後面的臨時廚房裡有一群臉頰紅潤的青少年擠來擠去。有一位正在頭頂上搖搖晃晃地旋繞一個麵糰；另一位正在剁蕃茄、洋蔥跟彩椒。還有三個站在四周說說笑笑。他們背後有座高大的比薩烤爐，由嚴重損毀、光裸無飾的金屬打造而成，中央有一道寬闊的藍色賽車條紋。還有輪子呢。

一組塑膠擴音器高聲放送音樂，那種清脆顫抖的曲調，我懷疑這世上聽過的人不超過十三個。

「你們要點什麼？」一位青少年壓過音樂大聲喊道。唔，其實他可能不算是青少年。這裡的員工介於某種無鬚無鬍的中間地帶，也許是藝術學校的學生吧。招呼我們的那位穿著素白T恤，圖案是米老鼠扭皺著臉，揮舞**AK-47**步槍。

好了，我最好把話說對。「一份霍格華茲特餐。」我對他回喊。叛亂分子米老鼠點了一次頭。我補充，「可是不加菇菇。」頓住。「我的意思是蘑菇。」頓住。「我想是吧。」可是叛亂分子米老鼠已經從我們這裡轉身走開，跟同事們商量著。

「他剛聽到你說的了嗎？」尼爾低聲說，「我不能吃比薩喔。要是我們最後買到的是比薩，你要自己負責吃完。千萬別分我吃，即使我跟你討也一樣。」他頓住。「我可能會跟你討喔。」

「你乾脆把自己綁在桅杆上算了，」我說，「就跟尤利西斯一樣。」

「就像血靴船長。」尼爾說。

在《龍歌三部曲》裡，學究型的侏儒弗爾文說服了星百合的船員，在血靴船長試圖割斷唱歌龍獸的喉嚨之後，把他綁在桅杆上。所以，是的。「就像血靴船長。」

叛亂分子米老鼠帶著比薩盒回來了。動作真快。「總共十六元五十分。」他說。等等，我做錯什麼了嗎？這是一場玩笑嗎？難道Grumble故意害我們白跑一趟？尼爾挑起眉毛，不過還是拿出爽脆的二十元紙鈔遞過去。我們換回的是一個加大的比薩盒，上面用過多的藍墨水印著**彈起派**。

紙盒不燙。

我在屋外的人行道上把盒子撐開一個縫。裡面有好幾堆迷你的厚重紙板，都是長長又扁平的形狀，有窄孔跟調整片，可以整個拼組起來。這就是GrumbleGear的零件，邊緣有黑色燒痕。這些形狀就是用雷射裁切機做出來的。

盒蓋內側用粗大的馬克筆寫了幾筆劃，是來自Grumble的訊息。我永遠不會知道那是他親手寫的，還是他布魯克林的手下寫的：

怪事——快快現！[2]

---

2 Specialis revelio是哈利波特裡讓隱藏祕密無所遁形的咒語。

回程的路上，我們順便到專賣水貨的電器行走一趟，挑了兩台便宜的數位相機，然後散步穿越曼哈頓下城的街道，回到北橋。尼爾負責拿著比薩盒，我則是提著裝有相機的塑膠袋，袋子一路撞著我的膝蓋彈跳著。萬事俱全。**馬努蒂烏斯之書**即將到手。

這座城市有如由車流跟商務組成的燦爛狂風。計程車在逐漸轉成金黃的燈光之下按鳴喇叭；排成長列的購物者在第五大道腳步響亮地來回走動。每個街角都聚集著零散的群眾，大笑、抽菸跟賣沙威瑪。舊金山是座好城市，也很美麗，但從沒這麼有活力。我深吸一口氣——空氣涼爽刺鼻，帶有菸草跟神祕肉類的氣味——我想起科維納對普蘭伯的警告：**那麼你可以儘管把剩下的時間，在外頭隨便揮霍掉**。老天。擺滿書本的地底墓穴裡的永生，跟上頭這裡可以享受這一切的死亡大限，要選哪種？要是我，我寧可選擇死亡跟沙威瑪。那普蘭伯又如何？不知為何，他似乎也更像入世的人。我想到他的書店，有那些寬闊的前側窗戶。我想到他跟我說過的頭幾個字——「你想在這些書架裡尋覓什麼？」——說的時候面帶歡迎的燦爛笑容。

科維納跟普蘭伯曾經是知己；我看過照片上的證據。科維納那時候一定很不一樣……簡直就是一個不同的人。是在什麼時間點上做出決定的？該在什麼時間點賦予某人一個新名字？**抱歉，不，你不用再當科維納了。現在你是科維納2.0**。我想起那張老照片裡豎起拇指比讚的年輕人。他永遠消失了嗎？

「要是拍電影的是女性，真的會比較好，」尼爾正在說，「我是認真的。我必須投更多錢到那個基金會去。我只發過一筆獎助金，而且還是給我的表妹莎賓娜。」他頓住。「我想那樣可能是違法的。」

我試著想像四十年後的尼爾：禿頭、西裝畢挺、改頭換面。我試著想像尼爾2.0或商界導師尼爾．夏——一個我再也無法當朋友的尼爾——可是我就是辦不到。

回到北橋的時候，我驚訝地發現凱特跟普蘭伯一起坐在矮沙發上，全心投入對話。凱特態度熱烈地比著手勢，普蘭伯含笑點頭、藍眸發亮。

凱特往上看的時候，笑容可掬。「又來了一封郵件。」她劈頭就說。接著她打住，但是臉孔生氣勃勃，活跳跳的，彷彿壓抑不住接下來的消息，「他們要把PM擴增到一百二十八人，然後——我是其中一個。」她的微肌肉著火了，幾乎用尖叫的，「我被選中了！」

我微微張著嘴巴。她彈起來抱住我，我也回以擁抱。我們在超酷的北橋大廳小小共舞了一圈。

「那是什麼意思？」尼爾邊說邊放下比薩盒。

「我想這就表示，這個附帶專案剛剛得到了行政階層的支持。」我說。凱特把雙臂往空中一拋。

為了慶祝凱特的成功，我們四人轉移陣地到北橋大廳的酒吧，那裡鋪了小小消光黑色的積體電路。我們坐在高凳子上，尼爾請我們喝了一輪。我啜飲著叫做死亡藍螢幕的東西，其實是霓虹藍，有個明亮的LED燈在一顆冰塊裡眨閃不停。

「所以讓我弄清楚——妳是Google一百二十八位執行長的其中一個？」尼爾說。

「也不算啦，」凱特說，「我們是有執行長，可是Google太過複雜，一個人經營不來，所以由產品管理師來幫忙。你知道的……評估該不該進入這個市場、該不該做那項採購。」

「妳啊！」尼爾說，從凳子上跳起來，「來併購我吧！」

凱特噗哧一笑。「我不確定3D的咪咪——」

「那不只是咪咪！」尼爾說，「我們全身都做。手臂、雙腿、三角肌，應有盡有。」

凱特只顧微笑，邊啜著自己的酒。普蘭伯慢慢喝著厚底玻璃杯裡一吋高的金色威士忌，裡面只有一顆方形冰塊，是沒放LED燈的。他轉向凱特。

「親愛的小姐，」他說，「妳想Google一百年之後還會存在嗎？」

她靜了片刻之後猛點頭。「會，我想會的。」

「妳知道嗎？」他說，「永生書會有一個相當有名的成員，跟擁有類似野心的青年曾經是知交。那位青年創立了某家公司，說過同樣的話。」

「哪家公司？」我問，「微軟？蘋果？」要是史提夫．賈伯斯也曾經涉獵過這個學會呢？搞不好那就是每架Mac都會內建Gerriszoon的原因……

「不，不，」普蘭伯搖著頭說，「是標準石油公司。」他露齒一笑。我們還真沒料到。他轉著玻璃杯說，「妳闖進了由來已久的故事裡。我學會裡的一些兄弟姊妹們會說，妳的公司啊，親愛的小姐，跟以前出現過的公司沒有兩樣。他們有些人會說，永生書會之外的任何人都幫不上忙。」

「你說有些人，就像科維納。」我斷然說道。

「對，科維納，」普蘭伯點點頭，「還有其他人也是。」他同時看著我們三人——我、凱特跟尼爾——他靜靜說，「可是我很高興有你們當盟友。我不知道你們瞭不瞭解這項任務的歷史意義有多大。幾百年來我們發展出來的技巧，在新工具的輔助下……我相信我們會勝券在握。我骨子裡就是這麼相信。」

尼爾負責讀出我筆電上的指示，普蘭伯把零件遞給我，我們頭一次合力組出GrumbleGrear 3000。那些組件是從厚重的瓦楞紙板裁切下來的，你用手指彈擊的時候，會發出讓人滿意的劈哩聲。拼組在一起，就可以達到某種超自然的結構整體性。有個呈現斜角的書床，上方有兩條長臂，每條手臂都有個巧妙的袋子可裝相機——在攤開雙頁的時候，各自負責一頁。相機跟我的筆電相連，電腦現在正跑著叫做GrumbleScan的程式。這個程式會把這些影像送到硬碟去，就是塞進單車牌撲克牌瘦長盒子的兆位元組消光黑色記憶體。這個盒子是尼爾耍點無賴的成果。

「這是誰設計的，再說一次？」他問，一面捲動指示。

「叫Grumble的傢伙。他是天才。」

「我應該雇用他，」尼爾說，「很好的程式設計師，有很棒的空間關係感。」

我打開我的《中央公園鳥類指南》，架在掃描器上。Grumble的設計跟Google的不是很像——它沒有蜘蛛腳似的翻頁附屬工具——所以那部分你得自己動手，也要自己按下相機快門——可是有用。翻頁、閃燈、快拍。北美知更鳥的遷移模式轉入了偽裝的硬碟。然後我把掃描器拆解成原來的平扁組件，由凱特幫我計時。花了四十一秒。

隨身帶著這樣的裝置，我今晚要在午夜過後不久回到閱讀室去。到時整個地方都是我的。以最快的速度跟最鬼祟的方式，我會掃瞄兩本書而不是一本，然後逃離現場。戴克警告過我，要在第一道曙光出現以前完成並且離開，不留一絲痕跡。

19 黑洞

已經過了午夜滿久的。我沿著第五大道疾步走著，一面瞥著對街中央公園那個陰暗團塊。樹木襯在斑斑點點的紫灰天際之前成了漆黑剪影。街上唯一的車輛只有黃色計程車，為了賺點車資洩氣地轉繞不停。其中一輛對我閃燈；我搖頭表示不用。

戴克的鑰匙在Festina Lente公司的幽暗門口那裡喀答轉開，我就這麼進了屋裡。黑暗中有個紅色光點閃動不停，多虧戴克事先通報過，我知道那是無聲警報器，代表某家非常私密的保全公司。我心跳加快。現在我有三十一秒可以輸入密碼，我也這麼做了：1—5—1—5。就是阿杜斯．馬努蒂烏斯過世的那年——或者說如果你接受永生書會的說法：就是他並未死去的那年。

前室一片陰暗。我從袋子裡拉出頭燈，用綁帶繞住額頭。建議用頭燈而不是手電筒的，是凱特。「這樣你就能把心力集中在翻書上。」她說。光線閃過牆上的ＦＬＣ標示，在大寫字母後面灑下了銳利的暗影。我匆匆考慮要在這裡多做點額外的間諜行動——我能不能刪除他們的電子書盜版資料庫？但最後判定我真正的任務已有夠高的風險。

我躡手躡腳穿過那一大片悄然無聲的外側辦公室，用頭燈掃過兩邊的小隔間。冰箱嘎拉搖晃、嗡嗡作響。多用途的印表機悲涼地閃著光；螢幕保護程式扭過螢幕，往房裡拋入虛弱的藍光。除此之外，沒有任何動靜或聲響。

在戴克的辦公室裡，我跳過更換服裝的步驟，把手機穩穩留在口袋裡。我輕輕一推書架，詫異地發現竟然這麼容易就分成兩側、往後旋開，不作聲響、毫無重量。這個祕密通道的潤滑工作做得不錯。

再過去則是昏天暗地。

這項任務頓時似乎變得迥然不同。直到此刻，在我的想像中閱讀室的模樣都還是跟昨天下午相同：溫暖明亮、熙熙攘攘，即使不歡迎人來，至少照明充足。現在，我望進去的基本上是個黑洞。這是個不曾讓物質或能量逃逸出來的宇宙實體，而我正要直接踏進去。

我把頭燈往下偏斜。這趟路可要花點時間了。

早該先問戴克電燈開關的事。我幹嘛不先問戴克電燈開關的事啊？我的腳步發出了久久的迴響。我已經穿過前往閱讀室的通道，整個伸手不見五指，是我所見過最漆黑的虛空，而且溫度凍冷。

我往前踏出一步，決定低著頭而不是抬起頭走，因為我往下望的時候，燈光會從平滑的岩石上反射出來，而抬頭看的時候，光線就會消散無蹤。

我想趕快把這些書掃瞄好，早早離開這個地方。首先，我得找到其中一張桌子。這點不成問題。

我一開始先沿著密室周圍走動，一面用手指掃過書架，邊走邊感覺突出的書背。我的另一隻手臂往外延伸感應著，好似老鼠的觸鬚。

我希望這裡頭沒有老鼠。

有了。我的頭燈照出了桌子邊緣，接著我便看到粗重的黑鍊跟它束縛住的書本。封面印著高瘦的銀色字體，明亮地朝我反射過來：**馬努蒂烏斯之書**。

我先從側背的袋子裡拿出筆電，再來是GrumbleGear拆解開來的骨架。在黑暗裡，組裝的難度較高。我花了太久時間把弄窄孔跟調整片，深怕自己會弄壞紙板。接下來我從袋子裡拿出相機，用每台各試拍一張。爆出的閃光，將整個密室點亮了百萬分之一秒的時間，我馬上就後悔了，因為它毀掉我的視線，害我眼前有紫色大斑點在游動。我眨眨眼等候恢復，一面想著會不會有老鼠（或）蝙蝠（或）牛頭人身怪出現。

馬努蒂烏斯之書真的很巨大。即使沒鍊在桌子上，我也不曉得人要怎麼把這種書帶到外頭。我必須用雙臂摟住，用尷尬的抱姿把它抬到掃描器上。我怕厚紙板撐不住這樣的負擔，不過物理學今晚站在這邊挺我。Grumble的設計撐住了。

所以我開始掃瞄。翻頁、閃燈、快拍。這本書就像我在後側書區看到的其他書本：編碼過的字母密密麻麻排成了矩陣。第二頁跟第一頁相同，第三頁到第七頁都是。我陷入某種出神狀態，翻著千篇一律的寬大紙頁，套入設備，翻頁、閃燈、快拍。整個宇宙裡，只有**馬努蒂烏斯之書**的陰森字母是存在的；在相機的閃光之間，我只看得到嗡嗡作響的平扁黑暗。我用手指摸索找出下一頁。

一陣搖晃。下面有人嗎？有東西剛剛搖了一下桌子。

它又搖一次。我試著說誰?可是話卻卡在乾透的喉嚨裡,只發出了小小的嘎嘎聲。再搖一下。接著,我還來不及針對閱讀室的帶角守護者想出一套嚇人的理論以前——顯然會是獸化人版本的艾德格.戴克——又是一陣搖動,這個洞窟轟隆咆哮,我不得不緊抓掃描器,讓它保持直立。當我意識到是地鐵,只不過是地鐵穿越隔壁的基岩時,大大鬆了口氣。那個噪音的回音折返,在洞穴的黑暗裡成了低沉的轟鳴。最後終於過去了,我再次開始掃瞄。

翻頁、閃燈、快拍。

許多分鐘過去了,或者不只是幾分鐘,淒涼感籠罩著我。也許是因為我沒吃晚餐,所以血糖過低,也許是因為我單獨站在凍冷漆黑的地窖裡。可是不管原因如何,效果是真實的:我強烈感覺到這整個冒險計畫、這個荒謬祕密團體的愚蠢。生命之書?這連一本書都稱不上。《龍歌三部曲》第三部曲比這本書還好。

翻頁、閃燈、快拍。

不過,當然了:是因為我沒辦法讀它。我對中文、韓文或希伯來文寫成的書籍也會有同樣的想法嗎?猶太會堂的猶太律法書也是這個模樣,對吧?翻頁、閃燈、快拍——無法辨識的符號所排成的厚重格網。也許惹火我的,是我自己在能力上的限制。也許是因為我無法瞭解自己在掃瞄的東西。翻頁、閃燈、快拍。要是我讀得懂呢?要是我能掃視書頁,然後你知道的,看懂其中的笑點呢?或是能對懸疑情節倒抽一口氣呢?

翻頁、閃燈、快拍。

不。翻著這個編碼書本的紙頁,我意識到,我最愛的書籍就像敞開的城市,有條條大路可以進去遊晃。而這個東西就像是沒有前側柵門的堡壘。你必須攀爬一個接一個的牆壁石塊。

我又冷又累又餓。我不知道過了多久時間。感覺自己的一生搞不好都是在這間密室度過的，只是偶爾夢見了陽光普照的街道。翻頁、閃燈、快拍。翻頁、閃燈、快拍。翻頁、閃燈、快拍。我的雙手成了冰冷的尖爪，蜷曲抽筋，彷彿玩了一整天的電玩。

翻頁、閃燈、快拍。這場電玩遊戲真可怕。

我終於完成了。

我十指纏起、往後彎折，向外往空中推去。我上下彈跳，想讓骨頭跟肌肉恢復到正常人類輪廓的模樣。沒用。我的膝蓋發疼，背部抽筋。拇指傳來陣陣痛楚，往上竄進手腕。我希望那不會是永久的。

我搖搖頭。我覺得滿悲慘的。早該帶條燕麥棒過來的。突然間，我確定餓死在漆黑洞穴裡是最慘的死法。這倒讓我想起排滿牆壁的生命之書，頓時起了雞皮疙瘩。我周圍有多少死去的靈魂正坐在書架上——苦苦等候？

有個靈魂比其他都重要。該是完成此趟任務第二目標的時候了。

普蘭伯的生命之書在這裡。我冷到渾身打哆嗦，很想離開這個地方，可是我來這裡不只是為了解放阿杜斯．馬努蒂烏斯，還有艾傑克斯．普蘭伯。

先講清楚：我並不相信這套說法。我不相信這些書當中有任何一本可以賜人永生。我剛剛才勉強翻完一本；散發霉味的上等皮紙，裝幀在霉味更重的皮製書封裡。那是死去樹木跟死去血肉組成的塊狀物。可是，如果普蘭伯的生命之書是他一生的大作——如果他真的在一本書裡傾盡自己所學的一切、擁有的所有知識——那麼，你也知道，我想有人應該做個備份才對。

雖然找到的機會可能不大，但是我可能永遠都不會再有機會。於是我開始沿著周邊走動，彎起腰，試著從側面閱讀書背。隨便看一眼就能確定，不是按照字母的順序上架的。不，當然不是了。它們分組的方式，可能是按照某種超級機密的密教團體內部階級，或是最愛的質數，或是衣袖內縫什麼的。所以我只是一架又一架地走過，往黑暗裡越走越深。

這些書本之間的差異真不可思議。有些粗厚、有些細薄；有些跟地圖集一樣高、有些有如平裝書一樣矮短。我好奇這當中是不是也有什麼邏輯。某種階級或地位是不是暗藏在每本書的版型裡？有些是布面裝幀，有些是皮製封面，還有很多是我不認得的材質。有一本在我頭燈光線的撫照之下閃閃發亮，是用錫箔紙包裝而成。

往裡頭走了十三個書架，還是不見**普蘭伯之書**，我擔心自己看漏了。頭燈投出狹窄的圓椎光線，我不是每個書背都看，尤其是接近地面的那些——

書架上有個空隙耶。不；仔細一看，不是空的而是黑的。是一本書的焦黑外殼，書背上的標題還隱約可見：

莫法特之書

不會吧……《龍歌三部曲》的作者克拉克·莫法特？不，不可能。

我伸手搭上書背，把它拉出來。這麼一拉，整本書四分五裂。書皮並未散開，但一束烤黑的紙頁卻從裡面鬆脫開來、掉落在地。我低嘶一聲「靠！」然後把這本書的殘骸塞回架上。他們說的火刑，一定就是這個意思。那本書早已全毀，只是個焦黑的佔位東西。搞不好是作為警告用的。

我的雙手現在都黑了，沾滿煙灰而滑溜溜的。我拍了拍手掌，有些**莫法特之書**的碎片飄到了地上。也許是祖先或是遠房表親吧。世上不只一位莫法特。

我往下伸手撈起焦黑殘骸的時候，頭燈卻照見一本瘦長型的書本，金色字母沿著書背排開：

普蘭伯之書

是他。我差點沒勇氣伸手碰它。就在那裡——我找到了——可是突然間感覺太過親密，彷彿準備翻看普蘭伯的報稅資料或是裝內衣褲的抽屜。裡面有什麼？它訴說著什麼樣的故事？

我用一根手指勾住裝訂處的頂端，緩緩從架上斜拉出來。這本書真美。比鄰近的那些書還要修長細薄，有超硬的裝幀板子。它的尺寸讓我聯想起超大的童書而不是祕密團體的日記。書封是淡藍色的，就跟普蘭伯的眸色相同，也透著同樣的光亮：在頭燈的強光照射之下，色彩會變換與閃動。在我的手指下感覺相當柔和。

莫法特之書的殘骸在我腳邊留下深暗的污漬。不管怎樣，我都不會讓這本書落到同樣的下場。我會把**普蘭伯**掃瞄起來。

我帶著前任雇主的生命之書回到了GrumbleGear那裡，然後——我為什麼這麼緊張？——我打開第一頁。當然跟其他的書都一樣，只是擠成一團的字母。普蘭伯的生命之書跟其他一樣無法辨讀。

因為它那麼細薄——只是**馬努蒂烏斯之書**的好幾分之一——應該不會花太久時間，可是我發現自己放慢了翻頁的動作，試著要從紙頁上汲取些什麼，任何東西都好。我放鬆雙眼，讓它們失焦，這樣那些字母就會變成斑斑駁駁的影子。我好想從這團東西裡看出什麼端倪——老實說，我真希望會發生某種神奇的事。可是並沒有：如果我真的想讀懂我這位怪老朋友的作品，我必須先加入他的祕密團體。在永生書會的祕密圖書館裡，沒有免費的故事可聽。

結果超過了原本該用的時間長度，可是我終於完成了，**普蘭伯之書**的紙頁安安穩穩收在硬碟裡。比起**馬努蒂烏斯之書**，我更覺得自己剛剛完成了某件要務。我啪答關起筆電，移步到發現那本書的地方——**莫法特**的殘骸在地板上標出了所在位置——我把那本閃閃發亮的藍色生命之書塞回原位。

我拍拍書背並說，「乖乖睡吧，普蘭伯先生。」

接著燈光竟然閃了閃，大放光明。

我一時目盲，驚愕萬分。雙眼猛眨、驚慌失措。剛剛怎麼了？我啟動了警報器嗎？難道我誤觸了專為越界過度的無賴所設下的陷阱？

我從口袋裡扒出手機，瘋狂地撥動螢幕，把它喚醒。早上快八點了。怎麼會這樣？我在這裡的書架之間遊蕩多久？我掃瞄普蘭伯之書掃了多久？

燈光亮起，現在我聽見人聲了。

我還小的時候，養了隻寵物倉鼠。牠總是一副萬事皆怕的模樣——永遠受困、渾身發抖。使得前後維持了十八個月的倉鼠飼養經驗，整個變得很不愉快。

現在，這輩子頭一次，我可以百分百體會那隻毛毛小飛俠的感覺。我的心以倉鼠的速度跳動著，視線投往房間的各個角落，尋覓逃生路線。明亮的吊燈就像監獄後院的探照燈。我可以看到自己的雙手，還有腳邊那堆焦黑紙屑，還可以看到上頭放了我的筆電跟掃描器骨架的那張桌子。

我也看得到密室正對面有個像門的深色形狀。

我衝到筆電那裡，一把撈起，然後也抓起掃描器——把厚紙板猛力壓在腋下——衝往那個門口。我不曉得它是哪種門，更不曉得通往哪裡去——會是通往豆子罐頭嗎？——可是現在我聽到了好幾種人聲。

我的手指搭在門把上。我屏住氣息——拜託、拜託不要是鎖著的——然後往下一推。飽受折磨的可憐毛毛小飛俠可從來沒感受過門被推開的解脫感。我滑入門縫，隨手關起。

在門的另一側，再次完全陷入黑暗。我站著凝住不動片刻，臂彎摟著我的怪東西，背部緊貼於門上。我逼自己淺淺吸進幾口氣；我百般乞求我那顆倉鼠般的心臟放慢跳速。

我的後方傳來動靜與對話的聲響。門並未緊緊嵌入岩石外框；它就像那種太容易走光的廁所隔間。可是它的確給我機會，讓我可以把掃描器擱到一旁，自己癱平在冰冷平滑的地板上，透過下方的半吋空間往外窺看：

黑袍人正湧入閱讀室。裡頭已經有十幾個人，有更多人正走下階梯。怎麼回事？戴克事先忘了檢查行事曆嗎？難道他背叛我們了？今天是年度集會嗎？

我坐直身子，做了陷入緊急狀況者應該做的頭一件事，那就是發送簡訊。運氣真背。我的手機顯示**沒有訊號**，即使我踮起腳尖站著，把它湊近天花板揮動也一樣。

我必須躲起來。我會找到一個小區域，將身子蜷成一顆球，等到明天晚上再溜出去。會有餓肚子跟乾渴的問題，搞不好還有上廁所的問題……可是一次解決一件事就好。我的眼睛再次適應了黑暗。如果我用頭燈光束大大繞個圈子，就可以看出我四周空間的形狀。這是個擠滿深色形狀的低矮小室，這些形狀彼此相連又互有重疊。在昏暗裡，看來就像科幻電影的場景：有邊緣尖銳的金屬長條，跟向上伸進天花板的長管子。

我還在慢慢往前摸索的時候，門上響起輕柔的喀答聲，讓我又縮回倉鼠模式。我往前奔逃，在某個深色形狀的後面伏低身子。有東西戳中我的背部，搖晃起來，於是我把手繞到後面穩住它——是根鐵桿，冰冷得讓人痛苦，滑溜溜地覆滿塵埃。我可以用這根桿子揮擊黑袍人嗎？我要打他哪裡？臉嗎？我不確定我有勇氣揮擊別人的臉。我是無賴，不是戰士。

溫暖的燈光落入小室，我看到門口框出了一個身影。圓渾渾的。是艾德格・戴克。

他滑步穿越門口，發出嘩啦啦的聲音。他提著拖把跟水桶，動作彆扭地用單手拿，另一手沿牆摸索。一聲低沉的滋滋響之後，房間就沐浴在橙黃的光線裡。我皺臉瞇眼。

戴克看到我蹲伏在角落裡，把鐵桿當某種哥德式棒球棒一樣舉高時，猛然倒抽一口氣。他瞪大雙眼。「你早就該離開了啊！」他低斷。

我決定不要透露自己為了**莫法特之書**跟**普蘭伯之書**而分心的事。「裡頭烏漆嘿黑的嘛。」我說。

戴克把拖把跟水桶喀答啪啦地放到一邊。他嘆口氣，用黑袖子抹過額頭。我放下桿子。我現在可以看到自己就蹲在巨型火爐旁邊，而那把桿子正是撥火棍。

我環顧眼前的景象，再也沒有科幻小說的感覺了。我被印刷機器團團圍繞著。有來自眾多時代的難民：上頭滿是旋鈕跟拉桿的老式單字鑄排機；還有設在長長軌道上寬闊又笨重的印刷滾筒；直接從古騰堡的倉庫裡拿來的東西——有渦漩圖紋的沉重木塊，頂端有個巨大的螺絲錐凸了出來。

有箱子與櫥櫃。印刷業的工具擺放在飽經風霜的寬大桌子上；粗厚的書蕊跟繞有粗線的高高線軸。桌子底下，有長段的鍊子堆成了寬闊的迴圈。我隔壁的爐子有個圓形的微笑型格柵，頂端冒出粗管，沒入小室的天花板。

在這裡，曼哈頓街道的下方深處，我發現了世上最詭異的印刷廠。

「不過，你弄到手了吧？」戴克低語。

我讓他瞧瞧塞在單車撲克牌裡的硬碟。

「你弄到了啊。」他用氣音說。那份震撼並沒維持多久。艾德格．戴克很快鎮定下來。

「好。我想我們可以順利完成。我想——對。」他對自己點點頭。「讓我拿一下這個——」他從桌上提起三本笨重的書，全都一模一樣。「我馬上回來。保持安靜。」

他將書本靠在胸膛上穩住，循著來時路折返，留下燈光末關。

我一邊等待一邊查看這間印刷廠。地板滿漂亮的：是字體構成的鑲嵌畫，各用不同的磁磚拼成，各個深深刻入地裡。字母就在我的腳下。

有個金屬箱子比其他都大。頂端有個熟悉的符號：雙手展開如書。為什麼機構需要在所有的東西上面標示自己的徽章？就像小狗會朝每棵樹撒尿一樣。Google也一樣。新貝果也如出一轍。

我邊哼氣、邊用雙手抬起箱蓋。裡面分成好幾個隔間——有的長、有的寬、有的是完美的正方形。它們全都裝著淺淺幾疊金屬活字：粗短的小小3D字母，就是你用來排在印刷機上，做出文字、段落、紙頁跟書籍的那種。突然間我曉得這是什麼了。

這就是Gerritszoon字型。

那扇門又喀答一響，我旋身一看：戴克將雙手塞在斗篷裡。我一時堅信他是在裝傻、相信他終究背叛了我們，現在被派回來幹掉我。他會替科維納出手——也許用古騰堡的印刷機壓扁我的頭顱。可是如果他一心打算謀殺我這個店員，那他的表演還真是出色：臉色坦白友善、狀似同謀。

「那就是當初傳承下來的東西，」戴克邊說邊朝Gerritszoon的箱子點點頭。「很棒吧，嗯？」

他大步走來，彷彿我們只是在這裡、在底表下方的的深處閒晃，然後往下伸手用粉紅手指撫過那套活字。他撿起一枚迷你的 e，舉高到眼前。「這是整套字母裡最常用的一個。」他邊說邊轉，審視著它。他皺起眉頭。「磨損得很厲害。」

地鐵轟隆穿過附近的基岩，讓整個房間鏗鏗搖晃。Gerritszoon 的活字喀啦移動；a 發生了迷你的雪崩。

「活字的量不多啊。」我說。

「因為會磨損。」戴克說著把 e 拋回隔間裡。「字母會弄壞，可是我們沒辦法製作新的。我們弄丟原始的那套了。那是學會最大的悲劇之一。」他抬頭看我。「有些人認為，如果我們改變字型，新的生命之書就會失效。他們認為我們永遠只能用 Gerritszoon 字型。」

「本來還可能更糟吧，」我說，「這可能還是最好——」

閱讀室傳來噪音，鏗鏗響起清亮的鈴聲，回音久久流連不去。戴克的雙眼一閃。「他來了。該走了。」他動作輕柔地關起箱子，伸手繞到腰帶後側，拉出一塊折成方形的黑色布料，是一件袍子。

「穿上吧，」他說，「不要出聲，在陰影裡躲好。」

20 立誓

密室盡頭聚了一群黑袍人，就在木頭講台下方——有十幾個人。大家都來了嗎？他們低語聊天，推開桌椅，忙著布置活動會場。

「大家、大家！」戴克喊道。黑袍人分開來讓路給他。「誰的鞋子沾了泥巴？我看到鞋印了。我昨天才拖過地的。」

沒錯：地板亮得跟玻璃似的，映出書架上的色彩，將淺淡的粉彩反射回來。真美。鈴鐺再次響起，在洞穴裡迴盪，替自己配上了刺耳的合音。黑袍人在講台前方聚集整隊，面對一個單獨的身影，當然是科維納。我站在一位高大金髮學者的正後方。我的筆電跟GrumbleGear的壓垮殘骸已經塞回背袋裡，斜掛在肩膀上，藏在嶄新的黑袍之下。我把腦袋朝著肩膀垂縮。這些袍子真的應該要像帽T一樣附個兜帽的。

講台上的首誓者面前擺了一疊書，他用結實的手指輕拍它們。是戴克幾分鐘以前從印刷廠拿出來的。

「永生書會的兄弟姊妹們，」科維納呼喊，「早安。Festina lente。」

「Festina lente。」黑袍人全都喃喃回應。

「我將你們群聚在此，是為了談兩件事，」科維納說，「這就是頭一件。」他拿起其中一本藍皮書，舉高讓眾人觀賞。「在多年的努力之後，你們的兄弟薩易德推出了他的生命之書。」

科維納點點頭。有位黑袍人往前一站，轉而面對群眾。這男人五十多歲，黑袍難掩壯碩的身形。他有張拳擊手的面孔，往下壓擠的鼻子跟膚色斑駁的臉頰。這一定是薩易德。他站得筆直，雙手緊握在背。他皺縮著臉龐，努力想展現出剛強。

「戴克認證過薩易德的作品，我也讀過了，」科維納說，「我盡全力仔細閱讀。」他真的是個魅力十足的傢伙——嗓音帶有一種安靜但令人無法抗拒的信心。一陣停頓。閱讀室一片寂靜。每個黑袍人都屏住了呼吸，等待首誓者的評斷。

科維納終於開口，言簡意賅地說，「出色極了。」

黑袍人一陣歡呼，往前衝去擁抱薩易德，一次兩人跟他握手致意。我附近有三位學者開始高聲唱歌，聽起來像是〈他是個開心的老好人〉那類的曲調，可是我不確定，因為是拉丁文。我跟著拍起雙手好融入大家。科維納舉起一手，要群眾靜下。他們向後退，靜定下來。薩易德還站在前方，現在舉起一手遮住雙眼。他在哭。

「今天，薩易德立了約，」科維納說，「他的生命之書已經編碼完畢。現在它會上架收藏，符號表在他過世之前都不會公開。就像馬努蒂烏斯挑選了傑利茲遜，薩易德也選了可靠的兄弟來保存他的符號表。」科維納頓了頓。「就是艾瑞克。」

歡呼聲又此起彼落。我知道艾瑞克。他就在前排，參差的黑鬍子下面是張蒼白臉龐：就是科維納派到舊金山那家書店的快遞人員。黑袍們也拍著他的肩膀，我看到他滿面笑容，臉頰綻放色彩。也許他人沒那麼壞。那種責任還滿重的，要保存薩易德的符號表。他可以抄寫在某個地方嗎？

「艾瑞克也會擔任薩易德的快遞人員，還有達里厄斯也是，」科維納說，「兄弟們，上前來。」

艾瑞克往前踏出篤定的三步。另一位黑袍人也是，他有著凱特那樣的金色皮膚，頂著緊貼頭皮的棕色鬈髮。

他們解開袍子的鈕釦。艾瑞克在袍子下穿著清爽白襯衫搭灰石色長褲。達里厄斯穿著牛仔褲配毛衣。

艾德格．戴克也從群眾走出來，帶著兩大張的厚牛皮紙。他從講台上一次舉起一本書，動作俐落地包好，將包裹遞給快遞人員：先給艾瑞克，再給達里厄斯。

「總共三冊，」科維納說，「一本給這座圖書館——」他再度舉起藍皮書本——「另外兩本交付保管。給布宜諾斯艾利斯跟羅馬的書店。兄弟們，我們將薩易德交付給你們。帶著他的生命之書出發，直到你們親眼看到它上架之後才能就寢。」

現在，我比較瞭解艾瑞克當初來訪的目的了。他就是從這裡出發的。他帶著新的生命之書，送來交付保管。當然，還順便耍賤。

「薩易德增添了我們的負擔，」科維納肅穆地說，「跟他之前的誓約者一樣。一年又一年，一本又一本，我們的責任越來越重。」他轉移視線，將所有的黑袍人都看進眼裡。我憋住氣息，往肩膀裡面縮擠，努力要消失在金髮的高大學者後方。「我們一定不能遲疑，絕對不能失敗。我們一定要解開創誓者的祕密，這樣薩易德跟他之前的所有誓約者都可以繼續活下去。」

群眾發出深沉的呢喃。在前頭，薩易德已經不再哭泣。他鎮定下來，現在滿臉光榮與嚴厲。

科維納沉默了片刻。接著他說，「還有另一件事我們一定要談談。」

他的手稍微揮了揮，薩易德回到群眾當中。艾瑞克跟達里厄斯往階梯走去。我一時考慮要跟在他們後面走，可是很快就重新考慮。現在我唯一的希望是完全混在群眾裡——蹲伏在陰影裡，不是常態而是詭異至極的陰影裡。

「我最近才跟普蘭伯聊過，」科維納說，「這個學會裡有他的朋友。我也把自己算在內。所以我覺得自己非得跟你們講講我們之間的對話不可。」

四周響起竊竊私語。

「普蘭伯必須為一個嚴重的違規事件負責——我們想像中最嚴重的那種。由於他的疏忽，我們有一冊書被偷了。」

呢喃與呻吟。

「是含有永生書會運作細節的工作日誌，記錄著學會在舊金山多年的工作，完全沒有編碼，什麼人都能閱讀。」

我的背部在袍子底下冒汗，雙眼發癢。單車撲克牌盒裡的硬碟，就像我口袋裡的重重鉛塊。我盡量裝出漠不關心、事不干己的模樣。大部分時候都盯著自己的鞋子看。

「這是個嚴重的錯誤，而且不是普蘭伯犯的第一個錯。」

黑袍人發出更多的呻吟聲。科維納的失望與輕蔑都感染了他們，繞圈回來，逐漸擴大。高大深暗的形狀全都凝聚成一個惱怒的大大暗影。好似殺氣騰騰的大群烏鴉。我已經挑好通往階梯的路線，隨時準備拔腿衝刺。

「大家注意了，」科維納說，語調稍微拉高，「普蘭伯是誓約者之一。他的生命之書就放在架子上，就像薩易德的那本。不過，他的命運還不確定。」他說得快速又篤定，聲音傳遍了整個密室，「兄弟姊妹們，讓我說明白：當負擔如此沉重、目的如此嚴肅的任務，友誼也無法當成擋箭牌。再犯一個錯誤，普蘭伯就會遭到火刑。」

眾人聽了紛紛倒抽一口氣，接著是急促的低語交談。我環顧四周，看到震驚與意外的表情。首誓者可能太過火了。

「別把你們的工作當成理所當然的事，」他放輕語氣說，「不管你們是誓約者或無誓者，一定都要有紀律。我們一定要有決心，不能放任自己——」他在這裡頓住——「分心。」他吸了口氣。他以全然的說服力與誠意遊說著，簡直可以出來競選總統了——不過是好的那種。「重點是文本，兄弟姊妹。謹記這點。我們需要的一切都已經在文本裡了。一旦握有文本，只要投入心思——」他舉起一根手指輕敲滑溜的額頭——「其他東西我們都不需要。」

之後，烏鴉群起飛翔。黑袍人在薩易德周圍打轉，恭喜致意、提出問題。他粗糙且通紅的臉頰上方，雙眼依然濡濕。

永生書會回頭繼續賣命。黑袍人們在黑書上彎低身子，扯緊鐵鍊。靠近講台那裡，科維納正跟一位中年女性聚首商談。她比手劃腳解釋著什麼，他則往下凝視點著腦袋。戴克在他們後方徘徊，他跟我四目相接時，猛地一挑下巴，訊息很清楚：**快走**。

我垂著腦袋，讓背袋往身上貼緊，大步越過長長的密室，一路貼著書架移動。可是走往階梯的半路上，卻被一條鍊子絆到，往前踉蹌、單膝跪地。我的手掌啪答打上地面，有個黑袍人瞟我一眼。他長得很高，鬍子像子彈似地從下顎突射出來。

我輕輕說，「Festina lente。」

接著我直視地面，加快腳步朝著階梯挪去。我一次跨過兩階，一路抵達地球表面。

我跟凱特、尼爾、普蘭伯在北橋大廳會合。他們坐在巨型的灰色沙發上等候，面前擺著咖啡跟早餐；那個場景就像理智與現代組成的一方綠洲。普蘭伯正蹙著眉頭。

「小伙子！」他說著便站起身來。他上下打量我，挑起一側眉毛。我這才意識到自己還穿著黑袍。我聳聳肩讓背袋落到地面，然後把袍子剝下。它在我的雙手裡觸感平滑，在大廳的幽光中發亮。

「你讓我們擔心死了，」普蘭伯說，「怎麼這麼久？」

我解釋了事情的經過。我跟他們說Grumble的掃描器運作正常。然後我讓被壓扁的裝置殘骸倒在矮桌上。接著跟他們說起薩易德的儀式。

「立誓啊，」普蘭伯說，「那種儀式久久才舉行一次。好巧不巧竟然挑在今天，運氣還真不好。」他揚起下巴。「或許也算是好運吧。現在你對永生書會所要求的耐性更有概念了。」

我揮手招來北橋的侍者，迫不及待點了一碗燕麥粥，跟一杯死亡藍螢幕。雖然一大早的，可是我需要來一杯。

接著我向他們轉述，科維納所講關於普蘭伯的話。

我的前任雇主揮揮骨瘦的手，「他說什麼都無所謂，再也不要緊了。重要的是那些紙頁上寫了什麼。我真不敢相信竟然成功了。我真不敢相信我們手上握有阿杜斯・馬努蒂烏斯的生命之書！」

凱特點點頭，咧嘴笑著。「我們開始動工吧，」她說，「我們可以先用感光字元閱讀器來處理那本書，確定一切都正常。」

她拉出自己的MacBook，把它喚醒。我把迷你的硬碟插進去，複製裡面的內容——大部分。我把**馬努蒂烏斯之書**的檔案拖曳到凱特的筆電，可是把**普蘭伯之書**留給自己。我不會跟普蘭伯或任何人說起我掃瞄了他的書。那件事可以慢慢等——如果運氣好，永遠都不必說。馬努蒂烏斯的生命之書是個工作方案，但普蘭伯只是個保險政策。

我邊吃燕麥粥，邊看著進度顯示條逐漸增長。它完成複製的時候，靜靜發出乒叮一聲，凱特的手指在鍵盤上飛舞。「好了，」她說，「上路了。我們到時回去還需要山景市那裡的人幫忙破解密碼——可是我們至少可以先啟動Hadoop的工作，把紙頁轉成純文字。準備好了嗎？」

我露出笑容。好刺激。凱特的臉頰發光；她正處於數位女皇的模式。我覺得，死亡藍螢幕的酒精開始影響到我的腦袋了。我舉起閃著燈的玻璃杯，「阿杜斯・馬努蒂烏斯萬歲！」

凱特用一根手指猛撳她的鍵盤。頁面的圖片開始飛向遠端的電腦，他們在那裡會變成一串串可供複製的符號，然後很快就可以解碼。現在沒有鍊子可以拴住它們了。

凱特的電腦開始工作的時候，我向普蘭伯問起標有**莫法特**的火燒書。尼爾也在聽。

「是他嗎？」我問。

「是啊，當然了，」普蘭伯說，「克拉克．莫法特。他的工作就是在紐約這裡進行的。不過，在那之前，小子——他本來是我們的顧客。」他咧嘴笑著，眨了眨眼。他認為這件事會打動我，他想得沒錯。我陷入一陣回溯過往的目眩神迷。

「可是你之前拿到的不是生命之書，」普蘭伯搖搖頭說，「再也不是了。」

看也知道。那是一本灰燼之書。「出了什麼事？」

「他拿來出版了，想也知道。」

等等，我搞糊塗了，「莫法特明明只出版過《龍歌三部曲》啊。」

「是啊。」普蘭伯點點頭。「他的生命之書就是那套冒險傳奇的第三部曲。他加入我們以前就開始創作那套書了。完成這份工作，然後讓渡給學會的書架，需要抱持極大的信心。他把它呈給首誓者——首誓者是尼唯安，科維納的前任——然後得到了接納。」

「可是他拿回去了。」

普蘭伯點點頭。「他沒辦法做出這樣的犧牲。最後一部曲無法出版這件事，讓他無法接受。」

所以莫法特無法繼續留在永生書會裡，是因為我、尼爾還有無數的六年級阿宅都被《龍歌三部曲》第三部曲迷得神魂顛倒。

「老天，」尼爾說，「難怪。」

他說得沒錯。第三部曲之所以把中學生的腦袋搞得七葷八素，是因為它是個徹底的曲線球。語調改變了。人物也改變了。情節偏離軌道，開始遵循某種隱藏的邏輯。大家一直以為那是因為克拉克·莫法特開始嗑藥，可是實情還要更怪異。

普蘭伯皺起眉頭。「我相信克拉克犯了個悲劇性的錯誤。」

不管是不是錯誤，都是個影響深遠的決定。如果《龍歌三部曲》從來不曾完成，我永遠不會跟尼爾成為朋友。他也不會坐在這裡。也許我也不會坐在這邊。搞不好我會跟著倒反宇宙的死黨在哥斯大黎加衝浪呢。也許我會坐在灰綠夾雜的辦公室裡上班。

謝謝你，克拉克·莫法特。謝謝你犯的錯。

21《龍歌三部曲》之第二部曲

回到舊金山的時候，我發現馬特跟艾許莉一起在廚房裡，兩人都埋頭猛吃複雜的沙拉，一身緊身的鮮豔運動裝備。馬特的手腕上扣著一支登山掛勾。

「傑能！」馬特驚呼，「你有沒有攀過岩？」

我承認自己不曾攀過。身為無賴的角色，我偏好需要靈活度而不是體力的運動項目。

「哎，我本來也是那樣想的，」馬特點著頭說，「可是這個牽涉到的不是體力。而是策略。」艾許莉得意地瞅瞅他。他揮著一叉子的蔬菜繼續說，「每條路徑你都必須邊做邊學——想出計畫、嘗試看看、加以調整。說真的，我的腦袋現在比手臂還累。」

「紐約怎麼樣？」艾許莉客氣地問。

我不確定該怎麼回答。像是：**唔，祕密圖書館的鬍鬚大師要是知道，我把他的古密碼書整個複製出來，送到Google去，一定會氣得七竅生煙。可是至少我有機會住到了不錯的旅館？**

反之，我說，「紐約這趟還不錯。」

「紐約那邊有很棒的攀岩健身房。」她搖搖頭。「這邊有的都比不上。」

「對啊，Frisco岩市的室內設計是……還有改進的空間。」馬特說。

「紫色牆壁……」艾許莉打著哆嗦。「我想他們是看到打折的漆料就隨便買下來。」

「攀岩用牆是那麼好的創作機會，」馬特越說越興奮，「就像一整片畫布！有三層樓可以畫上……任何你想要的東西。像是數位繪圖景技術（matte painting）。ＩＬＭ有個傢伙……」

我留他倆開心地繼續暢談細節。

到了這個時刻，最佳的選項就是睡覺。可是我在飛機上打過盹，現在卻坐立不安，就像腦袋裡有東西還在跑道上兜轉，拒絕進場降落。

我在自己的矮架上找到克拉克·莫法特的書（未受火焚、完整無缺）。我一直還在慢慢重讀龍歌系列，現在讀到了第二部曲接近尾聲的地方。我用力往床上一坐，試著用全新的眼光來看它。我是說：寫這本書的男人，走過我平日走的街道、仰頭看過普蘭伯書店裡同一批的幽暗書架。他先加入了永生書會，之後又離開。他這一路以來學到了什麼？

我翻到之前停下的地方。

英雄們、學究侏儒跟被罷黜的王子，正要跋涉穿越險惡沼澤，到首位巫師的城堡去。我當然知道接下來會發生什麼事，因為這本書我以前就看過三遍：首位巫師會背叛他們，把他們交給蟒蛇王后。

我一直知道這件事會發生，也曉得這件事非發生不可（要不然他們要怎麼進入蟒蛇王后的高塔，最後打敗她？）可是讀這部分對我來說是種折磨。為什麼事情不能順遂發展？為什麼首位巫師不能給他們一杯咖啡、提供溫暖的地方讓他們歇歇腳？

即使知道那麼多新的資訊，這個故事看起來跟之前還是差不多。莫法特的散文風格不錯：

清晰穩定，關於命運跟龍獸的籠統陳述，分量恰到好處，可以讓氣氛保持熱烈。那些角色是很迷人的原型：學究侏儒弗爾文是阿宅的代表，竭盡全力在冒險旅程上活下去。泰勒瑪・半血是你希望自己可以成為的英雄。他總是有計畫、總是有解決方案、總是有可以召喚的祕密盟友——透過早年的犧牲而贏得海盜與巫師的忠誠。事實上，我正要讀到泰勒瑪要吹響葛立佛的黃金號角，好讓琵納克森林的妖精死而復生。他們對他負有義務，因為他曾經解放過他們的——

葛立佛黃金號角。

呃。

葛立佛，就像葛立佛・傑利茲遜。

我打開筆電，開始做筆記。那段文字繼續下去：

「葛立佛的黃金號角做得很精緻，」堅諾多塔斯說，用手指劃過泰勒瑪寶物的曲線，「而且這個魔法是獨樹一格的。你懂嗎？這裡沒有巫術——沒有我察覺得到的巫術。」

聽到這番話，弗爾文瞪大眼睛。他們剛剛不是才勇闖恐怖沼澤，取回這把下了魔咒的號角？現在首位巫師卻說，它其實沒有真正的力量。

「魔法不是這世上唯一的勢力，」這位老魔法師柔聲說，把號角遞還給它的皇家主人。「葛立佛做出的樂器這麼完美，聽到它的召喚，連死者都會起身相應。他是親手製作的，沒用咒語或龍歌。我真希望自己也有這般能耐。」

我不知道那是什麼意思——不過我想一定有什麼含意。從那裡開始，情節熟悉起來：弗爾文跟泰勒瑪（終於）在裝飾華麗的寢室裡安穩入睡的時候，首位巫師偷走了那把號角。接著他點亮紅燈籠，將舞動的燈籠送往天空，向琵納克森林裡蟒蛇王后手下的暗黑強盜發出訊號。他們正在樹林間忙碌著——尋獵老精靈的墳墓，挖出骨頭，把它們磨成細粉——可是他們知道那個訊號的意思。他們一起襲擊城堡，泰勒瑪．半血在寢室裡驚醒，周圍淨是高大的陰影。他們一邊叫囂一邊出擊。

二部曲就在這裡結束。

「真不可思議。」凱特說。我們在美食窟裡共用一份不含麩質的鬆餅。她正跟我提到新一批產品管理人員的就職聚會。她穿著衣領有如匕首的米色襯衫；下面的T恤在她的喉嚨那裡閃現紅色。

「好不可思議，」她繼續說，「是我目前為止開過最棒的會議。超有……組織的。你隨時都知道目前發展到哪裡。每個人都帶筆電過來——」

「大家有沒有看著對方？」

「不算有。重要的東西都在你的螢幕上。有自我重新調整的議程、私底下的閒聊，還有事實驗證，同時都在進行！如果你起身說話，就會有人交互參照你的說詞，支持你跟反駁你——」

聽起來像是工程師的雅典。

「——會議時間真的很長，像是六個小時，可是感覺沒花什麼時間，因為你很用力思考。你整個人都被榨乾了。有很多訊息要吸收，而且來得很快。他們——我們——做起決定來也很快。有人要求投票表決，現場馬上就進行了，你必須馬上加入投票，不然就是要委託別人……」

現在聽起來更像實境秀了。這個鬆餅真難吃。

「有個工程師叫亞歷克斯，他很了不起，Google地圖大部分都是他打造出來的，我想他喜歡我——他已經委託我替他投一次票了，真瘋狂，我才剛剛加入ＰＭ團隊耶——」

我認為，我想委託拳頭往亞歷克斯的臉上送上一擊。

「——還有一大堆做設計的，做設計的成員比平常多。有人說他們對遴選演算法動了手腳。搞不好那就是我進得去的原因，因為我做設計也寫程式。反正這個組合是最理想的。」她終於換了口氣。「我做了一份簡報。我猜，第一次參與ＰＭ會議，其實不應該這樣做。可是我問過拉吉，他說搞不好可以，也許還是個好點子呢。先給人留下深刻印象。隨便啦。」又換一口氣。「我跟他們說了馬努蒂烏斯之書的事。」

她做了。

「說它是多麼了不起的古書，完全是歷史寶物，完全是老的知識，是ＯＫ——」

她真的做了。

「——接著我說明，有個非營利組織想破解密碼——」

「非營利組織？」

「聽起來比祕密會社好嘛。總之，我說那個組織一直想破解密碼。大家一聽當然就精神一振，因為Google的每個人都喜歡密碼——」

書本：無聊。密碼：超炫。這就是那些網路人的想法。

「——我就說，搞不好我們應該多花點時間在這上面，因為這可能是整個新領域的起頭，就像某種公共服務破解密碼的工作——」

這個女孩很懂自己的觀眾。

「——大家都覺得這點子聽起來很棒。我們就針對這件事投了票。」

不可思議。不再偷偷摸摸。多虧凱特，我們現在有了Google的正式支援。真是超現實。我很想知道這個破解密碼的行動何時會開始。

「唔，我要負責統籌安排。」她用手指估算任務，「我要召集幾位志工。然後我們要做好系統設定，確定文本看起來都沒問題——那件事傑德可以幫忙。我們當然必須跟普蘭伯先生談談。也許他可以到山景市來？不管怎樣。我想我們大概……兩個星期就可以準備就緒。嗯，從今天算起兩個星期。」她猛力點點頭。

祕密學者的學會在這個任務上耗費五百年的時間。現在我們竟然就這樣隨興排進了某個週五早晨。

22　終極的ＯＫ

普蘭伯同意讓書店繼續營運下去，直到銀行帳戶的經費用光為止，於是我回去工作，而且還身負任務。我訂了一份書籍經銷商的目錄，在Google發動一個更大的廣告攻勢。我還寫電郵給舊金山大型文學節的主辦人，那個節慶持續一整週，會吸引遠自佛雷斯諾出手大方的讀者。機會渺茫，可是我想我們辦得到。我想我們可以找到真正的顧客。搞不好我們不需要Festina Lente公司的支援。也許我們可以把這個地方變成真正的事業。

廣告攻勢啟動之後的二十四個小時，有十一個寂寞靈魂晃進來，這點滿讓人興奮的，因為以前只有獨獨一個寂寞靈魂——就是我自己。我問起廣告的時候，這些新顧客點點頭，然後其中四個還真的掏錢買了東西。四位裡有三個買了村上春樹的新書，我把那本書疊成整齊的一小摞，旁邊放了張卡片，解釋這本書有多精彩。還模仿普蘭伯細長的筆跡，簽上了**普蘭伯先生**，因為我想大家可能想看到那樣的東西

午夜過後，我瞥見Booty's的北臉女在外頭的人行道上，垂著頭正要走向公車站。我跑向前門。

「亞伯特．愛因斯坦！」我喊道，向人行道探出身子。

「什麼？」她說，「我叫黛芬妮——」

「我們買到愛因斯坦的傳記了，」我說，「艾薩克森寫的喔。就是寫了史提夫．賈伯斯的那個傢伙。還想要嗎？」

她面帶笑容，腳跟一轉——很高的鞋跟。接著，書店創下了新紀錄，今晚賣出了五本書。

每天都有新書到貨。我過來開始輪班的時候，奧利佛會指出一疊箱子給我看，睜大雙眼、略帶懷疑。打從我從紐約回來，跟他說了我在那裡查明的一切之後，他就一直有點忐忑不安。

「我以前一直覺得事有蹊蹺，」他靜靜說，「可是我一直以為跟毒品有關。」

「要命，奧利佛！什麼跟什麼嘛！」

「唔，是啊，」他說，「我以為那堆書裡有些塞滿了古柯鹼。」

「可是你一直懶得拿出來講？」

「只是我自己的理論嘛。」

奧利佛認為，在我們經費逐漸萎縮的狀況下，我出手太闊綽了。「你不覺得我們應該讓錢撐得越久越好？」

「你說話的語氣就像真正的保護主義者，」我嘖嘖說，「錢又不像陶瓦。我們要試試看，才可能賺更多。我們必須嘗試一下。」

所以我們現在有了少年巫師。有了吸血鬼警察。有了記者的回憶錄、設計師的宣言、名人主廚的繪本小說。為了表示懷舊——也許帶點挑釁的意味——我們還買進《龍歌三部曲》的新版，三部曲全都進了。我也替尼爾訂了舊版的有聲書。其實他已經不再看書了，可是他在練舉重的時候也許可以邊聽。

我試著讓普蘭伯跟著對這些事情興奮起來——我們夜間的收據還是二位數，可是已經比以前慣有的多了一位——可是他的心思全都放在**大解碼**計畫上。某個冰冷的週二早晨，他一手握著咖啡、另一手拿著神祕的電子閱讀器，大步走進書店，我讓他看看我在書架上增添的新貨：「史蒂芬森、村上春樹、吉布森的最新作品、《情報》、《草葉屋》、莫法特的新版——」我邊走邊指出來。每本都有個貨架插卡，全都簽有**普蘭伯先生**。我擔心他可能會在意別人借用他的名義對書本表示認可，但他根本沒注意到。

「很好，小子。」他點點頭說，依然低頭看著電子閱讀器。他根本不曉得我剛說了什麼。他的書架離他越來越遠。他點點頭，大手滑滑閱讀器的螢幕，然後抬起頭來。「今天晚點有個會議，」他說，「Google人要來書店看看——」他唸成了四個音節，**谷—歌—呃—人**——「跟我們見見面，討論技術問題。」他頓住。「我想你應該也要出席。」

所以那天下午，就在午餐過後，在二十四小時神祕書店裡，老守護者跟新守護者舉行了盛大的聚會。普蘭伯最資深的學生也到場了：白鬚蒼蒼的費多洛夫，還有名叫慕芮兒、銀髮削得極短的女性。我從來沒見過她；她一定是專挑白天來書店。慕芮兒跟費多洛夫跟隨著他們老師的腳步，他們也不按牌理出牌。

Google來了一個代表團，是凱特挑選與派遣過來的：比我年輕的普拉卡席跟艾咪，還有書籍掃瞄部的傑德。他一臉讚賞地上下打量矮櫃。也許我晚點可以賣點東西給他。

尼爾在市中心參加一場Google的發展會議——他想多多認識凱特的同事，播下收購Anatomix的種子——不過他派了伊果過來，伊果完全沒接觸過這類的議程，但似乎立即掌控了一切，其實他可能是店裡最聰明的人。

我們老老少少全都圍著櫃檯，那裡大大地攤開了後側書區的幾本書，供人察看。等於把永生書會幾個世紀的努力濃縮起來的速成課程。

「這些是書，」費多洛夫說，「不只是一串串的字母。」他用手指撫過書頁。「所以我們一定不能只把字母當成推測的基礎，也要把書頁算進去。有些最複雜的編碼系統仰賴的是紙頁的組合。」

Google人點點頭，在筆電上做筆記。艾咪替iPad裝上了小鍵盤。

門上的鈴鐺叮叮響起，戴著黑框眼鏡、四肢修長的馬尾男人連忙走進書店。「抱歉，我遲到了。」他上氣不接下氣地擠出口。

「哈囉，葛瑞格。」普蘭伯說。

「嗨，葛瑞格。」普拉卡席同時說。

他們面面相覷，然後同時把視線投向葛瑞格。

「唔，」葛瑞格說，「這真是尷尬。」

結果發現，葛瑞格——普蘭伯祕密閱讀器的來源！——同時是Google的硬體工程師跟永生書會舊金山分部的見習生。結果也發現，他真是無價之寶。他在神祕書店成員跟Google人之間扮演傳譯官，對一組人解釋平行處理、對另一組人解釋紙張對開尺寸。

從書籍掃瞄部過來的傑德也扮演著關鍵的角色，因為他以前其實也做過同樣的事。「感光字元閱讀處理會有錯誤，」他解釋，「比方說，小寫的f跑出來會變s。」他在他的筆電上打出來，這樣我們就能看看它們並排的模樣。「小寫的rn看起來就像m。有時候A會變成4，那種情況很多。我們必須校正那些可能的錯誤。」

費多洛夫點點頭，突然插話。「還有文本的光學固有向量。」

Google人全都茫然地盯著他看。

「你們一定也要校正文本的光學固有向量。」他重複，彷彿說的是顯而易見的事。

Google人茫然地望向葛瑞格。他也茫然地瞪著眼睛。

伊果舉起瘦巴巴的手，簡潔地說，「我想你們可以用墨水飽和度值，做出3D矩陣？」

費多洛夫的白鬍子裂成了燦爛笑容。

我不確定Google破解**馬努蒂烏斯之書**的時候，會發生什麼事。我知道有些事情肯定不會發生：普蘭伯過世的兄弟姊妹們不會復活。他們不會再度出現。他們甚至不會用絕地武士的風格，以幽魂似的藍光乍現。真正的人生不會像《龍歌三部曲》。

不過這依然可能是天大的新聞。我是說，一本首位偉大出版商的祕密書籍，經過數位化跟解碼，然後對外公開？《紐約時報》可能會在部落格裡加以報導。

我們決定，我們應該把舊金山學會的所有成員都邀請到山景市，親眼目睹整個過程。普蘭伯要我負責通知我最熟的幾位成員。

我從蘿絲瑪莉．拉賓開始。我登上陡峭的步道，爬到她位於山坡的哈比人洞，在門上敲了三下。門只開了個細縫，拉賓瞪圓的一眼向外對我眨啊眨。

「噢！」她尖聲說，然後把門開到底，「是你啊！你——你有沒有——我的意思是——出了什麼事？」

她帶我進去，打開窗戶，往空中揮舞雙手，想把大麻的氣味驅散。我在喝茶的時候把來龍去脈都跟她講了。她睜大雙眼、全神聆聽；你可以看出她想馬上衝到閱讀室去，披上那種黑袍。我跟她說，可能沒那個必要。我跟她說，永生書會的天大祕密可能會在幾日之內解開。

她一臉空白。「唔，太好了。」她終於開口。

老實說，我還以為她的反應會稍微興奮點。

我跟廷多爾說，他的反應比拉賓好一點，但我不確定他興奮的是即將揭曉的事情，還是說他對任何事情的反應都這樣。如果我跟他說，星巴克即將推出聞起來像書本的拿鐵新品，搞不好他也會說同樣的話：

「精彩！快活！絕對關鍵！」他的雙手搭在腦袋上，撥整糾纏的灰色鬈髮。他在公寓裡——接近海洋的單間小套房，你可以聽到霧笛對彼此喃喃低語——以快速的小圈繞行，手肘掃過牆壁，撞歪了舊照片。其中一張鏗噹掉落在地，我往下伸手撿起。

上頭用誇張的角度拍了電纜車，擠滿乘客，前頭一身俐落藍制服的就是廷多爾本人：較年輕也更瘦，髮色烏黑而不是灰白。他一臉開懷笑容，半身懸在車外，朝著相機揮動閒空的手臂。電纜車駕駛廷多爾；是的，我看得出來。他過去一定都——

「了不起！」他還在打轉，「無法形容！什麼時候？在哪裡？」

「星期五早上，廷多爾先生。」我告訴他。星期五早晨，在閃閃發亮的網路中心。

我跟凱特幾乎有兩個星期沒碰面了。她忙著安排**大解碼**的所有事宜，也在忙Google的其他案子。產品管理就像吃到飽的自助餐，而她飢腸轆轆。我那些意在調情的電子郵件，她一封也沒回。當她發簡訊來的時候，最長也只有兩個字。

我們終於在週四晚上碰面去吃壽司，是臨時起意的一場約會。那天很冷，她在薄薄的灰毛衣跟閃亮的襯衫上頭穿了件厚重的千鳥格紋外套。完全不見她紅T恤的蹤影。

凱特滔滔說著Google的案子，現在她全都一清二楚了。他們正在製作3D的網頁瀏覽器。他們正在製作一輛自動行駛的汽車。他們正在製作壽司搜尋引擎——她說到這裡還用筷子往下戳戳我們的晚餐——幫助人們找到具有永續性跟不含汞的魚類。他們正在打造時光機。他們正在發展可以靠傲慢來運轉的可再生能源形式。

就在她描述每個超大案子的當下，我覺得自己越縮越小。當整個世界都是你的畫布時，你怎麼可能對任何事情——或任何人——保持長期的興趣？

「可是我真正有興趣的，」凱特說，「是Google Forever。」對：延長壽命。她點點頭。「他們需要更多資源。我會在PM上當他們的盟友——真的替他們講講話。就長期來說，那可能是我們可以做到的最重要工作。」

「不一定吧，剛說的那種車子聽起來滿厲害的啊——」

「也許我們明天可以交點事情給他們做，」凱特繼續說，「萬一我們在這本書裡找出什麼瘋狂的東西呢？像是ＤＮＡ序列？或是某種新藥品的化學方程式？」她的眼瞳放光。就這點我還真佩服她：她對永生具有真正的想像力。

「妳把中世紀的出版商吹捧得太高了吧。」我說。

「他們在發明印刷的一千年前，就已經算出地球的周長了。」她吸吸鼻子。然後用筷子朝我戳戳。「你算得出地球的周長嗎？」

「唔——沒辦法。」我暫停一會。「等等，妳會嗎？」

她點點頭。「嗯，其實滿簡單的啊。重點是，他們以前都很懂自己的東西。有些他們早就知道的東西，還等著我們重新發掘呢。ＯＫ跟ＴＫ，記得嗎？老的知識。這可能就是終極的ＯＫ。」

晚餐過後，凱特沒跟我回公寓。她說她有電子郵件要看、有原型要審核、有維基的頁面要編輯。噢，天啊——週四晚上，我這個人類真的輸給了維基嗎？

我在黑暗裡踽踽獨行，納悶一個人要從何開始判定地球的周長。我毫無概念。我應該乾脆就去Google搜尋吧。

23 來電

現在是晚上，凱特・普丹特排定要在隔天早晨，全面進攻放了幾百年的阿杜斯・馬努蒂烏斯的生命之書。她已經聚集了一整隊的Google人。普蘭伯的那群人也受邀前去。真是刺激——我不得不承認，真是刺激——可是也很讓人心神不寧，因為我不曉得二十四小時神祕書店接下來會有什麼命運。當事人自己什麼也沒說，可是我覺得普蘭伯可能會慢慢收掉這個地方。因為，我的意思是，當然了：如果永生到手擒來，誰還需要老書店這種重擔啊？

我們就等著看明天的狀況了。不管發生什麼事，一定很精彩。也許之後他會準備好要談談未來。我還想在那個公車等候亭買個告示牌呢。

今天晚上靜悄悄的，到目前為止只有兩位顧客。我在書架之間瀏覽，把新購入的書籍擺正。我把《龍歌三部曲》移到更高的書架，然後閒散地在手中翻動首部曲。封底放了克拉克・莫法特三十幾歲的小張黑白肖像。他一頭粗濃雜亂的金髮，還蓄了濃密的鬍子，穿著素面的白T恤，露出滿口牙齒的笑容。肖像底下寫著：

克拉克・莫法特（1952-1999）是住在加州波利納斯的作家。他以暢銷書《龍歌三部曲》以及童書《弗爾文的後續故事》最為人所知。他畢業自美國海軍官校，在核能潛水艇U.S.S.西維吉尼亞號戰艦上，擔任通訊專家。

我想到了一件事。是我從未做過的——我在這裡工作的時間裡，從沒想到要這麼做。我要到工作日誌裡找某個人。

我要的是第七冊工作日誌，就是我偷渡到Google的那本，因為它的時間涵蓋了一九八〇年代中期到九〇年代早期。我在筆電上找到原始文本，按下Command+F鍵尋找某個特定的描述：金色亂髮跟留著鬍子的人士。

花了好些時間，用了不同的關鍵字，略讀了誤判的內容。（結果發現日誌裡有很多鬍鬚客）。我看的是經過感光字元閱讀器轉換過的文字，而不是手寫字跡，所以我沒辦法判斷誰在哪裡寫了什麼，可是我知道有些一定是艾德格．戴克的筆記。滿好的，如果他是那個——這就對了。

會員編號6HV8SQ：

這位見習生表達謝意，興高采烈拿了金斯雷克之書。身穿慶祝美國兩百週年的白T恤。Levi 501型的牛仔褲跟厚重的工作靴。菸抽多了而嗓音沙啞；將近半空的香菸包從口袋裡露出來。淺色金髮比本店員之前記錄在案的還長。聽店員這麼一說，見習生解釋：「我想留成巫師的長度。」九月二十三日星期一，凌晨一點十九分。天際晴朗，傳來海洋的氣味。

那就是克拉克．莫法特。一定是。筆記是在午夜之後寫的，那就表示是晚班，也就表示「本店員」的確是艾德格．戴克。還有另一段：

見習生處理創誓者謎題的進度飛快。可是讓人印象深刻的，倒不是他的速度，而是他的自信。其他見習生經常流露的猶豫或氣餒（包括本店員），他全都沒有。彷彿在演奏熟悉的樂曲，或跳著熟悉的舞碼。藍T恤、Levi 501牛仔褲、工作靴。頭髮更長了。接下布里托之書。十月十一日星期五，凌晨兩點三十一分。霧笛響起。

就這樣繼續下去。筆記簡潔但訊息很清楚：克拉克・莫法特是永生書會的專家。有沒有可能……他是不是視覺化裡那個深暗苔蘚般的星座？他就是在其他見習生才描出一道睫毛或一個耳垂的時候，迅速找出創誓者整張臉的那個人嗎？可能有什麼辦法，可以把日誌的特定筆記跟視覺化連結起來，而且——

鈴鐺叮叮響起。我從無止無盡捲動的文本裡，猛然抬起頭來。時間晚了，我以為會是學會的成員，來的卻是馬特・米托布蘭，他拖著一只巨大的黑色塑膠箱，比他還大，就卡在門口那裡。

「你來這裡幹嘛？」我問，幫忙把它撬鬆。箱子的表面粗糙、疙疙瘩瘩，附有笨重的鐵釦。

「我來這裡是有任務的，」馬特說，吃力呼吸著，「這是你的最後一晚，對吧？」

我一直在跟他抱怨普蘭伯的漠不關心。「也許吧，」我說，「很可能。這一堆東西是要幹嘛用的？」

他把箱子翻往地面，扳動鐵釦（發出嚴肅的劈哩劈啦聲），讓它大大敞開。裡頭，墊在一片灰色泡棉上的是攝影器材：附有粗壯遮蔽線的水晶燈；折疊式的粗重鋁製支架、幾大捆的亮橘色纜線。

「我們要把這個地方記錄下來。」馬特說。他把雙手搭在臀上，讚賞地東張西望。「一定要記錄下來。」

「噢，怎麼樣，像是——拍照嗎？」

馬特搖搖頭。「不是，那樣等於是選擇性的紀錄。我討厭選擇性的記錄。每個表面，我們都要拍張照片，從每個角度，在明亮均勻的燈光底下。」他頓住。「這樣我們才能重建。」

我張大嘴巴。

他繼續說：「我以前對城堡跟豪宅做過照相偵察。這家店小不隆咚。只需要三四千張。」

馬特的意圖過度誇張、過於執迷，也許不可能實現。換句話說：對這個地方來講，再完美也不過。

「那麼，相機在哪？」我問。

話語方落，前門上方的鈴鐺應聲響起。尼爾．夏衝進門來，脖子上掛了一台超大的尼康相機，兩手各拿一瓶亮綠色的羽衣甘藍果菜汁。「來點提神飲料吧。」他邊說邊把瓶子舉高。

「你們兩個要當我的助手唷。」馬特說。他用腳趾輕敲黑色塑膠盒。「開始架設吧。」

書店充塞著熱氣與光線。馬特的燈具全串在一起，插進櫃檯後面的同一個插座。我很確定它會燒壞保險絲，搞不好會毀掉沿街的變電器。Booty's的霓虹招牌今天晚上可能危險嘍。

馬特爬上二十四小時神祕書店的其中一道扶梯，用它來當臨時的滑動台架，尼爾緩緩推他穿越整間店面。馬特把尼康穩穩捧在臉前，尼爾每跨出長長又平穩的一步，他就按下一次快門。相機觸動了燈具，燈具架設於每個角落與櫃檯後方，隨著每次拍照就發出噗噗噗的聲音。

「你知道吧，」尼爾說，「我們可以用這些照片做出一個3D模型。」他往我看來。「我是說，再做一個。你的也滿好的啦。」

「沒啦，我懂。」我說。我在櫃檯那裡，忙著把我們需要捕捉的細節列成清單：窗戶上的瘦高字母，還有它們粗糙的鋸齒紋邊緣，久經歲月的磨損。鈴鐺、鈴錘，還有把鈴鐺懸在定位的翻蜷鐵框。「我的就像大蜜蜂電玩（Galaga）。」

「我們可以把它做成互動式的，」尼爾說，「用第一人稱的觀點，完全跟攝影一樣逼真而且可以探索。你可以選擇一天的某個時段。我們可以讓書架投下陰影。」

「不，」馬特在梯子上呻吟，「3D模型最爛了。我想用做出有迷你書本的迷你書店。」

「還有迷你克雷嗎？」尼爾問。

「當然，可能弄個樂高小傢伙吧。」馬特說，他把自己拉往梯子的更高處，尼爾開始推著他倒退越過書店。燈光噗噗響，在我眼中留下了紅點。尼爾邊推梯子、邊細數3D模型的好處：它們更加鉅細靡遺、更能讓人身歷其境，你可以做出數量無限的拷貝。馬特一面呻吟。噗噗噗。

就在那些明亮的聲音當中，我差點錯過了電話鈴聲。

它只是輕輕搔到我的耳朵，可是沒錯：書店裡的某處有電話在響。我穿過跟拍照現場平行的架子，燈光依然噗噗不停，然後踏進狹小的休息室。鈴聲是從普蘭伯的辦公室傳來的。我推開標有**私人空間**的門，跳上階梯。

燈光的噗噗聲在上面這裡變得輕柔些。而電話（就在老數據機旁邊）的**鈴鈴聲**，響亮又堅持，是由某種強大的老式機械噪音製造器產生的。它響個不停，我突然想起自己平日用來對付奇怪來電的策略——就是等響到停下來為止——在這裡可能不管用。

鈴鈴鈴。

這年頭啊，電話只會帶來壞消息，只會是「你的學貸過期未繳」還有「你舅舅克里斯住院了」。如果有什麼有趣或讓人興奮的事情，比方說邀人參加派對或是正在醞釀的祕密計畫，就會透過網路來傳達。

鈴鈴。

好吧，哎，也許是好奇的鄰居打電話來問這陣騷動——閃動不停的光線——是怎麼回事。搞不好是在Booty's工作的北臉女想確定一切安好。真貼心。我執起話筒，興味盎然地宣布，「二十四小時神祕書店？」

「你一定要阻止他，」有個人聲說，沒有介紹也沒有前言。

「呣，我想你打錯電話了。」不是北臉女。

「我絕對沒打錯。我認識你。你是那個小伙子——你是店員。」

我認得那個聲音。安靜的力量。明快的音節。是科維納。

「你叫什麼名字？」他說。

「克雷。」不過我接著說，「你可能想直接跟普蘭伯談談。你應該早上再打來……」

「不必，」科維納斷然地說，「偷走我們最珍貴寶物的不是普蘭伯。」他知道了。他當然知道。是怎麼知道的？我想是他的黑袍眼線通報的。在舊金山這裡，消息一定散播出去了。

「唔，就技術上來說並不算偷，我不認為是，」我低頭盯著鞋子說，彷彿他跟我共處一室，「因為，我的意思是，它的版權可能屬於公共財了……」我越說越小聲。這番話對我沒什麼幫助。

「克雷，」科維納說，語氣圓滑陰暗，「你一定要阻止他。」

「抱歉，可是我就是不相信你們的……信仰。」我說。我可能沒辦法當面對著他這麼說。我緊抓話筒的黑色曲線，緊緊抵在臉頰上。「所以我想，掃瞄或不掃瞄一本舊書，都沒什麼要緊。我想，又不是有什麼宇宙規模的重要性。我只是想幫幫我的老闆——我的朋友。」

「你做的事情適得其反。」科維納靜靜說。

我不知道怎麼回話。

「我知道你不相信我們的信念，」他說，「你當然不信了。可是你不需要信仰，就可以明白艾傑克斯．普蘭伯的處境岌岌可危。」他停頓下來讓我領略那番話。「我認識他的時間比你長久。克雷——比你久多了。所以讓我跟你說說他的事。他向來都是個夢想家、超級樂觀派。我瞭解你為什麼會受到他的吸引。你們這些遠在加州的人——我以前就住那裡。我知道那裡的狀況。」

沒錯。在金門大橋前面的年輕人。他就在房間對面衝著我笑，用大拇指對我比讚。

「你可能以為我只是個冷漠的紐約執行長。你可能以為我太過嚴厲。可是，克雷——有時候，紀律才是最真實的仁慈。」

他頻頻直呼我的名字。會這麼做的大多都是業務員。

「我朋友艾傑克斯・普蘭伯在他的一生中嘗試過很多事情——很多計畫——那些計畫總是非常詳盡。他總是處於突破的邊緣——至少他自己心中這麼認為。我認識他五十年了，克雷——五十年了！在那段時間裡，你知道他的計畫裡有幾個成功了？」

我不喜歡這個對——

「一個也沒有。零。他很勉強才撐住你現在立足的書店——而且不曾完成任何有分量的事。眼前這個，是他最後，也是最大的計畫——也不會成功的。你自己也說過了。根本是蠢事一樁，而且會失敗的。接下來呢？身為他最老的朋友——我為他擔心，克雷，真的。」

我知道他現在對我使出了絕地心靈控制術。可是這招還滿管用的。

「OK，」我說，「我懂。我知道普蘭伯這個人有點怪。看就知道。那我該怎麼做嘛？」

「你一定要做我做不到的事。要是我，就會把你偷走的那份拷貝刪除。我會把每份拷貝都刪除掉。可是我遠在天邊，所以你一定要幫我，你一定要幫幫我們的朋友。」

現在說得好像他就跟我站在同一立場：

「你一定要阻止普蘭伯，不然這場最後的失敗會毀掉他的。」

話筒回到了擱架，雖然我對自己掛掉電話的舉動不太有意識。書店一片寧靜；前面再也沒有噗噗聲傳來。我緩緩環顧普蘭伯的書房，看著幾十年累積起來的數位夢想殘骸，科維納的警告開始說得通了。我一想起普蘭伯在紐約向我們解釋他的計畫時，臉上的神情，這份警告就更有道理了。我再次望向那張照片。突然間，任性的朋友不是科維納，而是普蘭伯了。

尼爾出現在階梯頂端。

「馬特要你幫幫他，」他說，「你必須捧著燈具還是什麼的。」

「OK，當然好。」我猛吸一口氣，把科維納的聲音推出腦海，跟著尼爾回到書店裡。我們攪起了一堆灰塵，現在燈具在空中映出明亮的形狀，穿透書架上的空間，捕捉了羽毛似的塵埃——細微的紙屑、普蘭伯的跟我的皮屑——而且讓它們閃閃發亮。

「這種事情馬特很拿手，嗯？」我說，四下張望這種超凡的效果。

尼爾點點頭。「他真不可思議。」

馬特遞給我一大張亮面的廣告白板，要我穩穩拿住。他正在拍櫃檯的特寫，深入紋理地拍攝。海報板的細微反光，讓我察覺不到它在木頭上造成的效果，可是我想它對光線的亮度跟均勻有相當關鍵的貢獻。

馬特又開始拍攝了，大型燈具現在只是平靜地發出亮光，所以我聽得見相機的喀答喀答聲。尼爾站在馬特後面，一手拿著小燈，另一手拿著第二杯的果菜汁呼嚕地喝著。

我拿著海報板站在那裡的時候，心想：

科維納不是真的在意普蘭伯。這是跟控制有關，他試著要把我變成他的工具。我很感激我們兩人之間隔著自然的地理距離；要是親身體驗那種聲音，我會很嘔的。搞不好他也懶得親自出馬來說服我。也許他會帶著一群黑袍執法殺手過來。可是他沒辦法，因為我們遠在加州；整片大陸就是我們的盾牌。科維納領悟得太慢，所以只剩聲音可以用。

馬特推得更近，顯然是要進攻櫃檯的微小細節，就是我近來投入生活大半時間的地方。一時片刻，眼前就是一幅美妙的加框肖像：短小精幹的馬特踮起身子，流著汗，把相機貼在眼睛上，而高大壯碩的尼爾面帶笑容，穩穩抬著燈具，一面高聲喝著果菜汁。我的朋友們攜手進行著某件事，這也是需要信念的。我雖然看不出這塊海報板的作用，可是我信任馬特。我知道做出來的成果會很美。

科維納搞錯了。普蘭伯的計畫之所以失敗，不是因為他是個無藥可救的怪人。如果科維納的想法是對的，那就表示沒人應該嘗試新穎與冒險的事情。普蘭伯的計畫之所以失敗，搞不好是因為他得到的協助不夠。也許他之前沒有馬特或尼爾、艾許莉或凱特這樣的朋友——直到現在。

科維納說：**你一定要阻止普蘭伯**。

不，恰好相反。我們要好好幫他。

黎明到來，這時，我知道不用等普蘭伯過來。他的目的地不會是上頭掛有他名字的書店，而是Google。再兩個小時左右，普蘭伯跟他的兄弟姊妹們勞心勞力了幾十年、好幾世紀的計畫，即將修成正果。他可能正在某個地方啃著貝果以示慶祝吧。

在書店這頭，馬特把燈具收進灰色泡棉箱。尼爾把彎折的海報板拿到外頭的大垃圾箱丟。我負責把橘色纜線收捲起來，將櫃檯拉正。一切看來如同往常；沒有東西移過位置。不過，有點什麼不一樣了。我們替每個平面都拍了照：書架、櫃檯、店門、地板。我們替書本都拍了照，全部都是，包括前側跟後側書區的都是。我們當然沒有捕捉內側書頁的影像——那會是不同規模的案子。如果你在玩超級書店兄弟，在神祕書店的3D仿製品裡悠遊，前窗撒進粉紅帶黃的光線，後側有霧狀的粒子效果升起，你決定想要讀讀其中一本質感很美的書：真可惜。尼爾的模型也許可以呼應這家店的體積，可是永遠達不到它的密度。

「早餐？」尼爾問。

「早餐！」馬特表示同意。

所以我們離開了。如此而已。我熄滅燈光，隨手緊緊拉上了店門。鈴鐺發出響亮的叮叮聲。我手上向來沒有鑰匙。

「讓我看看照片！」尼爾說，一面朝著馬特身上的相機抓去。

「還沒，還沒啦，」馬特邊說邊把相機塞進腋下，「我還得做分級啦。這只是原始素材。」

「分級？像是分成A—B—C嗎？」

「我指的是調色——就是校色。翻譯成白話文就是：我要讓它們看起來很棒。」他挑起一邊眉毛。「我還以為你跟電影公司合作過，夏先生。」

「是他跟你說的嗎？」尼爾急急轉身對我瞪大雙眼，「你跟他說了？有**機密文件**耶！」

「你下星期應該過來ＩＬＭ走走，」馬特鎮定地說，「我會給你看點好料。」

他們已經在人行道上走遠了，在前往尼爾車子的半路上，可是我還站在印有金色大字體的寬闊前窗那裡：用美麗的Gerritszoon字型印出來的**普蘭伯先生**。店裡黑漆漆的。我把手貼在學會的符號上——雙手展開如書——我一拿開的時候，只留下了油油的五指印。

24 真正大把的槍

等候五百年的密碼，破解時機終於到了。

凱特申請到Google附有超大螢幕的資料視覺化圓形劇場。她從午餐帳棚那裡搬來桌子，放在前方底下；看起來就像野餐風格的任務控制中心。

天氣晴朗；清澈的藍天裡縷縷雲絲，全是逗點跟花體字的模樣。蜂鳥盤旋飛降，前來探索那些螢幕，然後咻地回頭飛越Google園區明亮廣敞的草坪。遠方傳來樂聲；Google的銅管樂團正在練習用演算法編出來的華爾滋。

就在下方，凱特親自挑選的密碼破解小隊正在籌備。筆電擺了出來，每台上頭都包覆著不同組合的彩色貼紙跟全像，Google人忙著接上電源跟光纖，伸縮活動著他們的手指。

伊果也在其中之列。他在書店表現出來的聰慧，替他贏得了特別的邀請：今天，他獲准進入大盒玩耍。他往自己的筆電靠去，細瘦的雙手動作快得成了一片泛藍的模糊影子，兩位Google人雙眼圓睜越過他的肩膀望去。

凱特四處巡邏，輪流跟每個Google人協商。她含笑點頭，拍拍他們的背。今天她的角色是將軍，而這些人是她的部隊。

廷多爾、拉賓、英伯特跟費多洛夫都來了，還有其他當地的見習生。他們都坐在圓形劇場的入口附近，沿著最高的石階坐成一排。有更多人陸續到來。滿頭銀髮的慕芮兒也在，綁馬尾的Google人葛瑞格也是。他今天跟學會的人同站一邊。

學會成員大多數都是中年後期。有些人像拉賓一樣老態龍鍾，有幾位年歲還更大。有個坐輪椅的老人，雙眼迷失在暗影籠罩的眼窩裡，蒼白臉頰面紙似的滿布皺紋，由穿著俐落套裝的年輕看護推著。男人啞著嗓子微弱地跟費多洛夫打聲招呼，後者緊緊握住他的手。

最後是普蘭伯。他在圓形劇場的邊緣主導場面，解釋即將發生的事情。他含笑揮舞雙臂，往下指著坐在桌邊的Google人，也指指凱特，還有我。

我沒跟他提起科維納的來電，我也不打算說。首誓者再也不重要了。重要的是在這個劇場裡的人們，還有在那些螢幕上的謎題。

「過來這邊，小子，快過來，」他說，「跟慕芮兒正式見個面吧。」我露出笑容跟她握手。她長相姣好，近乎全白的髮絲透著銀光，但肌膚平滑，只有眼睛周圍繞著極為細小的紋路。

「慕芮兒經營牧羊場，」普蘭伯說，「你應該帶你的，嗯，朋友，你知道的——」他往下朝著凱特偏偏腦袋——「你應該帶她去走走。整趟旅程會很美妙的。」

慕芮兒輕輕微笑。「春天是最棒的，」她說，「就是羊寶寶出生的時候。」她對普蘭伯說，假裝譴責，「你真是個稱職的親善大使，艾傑克斯，可是我希望你自己更常過去。」她對他眨眨眼。

「噢，我一直在忙書店的事嘛，」他說「可是現在，在這個之後呢？」他揮揮雙手，敞開臉孔，帶有「誰知道會發生什麼事」的意味微微皺眉。「在這之後，什麼事情都有可能。」

等等——現在是有什麼狀況嗎？不可能有什麼吧。

可能就是有什麼。

「好了，大家請安靜。安靜！」凱特從圓形劇場的前方喊道。她仰頭跟聚集在石階上的那群學者們講話。「嗯，我是凱特．普丹特，這個案子的產品經理。我很高興你們都到了，不過有幾件事應該先讓你們知道。首先，你們可以用無線網路，可是光纖只有Google員工才能使用。」

我視線瞟過聚集在此的學會成員。廷多爾有一只用長鍊繫在褲子上的懷錶，而他正在看時間。我想這點不會是問題。

凱特低頭一瞥印出來的清單。「第二，請不要把你們在這裡看到的任何東西，公布在部落格跟Twitter上，也不要現場直播。」

英伯特正在調整他的星盤。說真的：這也不會是個問題。

「第三——」她咧嘴笑了——「這用不了很久，所以不用坐得太舒服了。」

現在她轉向她的軍隊發話，「我們還不曉得自己要應付的是什麼樣的密碼，」她說，「我們要先把那點弄清楚。這樣我們就能同步進行。我們有兩百台虛擬機器準備好在大盒裡等著。如果你們標上CODEX，你們的密碼就會自動在正確的地方運作。大家都準備好了嗎？」

Google人全都點點頭。有個女生還戴上暗色護目鏡。

「開始。」

那些螢幕都活了過來，由資料視覺化跟探索組成的閃電戰。馬努蒂烏斯之書的文本鮮豔參差地閃爍著，改設為更適合密碼與控制台的方正字母。這再也不是一本書了，而是一大堆的資料。點狀座標圖與長條圖橫越螢幕緩緩展開。在凱特跟她團隊的命令之下，Google的機器用九百種不同的方式對那些資料處理、再處理。九千種方式。還沒有結果。

Google人在文本裡尋找訊息——任何訊息都好。可能是整本書，可能是幾個句子，也可能是單一的字。沒有人（甚至連永生書會也不）知道裡面有什麼等著他們，也不曉得馬努蒂烏斯之書的編碼方式，使這個案子成了大難題。幸運的是，Google人最愛的就是棘手的問題。

現在他們展現了更多創意。十字、螺旋跟色彩組成的小小銀河舞動越過螢幕。圖表生出了新的次元——首先變成方塊、金字塔跟團塊，接著冒出長長的觸鬚。我試著跟上腳步，雙眼遊移浮動。一套拉丁詞彙閃過一台螢幕——整個語言都在毫秒之內受到檢視。還有n-gram語言模型圖跟馮內果圖表。地圖出現了，字母序列不知為何轉換成經度跟緯度，遍布整個世界，點狀物像灰塵一般撒過西伯利亞跟南太平洋。

什麼都沒有。

Google人嘗試每個角度，螢幕搖曳閃動。學會成員喃喃低語。有些人還面帶笑容；其他人皺起眉頭。有個螢幕浮現巨大的棋盤，每個方格裡都有一疊字母，費多洛夫吸著鼻子咕噥，「那個我們在一六二七年就試過了。」

難道那就是科維納相信這案子不會成功的原因？——因為永生書會真的全都試過了？或者

只是因為這樣算作弊——因為老馬努蒂烏斯從來就沒有任何明亮的螢幕或虛擬機器？如果你繼續想下去，這兩條推論線就會像陷阱一樣封閉起來，直直帶領你下到附有粉筆與鐵鍊的閱讀室，而不是其他地方。我還是不相信永生的祕密會在某個螢幕上彈出來，可是天啊，我真希望科維納的想法是錯的。我希望Google可以破解這個密碼。

「好了，」凱特宣布，「我們又多找了八百台機器。」她的聲音升騰而起，傳遍整片草坪，「再往深處走。更多疊代[3]。不要有所保留。」她在桌子之間走來走去，提供諮詢與鼓勵。她很有領導能力——我從那些Google人的臉上看得出來。我想，凱特．普丹特可能已經找到了她的天職。

我看著伊果跟那份文本奮戰不休。首先他把每行的字母都翻譯成分子，然後模擬某種化學反應；螢幕上，那種溶液化成了灰灰的一坨東西。接著他把字母變成3D小人，把他們放在模擬的城市裡。3D人四處遊蕩，撞上建築物，在街道上擠成好幾團，最後伊果用一次地震把全部都毀掉。什麼都沒有。沒有訊息。

凱特登上階梯，朝著陽光瞇眼，用手替雙眼擋光。「這個密碼很難搞，」她承認，「難搞到誇張的地步。」

廷多爾在圓形劇場的邊緣衝刺，跳過拉賓上方，拉賓發出尖叫、遮擋自己。他抓住凱特的手臂。「你一定要校正寫作時間的月亮週期。月亮的抵銷是很關鍵的！」

我伸過手，將他顫抖的瘦手從她的衣袖上拉開。「廷多爾先生，別擔心。」我說。我已經看到半蝕的月亮列隊越過螢幕。「他們知道你這個技巧。」Google做事的特色就是滴水不漏。

下方的螢幕搖曳模糊，一群Google人在學會會員之間遊蕩——拿著帶夾寫字板、面容友善的年輕人，提出這類的問題：你什麼時候出生？住那裡？膽固醇指數是多少？

我納悶他們是誰。

「他們是Google Forever的人，」凱特害臊地說，「是實習生。我的意思是，這是很棒的機會。這些人裡面，有些人年紀好大，可是還很健康。」

拉賓對著手拿輕薄錄影機的Google人，說著自己在太平洋電話公司的工作。廷多爾正對著一只透明的塑膠小瓶吐痰。

有位實習生往普蘭伯走去，可是他不發一語就揮手要她離開。他的視線緊黏在下方的螢幕上。他完全沉浸其中，藍眼圓睜，像頂頭天際一樣放著光。科維納的警告不請自來地在我的腦海裡迴盪：**眼前這個，是他最後，也是最大的計畫——也不會成功的**。

可是這個計畫再也不算是普蘭伯自己的了。影響範圍已經比原先擴大許多。看看這些人——看看凱特。她又回到圓形劇場的前方，十萬火急地在手機上撥鍵。她把手機塞回口袋，挺直腰桿面對她的團隊。

「暫停一下，」她喊道，往空中揮動手臂，「暫停！」破解密碼的輪盤緩緩轉動直到停擺。有個螢幕上，**馬努蒂烏斯**這幾個字母正在空間中扭動，全以不同的速度旋轉著。另一面螢幕上，某種超級複雜的纏結正試著解開自己。

3 Iteration：疊代法是用迴圈去循環重複程式碼的某些部分來得到答案。

「PM要幫我們一個大忙，」凱特宣布，「不管你們現在操作的是什麼，都下『關鍵』這個標籤。再十秒左右，我們要把那個密碼送進整個系統去。」

等等——整個系統？真的是**整個系統**？**大盒**？

凱特咧嘴笑著。她是個剛拿到一把真正大槍的砲兵官。現在她抬頭望向觀眾——學會會員。她用手圍住嘴巴喊著，「剛剛只是暖身！」

螢幕上閃越過倒數計時。巨大的彩虹數字從5（紅）、4（綠）、3（藍）、2（黃）……接著，在晴朗的週五早晨，有三秒鐘，你什麼都Google不到，你不能收電子郵件，沒辦法看任何影片，沒辦法找方位指示。只有三秒鐘，什麼都無法運作，因為Google遍布全世界的機構裡的每台電腦，全都投入了這項任務。

真是很大**很大**的一把槍。

螢幕一片空洞，顏色純白。沒有東西可以顯示，因為現在有太多東西同時在進行，成排的四、四十或四千台螢幕上都不足以呈現。可以運用在這個文本上的變換法，全都用過了。每種可能的錯誤都考量進去了，每種光學固有向量都被哄誘出來了。可以用來問字母序列的每種問題，也都提過了。

三秒之後，這場審問完成了。圓形劇場一片安靜。學會成員屏住氣息——只除了那位最年長的輪椅男性，他透過嘴巴吸了口嘎拉作響的長長氣息。普蘭伯的雙眼發亮，滿懷期待。

「如何？結果怎樣？」凱特說。

眾螢幕都亮著，隱藏著解答。

「大家？結果怎樣？」

Google人一片沉默。螢幕是空白的。**大**盒是空的。費了那麼大的勁以後：什麼都沒有。圓形劇場陷入寂靜。草坪過去的地方，銅管樂團裡的小鼓發出答啊踏的聲音。

我在群眾裡找到普蘭伯的面孔。他滿臉徹底的愕然，依然往下瞪著螢幕，等著什麼顯現，什麼都好。你可以看到問題在他的臉上堆積起來：**這是什麼意思？他們做錯了什麼？我做錯了什麼？**

下面那裡，Google人一臉悶悶不樂，彼此交頭接耳。伊果依然伏在鍵盤上，嘗試不懈。色彩在他的螢幕上搖曳捲曲。

凱特緩緩登上階梯，神情黯然喪氣——比她之前以為自己落選ＰＭ的時候還糟糕。「唔，我猜他們大概搞錯了，」她說，向學會成員無力地揮揮手，「這裡沒有訊息。只有噪音。我們什麼都試過了。」

「唔，**所有方法**都試過？不會吧——」

她激動地抬起頭。「是的，什麼都試過了。克雷，我們剛剛等於把人類一百萬年的功夫都投進去了。結果出來是一片空白。」她的臉色潮紅——氣憤或尷尬，或兩者皆有。「這裡什麼都沒有。」

什麼都沒有。

我試著再去找普蘭伯的面孔。我找遍了整座圓形劇場，上下打量那群學會成員。廷多爾正在自言自語；費多洛夫陷入沉思癱坐著；蘿絲瑪莉．拉賓帶著微微笑意。接著我看到了：竿子般的高瘦身影搖搖晃晃越過Google的翠綠草坪，幾乎快要走到另一側的樹叢，動作迅速、頭也不回。

眼前這個，是他最後，也是最大的計畫——也不會成功的。

我開始追著他跑，可是我體能欠佳，而且他的動作怎麼會這麼快啊？我氣喘吁吁地越過草坪，朝著我最後看到他的地點跑去。等我抵達的時候，他已經消失了。Google混亂的園區在我四周升起，那些彩虹箭頭同時指著各個方向，在這裡，步道朝著五種不同的方向彎去。他不見了。

根本是蠢事一樁，而且會失敗的，接下來呢？

普蘭伯不見了。

高塔

25 小金屬片

大都會佔據了整個客廳。馬特跟艾許莉已經把沙發抬走了，要在房間裡活動，必須循著遊戲桌之間的狹窄通道：蜿蜒的密妥河，上面有著兩座橋。商業區已經發展成熟，新興的高塔超越老舊的飛船碼頭，差點碰到天花板。我懷疑馬特可能也會在上頭建造東西。不久，**大都會**就會跟天際合而為一。

過了午夜，我睡不著。我還是沒辦法恢復生理時鐘的節奏，即使深夜攝影行動已經過了一週。所以現在我躺在地上，深深淹溺在密妥河裡，忙著轉錄《龍歌三部曲》。

我替尼爾買的有聲書是一九八七年製作的版本，經銷商的目錄並未指明他們還繼續生產這種錄音帶。錄音帶耶！搞不好目錄上寫明了，只是我在大量訂購的興奮之中漏看了。不管怎樣，我還是希望可以把有聲書送給尼爾，所以我在eBay上花了七塊錢買一台黑色的索尼隨身聽。現在我把錄音帶播進筆電裡，重新錄製，一段一段把它們送往空中大型數位點唱機。

做這種事情只有一個方法，那就是即時處理，所以基本上我必須坐著從頭把前兩部曲整個聽完。可是也不壞，因為有聲書是克拉克．莫法特自己朗讀的。我從來沒聽過他講話的聲音，現在知道了他的事，感覺滿驚悚的。他的音質不錯，粗啞但清晰，我可以想像它在書店裡迴盪的感覺。我可以想像莫法特第一次穿門入店的情景——鈴鐺叮叮作響、地板木條的嘎吱聲。

普蘭伯當初一定問他：**你想在這些書架裡尋覓什麼？**

而莫法特會環顧四周，好好打量這個地方——一定會注意到後側書區整片暗影幢幢的地帶

然後他可能會說：唔，巫師會想看什麼樣的書？

普蘭伯一聽可能會露出笑容。

普蘭伯。

他消失無蹤，遭到遺棄的書店還佇立著。我完全不知道要去哪裡找他。

我靈光乍現，去查是不是有人用penumbra.com這個網域名稱註冊，當然了：就在他的名下。是在網路的原始時代由艾傑克斯．普蘭伯買下，然後在二〇〇七年樂觀地續約了十年……可是註冊資料只列出了書店在百老匯街的地址。進一步用Google搜尋卻毫無所獲。二十四小時神祕書店只灑下了最淡薄的數位影子。

又是靈光一閃（沒之前那麼亮），我找到了慕芮兒跟她的牧羊場，就在舊金山南邊霧氣迷濛的幾片田野，那地方叫做佩斯卡德羅。她也沒有他的消息。「他以前也做過這種事，」她說，「人間蒸發。可是——他通常都會打電話來。」她平滑的臉龐微微皺著眉頭，眼周的迷你皺紋暗沉下來。我離開的時候，她送我一個掌心大小的圓形新鮮山羊乳酪。

所以，最後絕望的念頭一閃，我打開**普蘭伯的**掃瞄檔。Google破解不了**馬努蒂烏斯之書**，可是，後來的生命之書編碼方式沒那麼巧妙，除此之外（我滿確定的），這本書裡面一定有什麼可以解開。我寄了封詢問的簡訊給凱特。她的回覆簡短又明確：**不行**。十三秒過後：**絕對不行**。又過了七秒：**那個案子已經結了**。

大解碼失敗的時候，凱特失望至極。她原本真的相信，文本裡會有什麼深奧的東西等著我們；她一直希望有什麼深奧的東西。現在她全心投入PM工作，大多時候都不理我。想當然爾，只除了說「絕對不行」之外。

不過，那樣可能是最好的吧。我螢幕上的雙頁圖檔——厚重的Gerritszoon圖像，被GrumbleGear相機閃光燈刺眼地照亮——還是給我一種奇怪的感覺。普蘭伯原本預期，直到他過世，自己的生命之書才會有人閱讀。我決定不要為了找一個男人的住家地址，就把他的生命之書撬開。

最後，在靈光用罄之後，我向廷多爾、拉賓跟費多洛夫探聽。他們也都沒有普蘭伯的消息。他們全都準備往東岸去，到紐約的永生書會尋求庇護，加入科維納的鐵鍊集團。如果你問我意見，我會說那是做白工：我們之前就已經拿了馬努蒂烏斯的生命之書，把它翻來覆去到爛掉為止。裡面什麼都沒有。那個學會，充其量只是建立在虛妄的希望上，最糟則是建立於謊言上。廷多爾跟其他人還沒正視這一點，但到了某個時間點，他們就非得面對不可。

如果這一切看起來很黑暗：的確如此。我覺得很難受，因為，如果你一步步回頭追溯，你無法逃避這個事實：這全都是我的錯。

我的心思飄蕩不停。我花了好多個晚上才趕到這個進度，可是莫法特的二部曲終於要收尾了。我以前從沒聽過有聲書，我不得不說，這是截然不同的體驗。你讀書的時候，整個故事絕對在你的腦海裡發生。當你用聽的時候，故事似乎發生在四周的一朵小雲裡，就像把絨毛針織帽往下拉而蓋住你的眼睛：

「葛立佛的黃金號角做得很精緻，」堅諾多塔斯說，用手指劃過泰勒瑪寶物的曲線，「而且這個魔法是獨樹一格的。你懂嗎？這裡沒有巫術——沒有我察覺得到的巫術。」

莫法特那種澤諾多托斯[1]的嗓音跟我原先期待的不同。不是巫師那種豐厚又戲劇性的雄渾嗓音，而是短促又冷靜。是走企業路線的魔法顧問的嗓音。

聽到這番話，弗爾文瞪大眼睛。他們剛剛不是才勇闖恐怖沼澤，取回這把下了魔咒的號角？現在首位巫師卻說，它其實沒有真正的力量。

「魔法不是這世上唯一的勢力，」這位老魔法師柔聲說，把號角遞還給它的皇家主人。「葛立佛做出的樂器這麼完美，聽到它的召喚，連死者都會起身相應。他是親手製作的，沒用咒語或龍歌。我真希望自己也有這般能耐。」

由莫法特親口朗讀，我可以在首位巫師的聲音裡聽出惡毒的意圖。接下來的發展明顯可見：

「這種東西，連蟒蛇之父艾墜格都會心生羨慕。」

等等，什麼？

到目前為止，從莫法特口裡出來的每行字都是讓人愉悅的重複。他的聲音就像一根在我腦袋裡的深溝紋裡自在起伏的唱針——可是那行——剛剛那行我從沒讀過。

剛剛那行是新的。

1 Zendotus是古希臘的文法家、文評家與荷馬學者。

我的手指忍不住想壓下隨身聽的暫停鍵，可是又不想搞砸尼爾的錄音。反之我輕腳匆匆走到臥房，從架上抽出第二部曲。我翻到結尾的地方，對了，我想的沒錯：這裡根本沒有提到蟒蛇之父艾墜格。他是第一隻開口唱歌的龍，而他運用龍歌的力量，從融化的岩石鑄造出首批的侏儒，可是那不是重點——重點是，書裡**沒有**那行字。

所以還有什麼是書裡沒有的？還有什麼地方不同？為什麼莫法特在這裡自由發揮？這些有聲書是在一九八七年出版的，就在第三部曲出版過後。所以也是在克拉克・莫法特捲入永生書會之後。我的蜘蛛直覺又刺癢起來：其中有關連。

不過，可能曉得莫法特意圖的，全世界我只想得到三個人。頭一位就是永生書會的暗黑首領，可是我絕對沒有意願跟科維納或他在Festina Lente公司的任何親信溝通，不管是地上或地下的都一樣。況且，我還在擔心自己的ＩＰ位址可能會被列在他們的盜版名冊裡。

第二是我的前任雇主，我深深渴望跟普蘭伯先生溝通，可是我不知道要怎麼做。躺在地板這裡，聽著空白錄音帶的嘶嘶聲，我意識到某件非常悲傷的事情：這位瘦骨嶙峋的藍眼男人，把我的生活彎成了誇張的花體字……而關於他本人的事情，我卻只知道他店門上寫的東西。

還有第三種可能。技術上來說，艾德格・戴克是科維納的組員之一，可是他有幾個狀況：

1. 他是個行之有年的同謀者。
2. 他負責守護通往閱讀室的門，所以在學會裡的地位一定滿高的，一定曉得不少祕密。
3. 他知道莫法特。而且最重要的是：
4. 電話簿裡登記有他的號碼。布魯克林的號碼。

寄封信給他感覺比較有分量，也更貼近永生書會的風格。我有十幾年沒發過信了。我最後一封用墨水在紙上寫的信，是在科學營之後籠罩於金色微光的那週，寫給遠距偽女友一封多愁善感的書信。我當時十三歲。萊絲麗·莫朵克從沒回信。

為了這封新書信，我特別挑選了厚重的耐久紙張，還買了尖頭原子筆。我小心翼翼地撰寫訊息，首先解釋Google明亮螢幕上發生過的事，再來請教艾德格·戴克要是知道關於克拉克·莫法特有聲書版本的事情，又知道些什麼。我在這個過程當中揉掉了六張耐久紙張，因為頻頻把字拼錯，不然就是把字寫得擠成一團。我的字跡還是很可怕。

最後，我把信投進亮藍色信箱，然後抱持最高期望。

三天過後，一封電郵出現了。是艾德格·戴克的來信。他提議我們用視訊聊天。

唔，好吧。

週日中午剛過，我就按下綠色的相機圖示。傳輸狀態活了過來，戴克就在那裡，往下瞟著自己的電腦，圓鼻子有點縮短的感覺。他正坐在注滿光線、黃牆圍繞的狹窄房間裡。我想他的上頭某處有個天窗。在他滿頭如冠的毛燥髮絲後面，我看到幾個銅製煮鍋掛在鉤子上。閃亮的黑冰箱前側妝點了鮮豔的磁鐵跟淺淡的圖畫。

「我喜歡你的信，」戴克笑著說，一面舉起折成整齊三等分的耐久紙張。

「對，嗯。我想是吧。反正……」

「加州的事情我已經知道了，」他說，「在永生書會裡面，消息傳得很快。促成這個大變動的是你。」

我本來以為那件事會惹毛他，可是他滿臉笑容。「科維納受到好些批評。大家都滿生氣的。」

「別擔心，他已經盡全力阻止過了。」

「噢，不——不是的。他們生氣的原因是，我們自己竟然沒先試過。『不應該讓Google這種暴發戶佔盡樂趣。』他們說。」

這番話把我逗笑了。也許科維納的統治沒有那麼專制。

「可是你們還是繼續努力？」我問。

「雖然Google的強大電腦什麼都沒發現？」戴克說，「當然了。我的意思是，拜託喔。我是有電腦啊。」他用手指彈彈筆電的蓋子，害鏡頭晃了晃。「可是它們又不是魔法。它們的能力就跟程式設計師一樣，對吧？」

是啦，可是程式設計師裡有些還滿厲害的。

「老實說，」戴克說，「我們是失去了一些成員。幾個無誓者，才剛起步不久的年輕傢伙。可是不要緊。根本比不上——」

戴克後面閃過一陣模糊的動靜，一張小臉出現在他的肩膀上方，引頸想看螢幕。是個小女孩，我驚異地發現她就是迷你版的戴克。她有陽光似的金色糾結長髮，鼻子也像他，看起來六歲左右。

「那是誰啊？」她指著螢幕說——指著我。所以，艾德格．戴克真懂得分散風險，不僅透過書本追求永生，還透過血緣尋求永生。其他成員也有孩子嗎？

「是我朋友克雷。」戴克說，用手臂環抱她的腰，「他認識艾傑克斯伯伯喔。他也住舊金山喔。」

「我喜歡舊金山！」她說，「我喜歡鯨魚！」

戴克湊近女兒，用刻意要被聽到的耳語說，「甜心，鯨魚會發出什麼聲音？」

小女孩扭身掙脫他的環抱，踮起腳尖站直身子，發出某種嗚喵的聲音，一面慢慢轉圈。那就是她對鯨魚的模仿。我笑出聲來，她用晶亮的雙眼望著螢幕，享受別人的矚目。她再次發出鯨魚的歌聲，這次越轉越遠，雙腳在廚房地板上打滑。嗚喵的聲音漸漸淡出，傳往隔壁房間。

戴克面帶笑容，看著她跑掉。「所以，言歸正傳，」他轉過來對我說，「不，我沒辦法幫你。我在書店那裡見過克拉克．莫法特，可是在他解開創誓者的謎題以後——大約花了三個月——他就直接到閱讀室去了。在那之後我就再也沒見過他，我完全不知道他出有聲書的事。老實跟你說，我討厭有聲書。」

可是，有聲書就像把針織帽往下拉，蓋過你的——

「你知道你該跟誰談談，對吧？」

我當然知道，「普蘭伯。」

戴克點點頭。「他手上有莫法特生命之書的符號表——那件事你知道嗎？他們以前是好朋友，至少有一陣子是。」

「可是我找不到他啊，」我喪氣地說，「他就像個鬼魂似的。」接著我才意識到，我在跟那男人最鍾愛的見習生說話。「等等——你知道他住哪裡嗎？」

「知道啊，」戴克直直望進攝影機說，「可是我不會告訴你。」

我的臉上一定寫滿了氣餒，因為戴克馬上舉起雙手並說，「不是啦，我要跟你交換條件。我打破了每條守則——而且都還是很老的一套守則——你需要閱讀室的鑰匙時，我就把鑰匙給你，對吧？現在我希望你能幫我做件事，作為交換，我會很樂意告訴你，去哪裡可以找到我們的朋友艾傑克斯．普蘭伯先生。」

我沒料到態度友善、笑容滿面的艾德格．戴克竟然這麼懂得算計。

「我在地下印刷廠裡拿Gerritszoon字型給你看過，你記得嗎？」

「嗯，當然記得。」就在地下的影印店裡。「沒剩多少。」

「沒錯。我想我跟你說過這點：原始版本被偷了。是一百年前，我們剛剛抵達美國之後發生的事。永生書會那時候簡直急瘋了。雇了一組偵探，還賄賂警方，逮住了那個賊。」

「是誰啊？」

「我們的成員——誓約者之一。他叫葛藍寇，他的書已經受到火焚了。」

「為什麼？」

「他們逮到他在圖書館裡做愛。」戴克一本正經地說，然後舉起一根手指細聲說，「對了，現在，學會對那種作法雖然不以為然，但不會害你受火刑了。」所以永生書會的確有進步——只是速度緩慢。

「總之，他摸走了一疊生命之書，還有幾把銀叉跟銀匙——我們那時候有間華麗的餐室。然後他還撈走了Gerritszoon字型的打印器。有些人說是為了報復，可是我認為是走投無路的關係。一口流利的拉丁文在紐約市沒多大用處。」

「你剛明明說他們逮到他了啊。」

「是啊。他找不到人買那些書，所以那些書我們拿回來了。湯匙老早就消失了。Gerritszoon字型的打印器——也不見了。從那之後就再也找不到了。」

「好怪的故事。所以呢？」

「我希望你能把它們找出來。」

咦。「你認真的喔？」

戴克露出笑容。「嗯，是認真的。我知道它們可能在某個垃圾堆的底部。可是搞不好——」他雙眼閃現光芒——「就藏在顯眼的地方。」

小小的金屬片，一百年前就遺失了。直接挨家挨戶去找普蘭伯，可能還比較容易。

「我認為你辦得到，」戴克說，「你一副足智多謀的樣子。」

再問一次。「你認真的喔？」

「你找到它們的時候，通知我一下。Festina lente。」他露出笑容，傳輸畫面斷掉，變成一片黑。

好了，現在我很火大。我本來期待戴克可以幫幫我。結果他竟然還發功課給我。而且還是難如登天的功課。

可是：**你一副足智多謀的樣子**。我從沒聽人這樣說過我。我思索這個字眼。足智多謀：有資源豐富的意思。當我想到資源，我就想到尼爾。可是戴克可能說得沒錯。我到目前做過的一切，都是透過人情攻勢來推動的。我確實認識擁有特殊技能的人，而且懂得怎麼結合他們的技能。

想來，這件事我還真的有資源可用。

為了找到古老又隱晦、奇怪又重要的東西，我去找奧利佛・果恩。

普蘭伯失蹤，書店關閉，奧利佛機智地跳槽到新的工作崗位，我懷疑這個退路他已經準備好一陣子了。那份工作在比馬龍，是堅持獨立精神，由恩格斯街頭自由言論運動的老伙伴們，在柏克萊合力創設的貨真價實的書店。所以我跟奧利佛現在一起坐在比馬龍狹窄的咖啡館裡，就塞在不規則蔓延的**食物政治**書區後方。奧利佛的雙腿大得塞不進小桌子裡，所以他歪向一側朝外伸展。我正小口啃著用覆盆莓跟豆芽做的司康餅。

在這裡工作，奧利佛似乎滿開心的。比馬龍很大，幾乎佔滿了一個城市的街區，密密實實塞滿了書，而且組織極為良好。鮮豔的色彩區塊在天花板上標出了區域，相互呼應的色條以緊密的圖樣橫越地板，就像五顏六色的電路板。我抵達的時候，奧利佛正捧著滿懷的厚書，朝著**人類學**書區走去。也許他的壯碩身形不是擔任橄欖球的線衛來的，而是當圖書館員練就出來的。

「打印器是什麼？」奧利佛說。他對隱晦事物的知識，在超過十二世紀之後，就沒有那麼豐富了，但是我毫不退卻。

我解釋說，活字印刷系統仰賴的是迷你的金屬字體，可以插成一行又一行，然後疊起來製成書頁。幾百年來，那些字體是個別製作的，每顆都是手工鑄造。為了鑄造那些字體，你必須有從硬金屬刻出來的原始模型。那個模型就叫打印器，每個字母都有打印器。

奧利佛安靜了片刻，雙眼出神。接著他說，「嗯。我應該告訴你。世上的物品其實分了兩種。這聽起來會有點迷幻，可是……有些物品會散放光暈。有的不會。」

唔，那我就要靠光暈了。「我們現在談的，是有幾百年歷史的祕密團體的關鍵資產之一喔。」

他點點頭。「那倒好。想想日常物品就知道……比方說居家用品？它們都會消失。」他彈彈手指：**噗呼**。「能夠找到一個很棒的沙拉碗，就算真的很幸運了。可是宗教物品呢？你不會相信，有多少儀式性的甕缸到現在還在。沒人想負責動手把甕缸扔掉。」

「所以，如果我運氣好的話，也不會有人想負責把 Gerritszoon 字型扔掉。」

「沒錯，要是有人偷走了，那是個好徵兆。被偷走，是人造工藝品最棒的下場之一。被偷走的東西會反覆循環，不會被埋進地裡。」接著他緊閉嘴唇。「可是別抱太大的期望。」

太遲了，奧利佛。我吞下最後一口司康餅，問道，「要是有光暈的話，有什麼作用？」

「如果這些打印器存在我世界裡的任何地方，」奧利佛說，「那麼你可以在一個地方找到它們。你必須進**典藏一覽表**就是了。」

26 一年級

塔碧莎．楚鐸是奧利佛在柏克萊結交的摯友。她矮小結實，滿頭棕色鬈髮，厚框黑眼鏡後面的眉毛粗得嚇人。她現在是整個灣區裡，最沒沒無聞的博物館副主任，位處愛莫利維爾，叫做加州編織藝術與刺繡學博物館。

奧利佛用電子郵件介紹我們認識，並向塔碧莎解釋說，我現在正在進行一項他頗為看好的特殊任務。他也給了我一個戰略上的建議，就是捐個錢也無妨。不幸的是，任何合情合理的捐款，至少都會佔上我世俗財富的二十分之一。不過還好我有個金主，於是我寫信回覆塔碧莎，跟她說我可能有一千塊美金可以捐獻（承蒙尼爾．夏藝文女性基金會的好意）——如果她能幫個忙的話。

我跟她在博物館會面的時候——對內行人來說，這裡簡稱為**加織**博物館——我馬上湧起一種親切感，因為**加織**幾乎（幾乎啦）跟神祕書店一樣詭異。只是一個大房間，是舊校舍改裝，現在沿牆排滿了鮮豔的展品，還有如同兒童遊戲區大小的活動區。大門旁邊有個寬闊的桶子，織針像武器一樣列隊排好：粗胖的、細瘦的，有些是用鮮豔的塑膠做的，有些是木頭刻成擬人的形狀。這個房間的木頭氣味濃到讓人難以招架。

「你這邊有多少訪客？」我邊問邊查看一根木頭織針。很像超細的圖騰柱。

「噢，很多啊，」她說，順手把眼鏡往上一撐，「大部分是學生。現在就有輛巴士在路上，我們最好先讓你安頓下來。」

她坐在博物館的櫃檯，那裡有個寫著「捐贈毛線，免費進場」的小告示。我從口袋找出尼爾的支票，在櫃檯上攤平。塔碧莎咧嘴笑著收下。

「這種東西你用過嗎？」她說，在藍色電腦終端機上敲了個鍵。它發出明亮的嗶嗶聲。

「從來沒有，」我說，「我兩天前才知道有這種東西存在。」

塔碧莎抬起頭來，我追隨她的視線。有輛學校巴士正繞過轉角，駛進博物館的小小停車場。「唔，」她說，「是有這種東西沒錯。你弄得懂的啦。只是不要，嗯，不小心把我們的東西送給別家博物館就是了。」

我點點頭，挪到櫃檯後面，跟她交換位置。塔碧莎在博物館裡忙來忙去，把椅子拉正，用消毒濕紙巾抹過塑膠桌子。我這邊呢：已經找出**典藏一覽表**。

我從奧利佛那裡得知，**典藏一覽表**是個龐大的資料庫，從二十世紀中葉以來就有了，追蹤世界各地所有博物館的所有工藝品。早期是用傳來寄去的打孔卡，拷貝起來存放在目錄裡。在工藝品永遠處於移動狀態的世界裡——從博物館的第三層地下室，移到展覽廳，再到另一家博物館（在波士頓或比利時）——這種資料庫是有必要的。

全世界的每家博物館都用**典藏一覽表**，從最卑微的社區歷史合作社，到最富麗堂皇的國家級館藏，每家博物館都有一模一樣的監控器。等於是古物的彭博終端機。只要找到或購買任何工藝品，就會在這個博物館學矩陣裡留下新紀錄。如果賣掉或燒毀，記錄就會刪除。可是只要任何畫布殘片或薄細碎石還在任何地方的任何館藏裡，都還是會登記在案。

典藏一覽表會幫忙查獲贗品：每家博物館都在終端機裡設定好，會監視跟它現有館藏的工藝品有可疑相似性的新紀錄。當**典藏一覽表**響起警報，就表示某地方的某人剛剛受騙了。

如果Gerritzsoon打印器存在世上的任何博物館，就會列在**典藏一覽表**裡面。我只需要在終端機上花一分鐘時間就可以。可是，先說清楚，如果你隨口就對任何合法博物館的館長提出這個要求，是會把人家嚇壞的。這些終端機構成了這個祕密團體的祕密知識。於是奧利佛提議我們走後門：找某家小型博物館，而且守護者得不排斥我們的主張才行。

櫃檯後面的椅子在我的重壓之下嘎吱作響。我以為**典藏一覽表**的模樣會稍微高科技點，結果它本身看起來就像工藝品。是個亮藍色監視器，不是新近推出的產品；透過厚玻璃向外顯現像素。全世界新購入的藝品，就在螢幕邊邊捲動著。有地中海的陶盤、日本武士的長劍跟蒙兀兒人的生殖雕像——蒙兀兒生殖雕像滿性感的，頂著豐臀，完全就是亞克希妮[2]的模樣——還有更多東西，多不勝數，有老舊的碼錶、快解體的火繩槍，甚至是書本，封面上有金色胖胖十字架的藍色裝幀老書。

館長怎麼忍得住，不整天死盯著這個終端機看？

一年級生正魚貫走進**加織**博物館裡，鬼吼又尖叫。兩個男生從前門旁邊的桶子裡，抓起織針開始決鬥，發出光劍的滋滋噪音，伴隨著噴濺的口水。塔碧莎護送他們到活動區，滔滔說起她的固定台詞。她背後的牆上有張海報寫著：**編織很酷**。

回到**典藏一覽表**。終端機的另一側有圖表，顯然是塔碧莎編製的。它們追蹤不同興趣區域的典藏活動，設定像**織品**、**加州**與**非遺贈品**這類的區域。**織品**的活動呈現出一座尖起的小山脈；**加州**是明確的上揚斜坡；**非遺贈品**是扁平的直線。

好了。搜尋框在哪？

在塔碧莎那頭，毛線已經拿出來了。一年級生正往寬闊的塑膠容器裡猛挖，找尋自己最愛的顏色。有人摔了進去放聲尖叫，兩個朋友開始用織針往她身上戳戳戳。

沒有搜尋框。

我隨意胡亂按鍵，最後，**目錄**這個字眼在螢幕頂端亮了起來。（是F5的功勞）。現在，我的眼前有個豐富詳細的分類表漸漸展開。某地的某人替世界各地的所有工藝品做了歸類：

金屬、**木頭**、**陶器**。

十五世紀、**十六世紀**、**十七世紀**。

政治的、**宗教的**、**儀式的**。

可是，等等——**宗教的**跟**儀式的**，有什麼不同呢？我的胃裡有種下沉的感覺。我開始探索**金屬**，可是那裡只有錢幣、手環跟魚鉤。沒有長劍——我想是歸在**武器**底下，也許是**戰爭**，或許是**尖狀物**吧。

2 Yakshini 印度神話人物，替財富之神看守寶物。

塔碧莎傾身越過一年級生的肩膀，幫他把兩支編織針交叉起來，織出第一個環圈。他的眉頭因為全然的專注而皺起——我在閱讀室裡看過那種神情——然後他抓到訣竅，做出了環圈，張大嘴巴咯咯發笑。

塔碧莎回頭往我這裡看來。「找到了嗎？」

我搖搖頭。不，我還沒找到。不在十五世紀裡。唔，可能在十五世紀裡，只是十五世紀裡還有其他各式各樣的東西——那才是問題所在。我還被困在稻草堆中撈針的窘境裡。也許是古老的宋朝稻草堆，是蒙古人跟著其他東西一起燒掉的稻草堆。

我用雙手撐住臉，彎腰垂背，瞪著藍色終端機。它正展示著凹凸不平的綠色銅板的圖片，是從某艘西班牙老式大帆船搶救回來的。難道我就這樣把尼爾的一千美金浪費掉了嗎？我該拿這個東西怎麼辦啊？為什麼Google還沒把博物館編成索引？

滿頭亮紅髮絲的一年級生，咯咯笑著跑到櫃檯來，被一團綠毛線勒住了。嗯，要稱讚她說圍巾不錯嗎？她咧嘴一笑，跳上跳下。

「嗨，」我說，「我問你一個問題喔。」她咯咯笑著點頭。「要怎麼在稻草堆裡找一根針啊？」

一年級生頓住，陷入沉思，一面扯著脖子周圍的綠毛線。她真的把這件事徹底想過一遍。腦內的小小齒輪裝置正在打轉；她把手指扭在一起，沉思默想。樣子很可愛。最後，她抬起頭來嚴肅地說，「我會叫稻草幫忙找出來。」接著發出低聲的女妖呼嘯聲，然後用單腳跳開。

一面古老的宋朝銅鑼在我的腦袋裡鏗鏗響起。對，當然了。她是天才！我一面竊笑、一面用力敲著Escape鍵，直到跳離終端機的恐怖分類表為止。反之，我挑選了簡簡單單寫著**典藏的指令**。

好簡單啊。當然了，想當然爾。那位一年級生說得對。在稻草堆裡找針，很簡單的！**叫稻草幫忙找出來！**

典藏的表格又長又複雜，可是我匆匆看過一遍：

創作者：葛立佛．傑利茲遜
年份：1450（將近）
描述：金屬字型。原版的Gerritszoon打印器。完整的字體。
起源：在一九〇〇年左右失蹤。現在透過不知名的贈予而重新取得。

剩下的欄位我都留白，然後猛敲return鍵，把這份完全假造的工藝品新資料上傳給**典藏一覽表**。如果我理解得沒錯，它現在正旋轉越過全世界每間博物館裡的終端機。館員們正在查看，交叉比對——幾千位館員。

一分鐘滴答走過去了。再一分鐘。有個垂頭縮肩的一年級生悄悄溜到櫃檯來，蓬亂的暗髮像拖把似的，踮著腳尖站，密謀似地湊了過來。「你有沒有電動玩具？」他指著終端機竊竊私語。我哀傷地搖頭。抱歉，小鬼，可是也許——

典藏一覽表發出呼噗—呼噗聲，是越拔越高的尖亢聲響，有如火災警報：呼噗—呼噗。那個垂頭縮肩的小孩跳了起來，一年級生全都轉頭看我。塔碧莎也是，挑起了一邊的粗眉。

「那邊狀況都還好嗎？」

我點點頭，興奮得無法言語。粗大的紅色字母在螢幕底部憤怒地閃爍著：

新增遭拒

這就對了！

藝品已經存在

耶耶耶！

請聯絡：統一通用長期儲存有限責任公司

典藏一覽表鈴鈴響起——等等，它竟然會發出鈴聲？我繞過終端機側面望去，看到那裡夾著一支亮藍色話筒。這是博物館的緊急熱線嗎？**來人啊，圖坦卡門國王的墳墓空了！**鈴聲再度響起。

「嘿，老兄，你在幹嘛？」塔碧莎從房間的另一邊喊道。

我開心地揮揮手——一切都好——然後連忙抓起話筒，貼在臉上竊竊私語。「哈囉。**加織**博物館你好。」

「我這邊是統一通用長期儲存有限責任公司。」線路另一端的聲音說。是個女性，說話微微帶著鼻音。「請幫我轉給典藏部，拜託？」

我往房間另一端望去：塔碧莎正忙著把纏在綠色加黃色的毛線堆裡的兩位一年級生拉出來。其中一人臉還有點紅，好像快窒息了。我在電話上說，「典藏部嗎？我就是，女士。」

「噢，你好客氣！嗯，聽著，親愛的，有人要騙你，親愛的，」她說，「就是——我看一下——你剛剛呈交的儀式性工藝品，早在這邊歸檔過了。都好幾年嘍。親愛的，**永遠都要**先查證啊。」

我差點沒彈起身，在櫃檯後面跳起舞來。我鎮定下來對電話說，「老天，多謝妳的警告。我會把那傢伙轟出去。他說得避重就輕，說他是某個祕密會社的成員，說這套東西他們收藏了好幾百年——妳知道的，就是那套老掉牙的話。」

女人同情地嘆口氣。「親愛的，這是**常有**的事啊。」

「嘿，」我輕鬆地說，「妳叫什麼名字？」

「雪若，親愛的。真遺憾。沒人喜歡接到**統通**的電話。」

「才不呢！我很感謝妳的勤奮，雪若。」我扮演好自己的角色，「可是我們的規模很小。說實在的，我真的沒聽過**統通**耶⋯⋯」

「親愛的，你是認真的嗎？我們**只**是規模最大也最先進的境外儲藏設施，專門對密西西比州以西的任何歷史娛樂部門提供服務，」她一口氣講完，「在內華達州這邊。你來過拉斯維加斯嗎？」

「唔，沒有——」

「是全美國最乾燥的地方喔，親愛的。」

對石碑來說再完美也不過。好了，這就對了。於是我進行提案，「對了，雪若，也許妳可以幫我一個忙。在加織這邊，我們剛從尼爾．夏那裡，呃，拿到一筆金額不小的捐款——」

「聽起來不錯。」

「唔，就我們的標準來說是多，但其實也不算很大一筆。不過我們正要策辦一場新展覽，然後……妳那裡有真的Gerritszoon打印器，對吧？」

「我不知道那些是什麼東西，可是這裡寫著我們手頭上有。」

「那麼我們想借來展。」

我從雪若那裡拿到詳細資料，道謝與道別之後，將藍色話筒放回原位。一顆綠色毛線球以弧線越過空中，落在櫃檯上，繼而滾進我的大腿，一路散開來。我抬頭，又是那個紅髮一年級生，單腳站著，對我吐舌頭。

一年級生們你推我擠、動來動去，一路回到停車場上。塔碧莎關起前門鎖住，跛著腳回到櫃檯。她的一邊臉頰上有個淡淡的紅色刮痕。

我開始把綠色毛線收捲起來。「課上得很辛苦吧？」

「他們要起織針，手腳還滿快的，」她邊嘆邊說，「你呢？」

我已經把那家儲藏設施的名字跟它在內華達州的地址記在**加織**備忘紙上。我轉過去讓她看。

「嗯，我是不訝異啦，」她說，「那個螢幕上有百分之九十的東西可能都在儲藏室裡。你知道國會圖書館的藏書大部分都不在華盛頓特區嗎？他們總共有，嗯，七百英呎長的書架。所有的倉庫加總起來。」

「啊。」聽起來滿討厭的。「要是沒人看得到，那有什麼意義啊？」

「把東西留給後代，是博物館的職責。」塔碧莎吸吸鼻子。「像我們就有個溫控儲藏室，裡面都是耶誕節主題的毛衣。」

當然了。你知道嗎？我真的開始把這個世界想成瘋狂小祕密團體所組成的大拼布，全部有自己的私密空間、自己的紀錄跟自己的規則。

回舊金山的火車上，我用手機打了三段短短的訊息。

一個給戴克，寫著：**我找到重要線索了。**

另一個給尼爾，寫著：**你的車可以借我嗎？**

最後一個給凱特，只簡單寫著：**哈囉。**

27 暴風雨

統一通用長期儲存是一片灰色的長型低矮建物，蹲距於內華達州安特普來斯鎮外公路的旁邊。我停入長型的停車場時，感覺得到那種空白的團塊往下壓迫著我的精神。這裡是荒蕪工業園區的具體呈現，可是裡面至少給人找到寶物的希望。在公路上再走三英里就會看到的蘋果蜜蜂連鎖餐館也很讓人沮喪，但你至少確定裡面有什麼在等你。

要走進**統通**，我得先經過兩個金屬偵測器跟一台X光機，然後一位叫貝瑞的安全警衛對我進行搜身檢查。我的背包、夾克、皮夾跟口袋的零錢都被沒收。貝瑞查看我有沒有夾帶刀子、手術刀、鎬、錐、剪刀、刷子跟棉棒，檢查我指甲的長度。然後，要我套上粉紅色的乳膠手套。最後要我穿上白色的泰維克連身防護衣，手腕那裡有鬆緊帶，腳上的鞋子可以套進內建的短統靴。我走進儲藏設施裡乾燥純淨的空氣時，變成了徹底鈍化的人：我沒辦法削鑿、搔刮、褪色、侵蝕，或是用已知宇宙裡的任何物理物質來做反應。我猜我還是可以舔舔什麼吧。貝瑞竟然沒用膠帶把我的嘴巴封死，我還滿訝異的。

雪若在狹窄的走廊跟我會合，頭頂的日光燈灑下刺眼光線，門上用模版以高瘦的黑色字母印出「典藏／館藏出售」的字眼。它們看起一副想表示這是**核能反應器爐心**的感覺。

「歡迎來到內華達州，親愛的！」她揮揮手粲然一笑，臉頰跟著隆起。「能夠在這外頭看到新面孔，真是太好了。」雪若是個滿頭黑色小鬈髮的中年婦女。她穿著整齊之字圖紋的綠色羊毛衫，配上淡灰藍色的高腰寬鬆牛仔褲——她不用穿防護衣，**統通**識別證用掛帶吊在脖子上，識別證上的照片看起來年輕十歲。

「好了，親愛的。館際租借表在這邊。」她把一張皺皺的淺綠紙張遞給我。「還有這張出借提貨單。」又遞來另一張，是黃色的。「你必須在這張上頭簽名。」這張是粉紅的。雪若深深吸口氣，蹙起眉頭說，「現在聽好了，親愛的。你的機構沒有得到全國認證，所以我們沒辦法替你挑出跟打包。那是違反規定的。」

「挑出跟打包？」

「抱歉了。」她把包在輪胎紋路橡膠外殼的上一代平板電腦交給我。「不過這裡有地圖。我們現在有這些很酷的平板電腦了。」她露出笑容。

那塊平板電腦顯示迷你的走廊（她用手指戳戳——「看，我們就在這裡」）一路延伸通到巨大的空白長方形。「儲存廠房就在那裡，從這裡穿過去。」她舉起手臂，手環撞得乒令乒令，朝著通往寬闊雙門的走廊指去。

其中一張表格——黃色那張——告訴我 Gerritszoon 的打印器在編號 ZULU-2591 的架子上。「所以，我要怎麼找？」

「老實講，親愛的，很難說耶，」雪若說，「你就隨機應變吧。」

統通儲存廠房是我見過最不可思議的空間。要記得，我最近才在垂直延伸的書店工作過，近來還拜訪過一座祕密地下圖書館。也請記住，我小時候參觀過西斯汀禮拜堂，而且因為科學營活動的關係，還參觀過粒子加速器。而這家倉庫把它們全都比下去了。

天花板高高在上，像飛機棚一樣有羅紋。地面是由高大的金屬架子所組成的迷宮，架上擺滿了箱子、罐子、容器跟桶子。夠簡單的。可是那些架子——那些架子全都動來動去。

一時片刻，我頭昏欲吐——我的視線在起伏飄游。整個廠房都像桶子裡的蠕蟲一樣扭動身軀；同樣是重複交疊而難以跟隨的動態。架子全都架在粗厚的橡膠輪子上，而且它們很懂得善用輪子。它們以緊密、控制之中的爆發力移動，再來改以平順的衝刺，穿越通暢無阻的地面通道。它們會停頓下來，客氣地互相等候；它們會成群結黨，組成長長的商隊。真是讓人毛骨悚然。完全就像「神祕的魔法石」。

怪不得平板電腦上的地圖是空白的，因為這個廠房會即時自我重整。

整個空間黑黝黝的，頂頭無燈，可是每個架子頂端都有小小橘燈閃爍轉動著。架子進行複雜的遷移時，橘燈會投下怪異的旋轉陰影。這裡的空氣好乾——真的很乾燥——我舔舔嘴唇。

有個架子扛著一排標槍跟長矛，咻咻掠過我身邊。接著猛然一轉——長矛哐噹作響——我看到它朝著遠側牆壁的寬闊門口滑去。那裡有涼爽的藍光撒入黑暗裡，穿著防護衣的團隊從架上抬起箱子，對照著夾寫字板上的檢查資料，然後把它們抬到我看不到的地方。架子像學童一樣排排站好，在隊伍裡扭來動去、推推搡搡。接著那些白衣人忙完以後快步走開，再次隱入迷宮。

身在專門對密西西比州以西的任何歷史娛樂部門提供服務的最先進境外儲藏廠房的這裡，

不是你去找工藝品，而是工藝品來找你。

平板電腦對著我眨眨眼，現在顯示了標有ZULU-2591的藍點，就在靠近地板中央的地方。OK，還滿有用的。一定是詢答器標籤，或是一個魔咒。

我前方的地板上漆了一道粗粗的黃線。我悄悄把一根腳趾探了過去，結果附近的架子全都突然轉離、退縮開來。很好，它們知道我在這裡。

所以我慢慢走進這個大漩渦裡。有些架子並未放慢速度，但是調整了行進的軌道，在我背後或前方滑行。我平穩地走著，踩出緩慢審慎的步伐。架子在我四周遷移的時候，形成令人驚嘆的遊行隊伍。上了藍色與金色釉料的巨型甕缸，用防撞泡棉包好綁住；盛滿棕色甲醛的寬闊玻璃圓筒，裡面的觸鬚隱約可見、起伏不定。一片片水晶從粗糙的黑岩塊凸出來，在黑暗中散放綠光。有個架子只放一幅六呎高的油畫：是個商界鉅子一臉慍怒的肖像，蓄著稀薄的鬍鬚。那幅畫像沿著弧線滑離視野時，他的視線似乎緊跟我不放。

我納悶，馬特的迷你城市——唔，現在算是馬特跟艾許莉共有的了——某天是否也會在這些移動的架子上落腳。他們會不會把它側放之後綁牢？還是會親手將它整個拆散，把每棟建築物包在紗布裡分別儲放？那些架子會不會分散開來，各奔東西？大都會會不會散落在這個廠房的各個角落裡，就像星塵一樣？有那麼多人想把東西送進博物館……難道這就是他們想要的嗎？

這個廠房的外圍就像公路，一定是所有熱門工藝品閒晃逗留的地方。可是就在我依循平板電腦的指示，朝向地板中間走去時，周遭整個放慢速度。這裡有一架架的柳條面具，還有包在防撞泡棉粒裡的茶具組、外頭覆滿乾燥藤壺的厚金屬嵌板。這裡，是飛機螺旋槳跟三件式西裝。這邊，物品比較奇怪。

這裡也不全都是架子。還有會滾動的地下保險箱——架在坦克履帶上的巨大金屬箱子。其中有些緩緩往前爬動，有些則定定地留在原地。它們的頂端都有複雜的鎖以及閃亮的黑相機。其中一個有鮮豔的生物危害警告標誌橫列在前側；我隔得遠遠地繞過。

突然傳來一聲液壓的劈啪響。有個地下保險箱突然活動起來。它猛地往前抽動，橘燈閃爍不已。我趕緊跳開，它滾過我剛剛站立的地方。保險箱踏上旅程，緩緩朝著寬闊的門口移去，所有的架子紛紛移動以便讓出空間。

我突然想到，要是我在這裡被壓扁，要等上好一陣子，才會有人找到我。

閃過一陣動靜。我腦袋裡專門用來偵測其他人類的那部分（尤其是搶劫犯、謀殺犯跟忍者敵人），就像那些橘燈一樣亮起。有個人穿越黑暗走來。倉鼠模式：啟動。有人速度飛快地朝我奔來，模樣就像科維納。我旋身面對他，雙手高舉身前，不由自主地吶喊「啊！」

原來又是那幅畫——蓄著鬍髭的商界鉅子。它又回來巡視。難道它在跟蹤我？不——當然不是了。我的心怦怦猛跳。鎮定下來啊，毛毛小飛俠。

廠房的正中央沒有絲毫動靜。裡面幾乎伸手不見五指；架子已經關掉各自的燈光，也許是為了節省電池電力，或者只是出於絕望。一片寧靜——恍如暴風眼。一道道的光線從忙碌的周邊流洩進來，一時照亮了凹陷的棕色盒子、一疊疊的報紙、一片片的厚石板。我查了查平板電腦，找出了眨動的藍點。我想已經很接近了，所以我開始查看那些架子。

它們全都覆滿厚厚一層塵埃。我一架接一架地抹去塵埃，檢查標籤。在亮黃色上方寫著高瘦的黑色數字：BRAVO-3877、GAMMA-6173。我不停查看，用手機當手電筒。TANGO-5179、ULTRA-4549。就在那時：ZULU-2591。

我原本以為，用來裝傑利茲遜的偉大創造物的，會是個厚重的箱子，鑄造精美的箱櫃。卻發現是個口蓋內折的厚紙箱。每個打印器都包在各自的塑膠袋裡，用橡皮筋捆得緊緊，看起來就像老舊的汽車零件。

不過，我拿了一枚出來——是X，沉甸甸的——一股勝利的感受湧過我的腦袋。我不敢相信真的到手了。我不敢相信我找到它們了。我覺得自己就像拿到了葛立佛黃金號角的泰勒瑪·半血。我覺得自己就像個英雄。

四下無人。我把X當成神祕長劍一樣往空中舉高。我想像一道閃電穿越天花板往下竄來。我想像蟒蛇王后的暗黑兵團沉默下來。我低聲發出一個能量超載的噪音：劈咻咻咻！

接著我用雙臂抱住裝著Gerritszoon打印器的箱子，從架上抬起來，搖搖晃晃往外走回暴風雨裡。

28《龍歌三部曲》第三部曲

回到雪若的辦公室，我填妥文件，耐住性子等她更新典藏一覽表。她桌上的終端機就跟加織的一樣：藍塑膠、厚玻璃、內建話筒。她在旁邊放了每天撕一頁的桌曆，有貓咪打扮成名人的圖片。今天的貓是隻毛茸茸的白色凱撒大帝。

我好奇，雪若明不明白，這紙箱裡的內容物有多麼深重的歷史意義。

「噢，甜心，」她揮揮手說，「廠裡的每樣東西，對某個人來說都是寶物。」她湊近終端機，重複檢查她剛剛的工作。

啊。對。在那個暴風眼裡，還有什麼東西正在沉睡，等待適合的人過來拿取？

「要不要先把那個放下來？親愛的，」雪若說，偏偏下巴指著我懷抱裡的箱子，「看起來滿重的。」

我搖搖頭。不，我不想放下來，我怕它會消失不見。我捧著這些打印器，感覺好不可思議。五百年前，有個叫葛立佛．傑利茲遜的傢伙刻出這些形狀——就是我眼前這些。幾個世紀過去了，幾百萬人，甚至是幾十億人都看過它們壓印出來的結果，雖說大部分人並不瞭解。現在我把它們當新生兒似地捧著。真的滿沉重的新生兒。

雪若敲了一個鍵，終端機隔壁的印表機開始呼呼作響。「快好了，親愛的。」

跟具有深刻美學價值的物品比起來，打印器看起來不怎麼起眼。只是深色合金細條，原始又布滿刮痕，只在末端的地方才美麗起來，傑利茲遜的雕刻符號從金屬裡浮現，就像從迷霧突出的山巔。

我突然想到要問，「這些是歸誰的？」

「噢，沒人，」雪若說，「再也沒有了。如果有主人，你現在就會找他們談，而不是找我！」

「所以……它們在這裡幹嘛？」

「天啊，我們這裡就像一堆東西的孤兒院，」她說，「讓我看看，在這裡。」她推推眼鏡，搔搔滑鼠的轉輪。「當初是現代工業火石博物館送過來的，不過當然是因為他們在一九八八年結束營業的關係。真的很可愛的地方。館長人很好，狄克・頌德斯。」

「他就把所有東西留在這裡？」

「嗯，他過來把幾輛老車用平板拖車載走了，可是其他的，就是直接簽署歸給**統通**來收藏。」

也許**統通**應該自己辦個展覽：**史上無名工藝品**。

「我們一直想辦法把東西拍賣掉，」雪若說，「可是有些東西呢……」她聳聳肩，「就像我說過的，每樣東西，對某個人來說都是寶物。可是，很多時候，你就是找不到那樣的某個人。」

真教人沮喪。如果連對印刷、字體排印學與人類溝通的歷史來說意義這麼重大的小物件，都會失落在巨型儲藏中心裡，我們其他人還有什麼出頭的機會？

「好了，傑能先—生。」雪若裝出公事公辦的語氣說，「都好了。」她把印出來的紙張塞入紙盒，輕拍我的手臂。「借期是三個月，最長可以延展到一年。準備好換下那套長內衣褲了嗎？」

我開車回到舊金山，打印器就在尼爾油電混合車的乘客座上。它們讓車子內部充滿了濃厚的煅燒氣味，弄得我鼻子直發癢。我納悶是不是該用滾水先把它們燙過什麼的。我好奇那個氣味是不是會死黏在車椅上。

開車回家真是長路漫漫。有一會兒，我望著這輛豐田的能源管理控制板，試著超越我之前的省油率。不過，很快就變得無聊起來。所以我把隨身聽插進車裡，放起《龍歌三部曲》第三部曲的有聲書版本，由克拉克．莫法特親自朗讀。

我把肩膀打直，以十點和兩點的角度緊抓方向盤，投入了怪異的情境。我被彼此相隔幾世紀的永生書會的兄弟們包夾：音響上的莫法特，還有座椅上的傑利茲遜。內華達州的沙漠像一張綿延好幾英里的空白畫布，高高地掛在蟒蛇王后的塔樓上，情勢正要變得超級詭異。

請記得，這個系列的起頭是有一隻唱歌的龍迷失在海洋裡，向海豚跟鯨魚呼喊求救。路過的船隻把牠救起，而那艘船又恰巧載了一位學究侏儒。侏儒跟龍成為朋友，照料牠到恢復健康為止，然後又在船長趁著夜色想割斷龍喉、搶走咽喉裡的黃金時，救了龍一命。那只是頭五頁——所以，你知道的，整個故事越來越怪異，這種發展趨勢不可說不重要。

不過，我現在當然知道原因了。《龍歌三部曲》的第三部曲也就是最後一部曲具有雙重功能：就是克拉克．莫法特的生命之書。

這個段落的所有行動，都發生在蟒蛇王后的塔樓裡，結果那裡幾乎自成一個世界。那座塔樓一路往上竄升到星辰那裡，每個樓面有各自的規則、各有謎題等待破解。頭兩部曲有冒險旅程與戰役，當然還有背叛行為。但第三部曲則全是謎題、謎題、謎題、謎題。

第三部曲的起頭是友善鬼魂現身，把侏儒弗爾文跟泰勒瑪．半血從蟒蛇王后的地牢釋放出來，讓他們開始往上攀登。莫法特透過豐田汽車的擴音器描述那個鬼魂：

它相當高挑，由淺藍光線構成，長手長腿，隱隱露出笑容，更重要的是，眼睛散放的光線比身體更藍。

等等。

「**你想來這裡尋覓什麼？**」幽影問得很直接。

我連忙倒帶。首先我倒帶過頭了，所以又必須往前快轉，然後又錯過了，所以不得不又倒帶一次，接著豐田偏離了車道，跨越齒稜標線的時候震了一震。我連忙拉住方向盤，直直沿著公路行駛，終於按下播放鍵：

……**眼睛散放的光線比身體更藍。「你想來這裡尋覓什麼？」幽影問得很直接。**

再放一次：

……**比身體更藍。「你想來這裡尋覓什麼？」**

錯不了的：莫法特正在模仿普蘭伯的聲音。書的這部分並不是新增的；我從第一次閱讀就記住了這個地牢裡的友善藍鬼魂。可是，當然了，當時我不會曉得莫法特可能會把古怪的舊金山書商祕密編入他的奇幻史詩裡。同樣的，當我穿過那間二十四小時書店的前門時，也不可能知道我老早就在書裡見過普蘭伯先生幾回了。

艾傑克斯．普蘭伯就是蟒蛇王后塔樓地牢裡的藍眼幽影。我百分百確定。我聽出莫法特替這個場景收尾時，語氣裡隱藏著的鐵漢柔情……

扶梯凍傷了弗爾文的小手。鐵料冷冰冰的，每一梯階似乎都咬痛了他，滿懷惡意，千方百計想害他重重墜回地牢的黝暗深淵。泰勒瑪高高在上方，已經拉著自己穿過開口。弗爾文朝下瞥了一眼。幽影就在那裡，站在密門裡面。它咧嘴微笑，一陣搏動竄過幽魂藍光，揮著長長手臂喊道：

「往上爬啊，小子，往上爬！」

他也照做了。

……我的意思是，天啊。普蘭伯已經爭取到一點永生了。他自己知道嗎？

我加快恢復巡航速度，搖頭竊笑。這個故事也跟著加速起來。現在莫法特的粗啞聲音把英雄們從一樓帶向另一樓，沿路破解謎題、增加盟友——小偷、野狼、會說話的椅子。現在，頭一次我弄懂了：那些樓面就是永生書會密碼破解技巧的暗喻。莫法特用那個塔樓，把他在學會裡走過的道路描述成故事。

當你知道該聽什麼線索的時候，一切都變得呼之欲出。

到了最後，在一段冗長詭異的故事之後，英雄們抵達塔樓頂端，蟒蛇王后就是從那裡往外眺望世界，策劃如何宰制天下。她在那裡等著他們，身邊有著她的暗黑群臣。他們的黑袍子現在似乎變得更富深意。

泰勒瑪．半血帶領他的那群盟友加入最後的戰役，侏儒弗爾文有了個重要的發現。在那場翻天覆地的動亂裡，他悄悄溜到蟒蛇王后的魔法望遠鏡那裡往裡頭一瞥。從這個高到不可思議的有利位置望去，他看到某種讓人驚嘆的東西。分隔西部大陸的山脈形成了字母。弗爾文意識到山脈形成的字母是個訊息，而且還不是隨便什麼訊息，而是蟒蛇之父艾墜格在許久以前所承諾的訊息，當弗爾文把那些字大聲說出來的時候，他——

老天爺。

當我終於越過路橋回到舊金山，在最後的幾章裡，克拉克．莫法特的語氣多了一種顫音。我想，那塊卡帶在經過我反覆再三的倒轉重播之後，磁條被扯了出來。我的大腦也有點被扯出來的感覺。它懷著一種新理論，那個理論以一顆種子為起步，此刻正快速增長與變異，全以我剛剛聽到的東西為基礎。

莫法特：算你厲害。在永生書會的整個歷史上，從來沒人看到的東西，卻讓你看出來了。你在階層裡面快速晉升，成了誓約者之一，也許就是為了能夠進入閱讀室——然後你就把他們的祕密全都放進了你的一本書。你把祕密藏在最顯而可見的地方。

而且我還要靠聽的，才把這件事弄懂。

很晚了，都過了午夜。我把尼爾的車開到公寓前方並排停車，用力按下會讓緊急用燈閃動起來的寬大按鈕。我跳出車外，從乘客座抬起那個厚紙箱，衝上階梯。我的鑰匙刮著門鎖——

在黑暗中我找不到鎖孔，而且雙手滿是東西。我整個人在震動。

「馬特！」我衝到樓梯那裡，朝著他的房間呼喊，「馬特！你有沒有顯微鏡？」

一陣低聲咕噥，隱約傳來人聲——是艾許莉——馬特在樓梯頂端出現，只穿著四角褲，上頭印有全彩的達利畫作複製品。他手裡揮著一把巨大的放大鏡。好大一把，讓他看起來像卡通偵探。「這裡，這裡，」他輕聲說，蹦蹦跳跳步下階梯遞過來。「我最好的只有這個。歡迎回來，傑能。別摔到地上喔。」然後他又跳著登上階梯，靜靜喀答一聲把門關起。

我把原版的Gerritszoon字型帶進廚房，把所有的燈光打開。我覺得自己瘋瘋癲癲的，不過感覺滿好的。我戰戰兢兢把其中一個打印器從盒子裡拿出來——又是那個X。我把它拉出塑膠袋子，用毛巾整個擦過，在爐子的強烈日光燈下面舉高。接著我穩住馬特的放大鏡，望了過去。

山脈就是來自蟒蛇之父艾墜格的訊息。

29 朝聖

一週之後，我在好幾方面都大有斬獲。我發電子郵件給艾德格・戴克說，要是他想要他的打印器，最好親自來一趟加州。我告訴他，最好週四晚上過來。

我邀請大家過來：我朋友、學會成員，這一路下來出手幫過忙的人。奧利佛・果恩說服他的經理，讓我用書店的後側，那裡有用來舉辦新書發表會與詩歌朗誦賽的視聽設備。艾許莉烤了足足四盤的素食燕麥餅乾。馬特負責排好椅子。

現在，塔碧莎・楚鐸就坐在前排。我把她介紹給尼爾・夏（她的新贊助人），他馬上向**加織**提出展覽的提案，此展的焦點會放在咪咪套在毛衣裡的模樣。

「毛衣非常獨特，妳知道的，」他說，「是所有服飾裡最性感的一種。真的。我們以前做過焦點團體的調查。」塔碧莎蹙起眉頭。尼爾繼續說，「展覽可以用經典電影場景來作循環，我們可以追蹤到角色當時穿的那些毛衣，把它們掛起來……」

蘿絲瑪莉・拉賓坐在第二排，她旁邊有廷多爾先生、費多洛夫、英伯特、慕芮兒還有更多人——大部分都是不久之前才在某個明亮早晨到訪Google的人。費多洛夫叉起雙臂，一臉蒙著懷疑的神色，彷彿想說，**這種事情我之前經歷過一次了**，可是沒關係。我不會讓他失望的。

有兩位未立誓的兄弟從日本過來——是兩位年輕人，穿著細薄的靛藍牛仔褲、滿頭拖把似的亂髮。他們透過永生書會的祕密管道聽到謠傳，判定值得老遠跑一趟，於是找了臨時班機飛來舊金山。（他們想得沒錯。）伊果跟他們坐在一起，用日語自在地閒聊著。

前排架設了一台筆電，好讓統通的雪若觀摩現場。她在視訊系統裡露出燦爛笑容，黑色小鬈髮佔滿整個螢幕。我邀請Grumble來參加，可是他今天晚上在飛機上——他說他正要前往香港。

夜色穿過書店前門擴散開來：艾德格．戴克抵達了，身邊跟著一群紐約來的黑袍人。他們的身上其實沒穿黑袍，在這裡不行，不過他們的裝扮一看就知道是奇怪的外來者：西裝、領帶、鐵灰色裙。他們魚貫穿過門口，總共有十幾位——接著，竟然是科維納。他穿著發亮的灰色西裝。他還是個威風凜凜的傢伙，但在這裡他的氣勢銳減。沒有華麗排場跟基岩當作陪襯的背景，他頂多只是個老——他的黝深眼眸掃越書店找到了我。好吧，也許氣勢沒減多少。

黑袍人齊步穿越書店時，比馬龍的顧客轉身來看，揚起眉毛。戴克面帶淺笑；科維納散發出尖刻的肅穆感。

「如果你真的有Gerritszoon的打印器，」他斷然地說，「我們會接手。」

我挺起脊椎，微微抬高下巴。我們再也不是在閱讀室了。「我的手上的確有，」我說，「可是那只是個起頭。坐吧。」噢，我好大的膽子。「請坐。」

他的視線閃過吱吱喳喳的人群，蹙起眉頭，但接著就揮手要黑袍人就定位。他們都在最後一排坐定，圍在集會的後方好似深色括弧。科維納就站在他們後方。

戴克路過的時候，我抓住他的手肘。「他會來嗎？」

「我通知他了，」他點點頭說，「不過他早就知道了。在永生書會裡，消息傳得很快。」

凱特也在，就坐在前頭很旁邊的地方，跟馬特、艾許莉靜靜說著話。她又套了那件格紋布外套，脖上繞了條綠圍巾。從我上次見到她以來，她剪過了頭髮，現在只到耳下。

我們不再約會了。沒有正式的分手宣言，只是客觀的事實，就像碳的原子重量或是Google的股票價格。但我依然對她百般糾纏，硬要她答應來參加。在所有的人當中，就屬她非得看到這個結果不可。

人們在椅子裡挪來挪去，素食燕麥餅乾幾乎快吃光了。可是我必須等待。拉賓往前傾身問我，「你要去紐約嗎？也許到圖書館工作？」

「呣，沒有，絕對沒有，」我直截了當說，「沒興趣。」

她皺皺眉，雙手緊握。「我是應該去，可是我又不太想。」她抬頭看我，一臉失落。「我想念那家書店，也想念——」

艾傑克斯．普蘭伯。

他溜進比馬龍書店的前門，有如遊蕩的幽魂，深色雙排釦大衣全都緊緊扣住，繞住脖子的那條細薄灰圍巾上方，衣領翻得很高。他的目光搜尋整個室內，當他看見後頭滿是學會成員時——黑袍們跟所有人——便睜大了雙眼。

我衝到他身邊。「普蘭伯先生！你來了！」

他半轉開身子，一隻嶙峋的手搭在脖子周圍。他不肯正眼看我。他的藍眸定定瞅著地面。「小伙子，真抱歉，」他輕聲說，「我不應該那樣憑空消失的——啊。只是……」他低聲吁口氣，「我那時候好尷尬。」

「普蘭伯先生，拜託。別擔心了。」

「我本來很確定會成功的，」他說，「結果卻沒有。你、你的朋友還有我的學生全都在場。我覺得自己像個老傻瓜。」

可憐的普蘭伯。他當初鼓吹學會成員前往Google的青綠草坪，最後卻落得一敗塗地，我正在想像他躲在某個地方，跟罪惡感爭戰不休，重新衡量自己的信心，想知道接下來可能發生什麼事。他當初下了個大賭注——他最大的賭注——結果卻輸了。可是下賭注的並不只有他一人啊。

「來吧，普蘭伯先生。」我往自己的裝備倒退走，揮手要他跟上來。「過來坐下吧。我們都是傻子——除了其中的一個人。過來瞧瞧吧。」

萬事齊備。一場幻燈秀正等著在我的筆電上開場。我意識到，這個大揭密其實應該在煙霧瀰漫的私人談話室裡舉行，像偵探一樣單純只用聲音跟演繹推理，讓緊張的觀眾著迷不已。但我個人比較喜歡書店，而且更愛用幻燈片。

於是我打開投影機的電源，站定位置，空白的熱燈刺痛我的眼睛。我在背後握緊雙手、拉直肩膀，朝著聚集的人群瞇眼。接著我按下遙控器並開口：

幻燈片一

如果讓一個訊息持久，你要怎麼做？要把它雕進石頭？還是蝕刻在黃金上？你會讓自己的訊息強大到人們無法抗拒，只得繼續傳遞下去嗎？你會以那個訊息為中心，建立起一個宗教，然後讓人們的靈魂也跟著投入嗎？也許你會成立一個祕密會社？

還是你會採用傑利茲遜的作法？

幻燈片二

十五世紀中旬，葛立佛・傑利茲遜在德國北部出生，是大麥農的兒子。老傑利茲遜並不富有，可是多虧有良好的信譽，跟廣為人知的虔誠，所以替他兒子在當地的金匠那裡找到學徒的工作。這在十五世紀可是一份重要工作；只要小傑利茲遜不要搞砸，基本上一輩子就衣食無憂了。

但他搞砸了。

他是個篤信宗教的孩子，金匠這行讓他倒盡胃口。他整天都忙著熔化花俏小飾品，用來製造新的——他知道自己做出來的東西也會落入同樣的命運。他的信念告訴他：這種事情並不重要。上帝的城市裡並沒有黃金。

別人交代他的事情他都照做，漸漸學會了手藝——他也真的很在行——不過等他一到十六歲，他向金匠道別之後離去。其實他徹底離開了德國。他踏上朝聖之旅。

幻燈片三

我之所以知道這件事，是因為阿杜斯．馬努蒂烏斯曉得，而且還寫了下來。他寫在自己的生命之書裡——而我破解了密碼。

（觀眾席傳來倒抽一口氣的聲音。科維納還站在後面，臉龐繃緊、用力扭著嘴，把深色鬍鬚往下扯、繞住了嘴。其他的臉孔一片空白，等候著。我往凱特一瞥。她神情嚴肅，彷彿擔心我的腦袋裡有什麼短路了。）

讓我先把這個事情解決掉吧：這本書裡沒有祕密方程式，也沒有魔法符咒。如果真的有永生的祕密，並不在這裡。

（科維納做出選擇。他轉身大步穿越**歷史**與**自助**書區的走道，往前門邁去。他路過站在一旁，倚靠矮架作為支撐的普蘭伯。普蘭伯望著科維納經過，然後回頭再面向我，弓起雙手圍住嘴巴喊道，「繼續說啊，小伙子！」）

幻燈片四

老實說，馬努蒂烏斯的生命之書跟它表面宣稱的相同：就是關於他人生的書。以歷史作品來說，它很寶貴。不過，我想把焦點放在關於傑利茲遜的那個部分。

我當初是用Google把這個從拉丁文翻譯過來，所以如果有些細節上的錯誤，請還是耐住性子聽我說。

小傑利茲遜在聖地遊蕩，四處做點金工作品賺錢為生。馬努蒂烏斯說，他要跟神祕主義者碰面——喀巴拉教派、諾斯替主義、蘇菲教派都是——努力想弄清楚該拿自己的人生怎麼辦。透過金匠的祕密管道，他也聽到了謠傳，說有趣的事情正在威尼斯那裡進行。

這是傑利茲遜旅程的地圖，是我盡力重建出來的。他蜿蜒越過地中海地區，穿過康斯坦丁堡，進入耶路撒冷，越海到埃及，再回頭北上路過希臘往義大利去。

他就是在威尼斯認識阿杜斯．馬努蒂烏斯的。

幻燈片五

傑利茲遜就是在馬努蒂烏斯的印刷廠，找到了自己在世界上的定位。印刷讓他可以施展自己身為金工匠的所有技巧，但也為了新用途而有所調整。印刷不是花俏的玩意跟手環——而是文字與想法。還有，這基本上等於當時的網路，相當刺激。

就像當今的網路，印刷在十五世紀總是問題重重：怎麼儲存印墨？如何混熔金屬？怎麼替字型鑄模？答案每六個月都會有所變動。在歐洲的每座大城裡，有十幾家印刷廠爭相搶先查明作法。威尼斯的印刷廠裡，最傑出的就屬阿杜斯．馬努蒂烏斯，而傑利茲遜就是到那裡去工作。

馬努蒂烏斯馬上看出他的天分，也說自己立即認出了他的精神。阿杜斯．馬努蒂烏斯在傑利茲遜身上看出尋覓者的氣質，於是雇用了他。兩人共事多年，成了最好的朋友。馬努蒂烏斯最信任的人就是傑利茲遜，而傑利茲遜最尊敬的人就是馬努蒂烏斯。

幻燈片六

於是，在幾十年之後，在發明了新工業，印製我們到現在都還公認是世上最美的幾百本書籍之後，這兩個傢伙終於漸漸老去。他們決定攜手進行最後一個偉大計劃，就是用他們所經歷過、學習到的一切，並將整套東西傳給後代。

馬努蒂烏斯寫了他的生命之書，他在書中直言無諱，解釋在威尼斯事情是怎麼運作的。他解釋自己為了取得印製經典作品的獨家授權，簽下了哪些可疑的協議；他解釋他的競爭對手們想方設法要讓他關閉；他解釋他如何反將他們一軍，迫使其中幾個關門大吉。正因為他如此坦白，也因為如果馬上出版，會對他將傳承給兒子的事業造成破壞，所以他想把它編碼加密。可是要怎麼做？

於此同時，傑利茲遜正在刻製一種字型，是他至今最棒的作品——那種大膽新穎的設計可以在馬努蒂烏斯過世之後，支持印刷廠繼續運轉下去。他大獲成功，因為那些形狀到現在都還以他的名字來稱呼。可是在過程當中，他做了件出人意料的事。

阿杜斯．馬努蒂烏斯在一五一五年過世，身後留下很有啟迪作用的回憶錄。根據永生書會的傳說，在這個時間點，馬努蒂烏斯把這本編碼史書的符號表，交託給傑利茲遜。可是，故事流傳的五百年期間，遺落了某種細節。

傑利茲遜並沒**拿到**符號表。

Gerritszoon字型本身就是符號表。

幻燈片七

這裡有一個Gerritszoon打印器的照片：X。

靠近一點看。

再靠近一點。

這是透過我朋友馬特的放大鏡來看的樣子。看到字母邊緣的迷你凹口嗎？看起來就像齒輪的齒槽對不對？——或是鑰匙的凹槽。

（傳來倒吸氣的高亢聲音，嘎啦作響。是廷多爾。他是永遠包準會表現出興奮之情的人。）

那些小凹口不是意外，也不是隨機的結果。所有的打印器上、所有用打印器做出來的鑄模、Gerritszoon的每個字型，上面全都有這些凹口。所以呢，我是跑一趟內華達州，才把狀況弄清楚的。我是聽了克拉克．莫法特在錄音帶裡的聲音，才真正弄懂的。可是如果我早知道自己尋找的是什麼，只要打開筆電，用Gerritszoon打出一些文字，然後放大三千百分比。那些凹口也在電腦版本裡。永生書會在地下圖書館裡，永生書會拉不下臉用電腦……可是在地面上，Festina Lente公司卻雇用了好些勤奮不懈的數位化工作者。

密碼就在那裡。在那些迷你的凹口裡。

在學會的五百年歷史裡，從來沒人想過要這麼靠近看。連Google的破解密碼員都沒想到。我們之前看的，是用完全不同的字型所呈現的數位化文本。我們之前把重點放在序列，而不是形狀上。

這套密碼說起來既複雜也簡單。說複雜，是因為大寫F跟小寫f不一樣。說複雜，是因為連字ff並不是兩個小寫f——而是完全不同的一個打印器。Gerritszoon有一大堆替代用的圖樣——有三個P、兩個C，還有真正搶眼的Q——而且全都代表不同的意思。為了破解這套密碼，你必須用字體排印學的角度來思考。

可是在那之後就簡單了，因為你只需要數算凹口，我就這麼做了；小心翼翼地在放大鏡底下，在我廚房的餐桌上，不需要借助任何資料中心。這就是那種你在漫畫書裡學到的密碼：一個號碼對應一個字母。很單純的代換，可以用來解開馬努蒂烏斯的生命之書，不用多少時間。

幻燈片八

你也可以做另一件事。你把打印器照順序排出來的時候——照著他們在十五世紀印刷廠裡放在箱子裡的順序——就會得到另一個訊息。是來自傑利茲遜本人的訊息。五百年以來，他留給世界的遺言一直藏在最明顯的地方。

不是什麼讓人寒毛直豎，也不是什麼神祕兮兮的東西。只是一個來自活在古早時代的男人的訊息。可是讓人毛骨悚然的是這部分：看看你們的四周。

（每個人都照做了。拉賓伸長脖子，一臉憂心。）

看到架子上的標示了嗎？——就是標有**歷史**、**人類學**跟**青少年超自然羅曼史**的書區嗎？我稍早就注意到了：那些都是用Gerritszoon字型來標示的。

iPhone隨機內建的也是Gerritszoon。每個微軟Word新文件的初始狀態都是Gerritszoon。《衛報》的標題就是用Gerritszoon；《世界報》跟《印度斯坦時報》也是。《不列顛百科全書》

以前也是用Gerritszoon；維基百科上個月才換掉。想想學期報告、簡歷表、課程大綱。想想履歷表、職缺消息、辭職信。契約跟訴訟。弔唁信。

就在我們周遭的各個角落。你們每天都會看到Gerritszoon。五百年來一直都在這裡，跟我們大眼瞪小眼。全部都是——小說、報紙、新文件——它們都承載了這個祕密訊息，就藏在印刷標記裡。

對於永生的關鍵，傑利茲遜想通了。

（廷多爾從椅子跳起來吼道，「可是，到底是什麼啊？」他扯著自己的頭髮。「訊息的內容是什麼？」）

唔，是用拉丁文寫的。Google的翻譯有點粗略。請記得阿杜斯．馬努蒂烏斯出生的時候，取的是另一個名字：他叫提奧巴多，朋友都那樣叫他。

所以，這就是了。傑利茲遜關於永恆的訊息在這裡。

幻燈片九

謝謝你，提奧巴多
你是我最好的朋友
這就是通往永生的關鍵

30 學會

那場秀結束了，觀眾漸漸散場離開。廷多爾跟拉賓在比馬龍的迷你咖啡館裡排隊買咖啡。尼爾還在拚命向塔碧莎推銷，咪咪套上毛衣的超然之美。馬特、艾許莉正跟伊果與日本雙人組聊得好起勁，一面結伴緩緩走向前門。

凱特獨自坐著，小口啃著最後一塊素食燕麥餅乾。她一臉憔悴。我好奇她是不是在想傑利茲遜關於永生的那番話。

「抱歉，」她搖著腦袋說，「還是不夠好。」她的眼眸深暗、目光低垂。「他那麼有才華，最後還是死了。」

「人都會死的啊——」

「對你來說，這樣就夠了嗎？他留了一封短信給我們，克雷。**他留了一封短信給我們。**」她用喊的，燕麥碎片從唇間噴了出來。奧利佛．果恩從人類學書區那裡，挑著眉毛望了過來。

凱特俯視自己的鞋子，靜靜說，「不要說那就是永生。」

「可是萬一這就是他最精彩的部分呢？」我說。我即時編出這套理論，「萬一，你知道的——萬一跟葛立佛．傑利茲遜一起瞎混的經驗，不是一直都那麼棒呢？萬一他這個人怪裡怪氣又愛亂做白日夢呢？萬一他這個人最精彩的部分，就是他能用金屬做出來的那些形狀呢？那部分的他真的是不朽的。這就是永生的極致了。」

她搖頭嘆氣，稍稍往我靠來，把最後那點餅乾塞進嘴裡。我找出了我們一直在尋找的老知識（就是ＯＫ），她卻不喜歡它要傳達的內容。凱特．普丹特會繼續尋尋覓覓。

片刻之後，她抽身後退，猛吸口氣之後把自己拉起身。「謝謝你邀我來，」她說，「有機會再見了。」她聳肩穿上外套，揮手道別，然後朝著門口走去。

現在，普蘭伯叫我過去。

「真不可思議，」他喊道，恢復了原本的模樣，雙眼明亮、笑顏燦爛。「一直以來，我們竟然都在玩傑利茲遜設定的遊戲。小伙子，我們店門上還印了他的字母呢！」

「克拉克．莫法特就是想通了，」我跟他說，「我不知道他是怎麼辦到的，可是他就是做到了。然後我猜他就乾脆……決定將計就計。讓謎題繼續下去。」直到有人發現全都在他寫的書裡。

普蘭伯點點頭。「克拉克真是聰明絕頂。他總是很有主見，按著自己的直覺行動。」他打住，腦袋一偏、露出笑容。「要是有機會認識，你會喜歡他的。」

「所以你不會失望嗎？」

普蘭伯瞪大眼睛。「失望？怎麼可能。雖然跟我期望的不同，可是我原本期望什麼呢？我們這些人期望的又是什麼？我告訴你，我根本沒料到我這輩子就會知道真相。這份禮物珍貴到難以衡量，我很感謝葛立佛．傑利茲遜，也感謝你，小伙子。」

現在戴克也走了過來。他笑容可掬，幾乎蹦蹦跳跳。「你辦到了！」他說，猛拍我的肩膀，「你找到打印器了！我就知道你行——我就知道——可是我本來不曉得會到什麼地步就是了。」他背後的黑袍人對著彼此嘁嘁喳喳，滿臉興奮。戴克左顧右盼。「我可以摸摸這些打印器嗎？」

「全是你的了。」我告訴他。我把裝在紙箱裡的Gerritszoon打印器，從前排椅子底下搬起來。「你必須向**統通**正式購買，可是我這邊有表格，而且我不認為——」

戴克舉起一隻手。「沒問題。相信我——絕對沒問題。」有個紐約黑袍人走了過來，其他人都尾隨在後。他們彎身伏在箱子上，彷彿裡頭有嬰兒似的，噢噢啊啊發出連連驚嘆。

「原來，領他走上這條路的是你啊，艾德格？」普蘭伯挑起一邊眉毛說。

「我那時突然想到，長官，」戴克說，「手上有個罕見的人才可以差遣。」停頓、微笑，接著說，「你真的很懂怎麼挑選適合的店員。」普蘭伯一聽，哼哼鼻子、咧嘴笑開。戴克說，「這是一場勝利。我們可以製作新的一批字型，重印部分的舊書。科維納不會有意見的。」

普蘭伯聽到有人提起首誓者——他的老友，臉色便一沉。

「他怎麼樣？」我問，「他——呃，好像很不高興。」

普蘭伯滿臉嚴肅。「你一定要好好照顧他，艾德格。雖然年紀一大把了，但馬可思很少有失望的經驗。他外表看起來好像堅強篤定，其實內心滿脆弱的。我會擔心他，艾德格，真的。」

戴克點點頭。「我們會照顧他。我們要弄清楚接下來該怎麼走。」

「嗯，」我說，「我有東西可以當成你們的起步。」我彎身從椅子底下抬起第二個紙箱。這個箱子是全新的，箱子頂端用新膠帶貼出了粗粗寬寬的X，橫跨了整個箱子。我把膠帶撕開，將箱蓋往後折，箱裡塞滿了書——一堆堆用收縮膠膜包裝的平裝本。我在膠膜上戳了個孔，抽出一本來。純藍色的封面用高瘦白色大寫字母印著**馬努蒂烏斯之書**。

「是給你的，」我邊說邊遞給戴克，「是解過碼的，總共印了一百本。用原本的拉丁文。我想你們會想自己動手翻譯。」

普蘭伯噗哧一笑對我說，「現在你也變成出版人啦，小子？」

「隨需隨印，普蘭伯先生，」我說，「一本兩塊錢美金。」

戴克跟他的黑袍人把寶物（一個舊箱子、一個新箱子）搬到外頭租來的廂型車那裡。他們唱著希臘文的快樂頌歌，一陣風似地快步走出店外，比馬龍的灰髮經理謹慎地從咖啡廳向外觀望。

普蘭伯露出若有所思的神情。「我唯一的遺憾，」他說，「就是馬可思一定會燒掉我的生命之書。就像創誓者的書，它現在已經變成某種歷史了，想到它就要消逝，我還滿傷心的。」

現在我有了再一次讓他大感驚奇的機會。「我下到圖書館去的時候，」我說，「掃瞄的不只是**馬努蒂烏斯之書**。」我往口袋一挖，拉出一只藍色隨身碟，往他的長指頭一壓。「雖然比不上實體書，可是文字都在。」

普蘭伯把它舉高。塑膠在書店的燈光中發出閃光，他的嘴唇流露似笑非笑的驚嘆模樣。「小伙子，」他用氣音說，「你這個人真是充滿驚奇。」接著他挑起單邊眉毛。「才兩塊美金就能印好？」

「絕對是。」

普蘭伯用細瘦的手臂攬住我的肩膀，湊得很近，靜靜說，「我們這個城市啊——我花了太久時間才領悟到，我們等於就在這個世界的威尼斯裡。**當年那個威尼斯**。」他張大眼睛之後緊緊閉上，搖了搖頭。「就跟創誓者一樣。」

我不確定他講這段話有什麼目的。

「我終於瞭解到，」普蘭伯說，「我們一定要用馬努蒂烏斯的方式來思考。費多洛夫有錢，你朋友也是——好笑的那個。」我們的視線一同越過書店往外眺望。「所以，我們找一兩個金主……然後重頭開始，你意下如何？」

我真不敢相信。

「我不得不承認，」普蘭伯搖著腦袋說，「葛立佛・傑利茲遜實在讓我佩服到五體投地。他的成就無以倫比。不過，我的人生還剩好一段時光，小子——」他眨眨眼——「還有好多謎團有待解開。你懂我意思吧？」

普蘭伯先生。你絕對想像不到我多有同感。

31 尾聲

所以那之後會發生什麼事呢？

地下城主尼爾．夏即將心想事成，將自己的公司賣給Google。凱特會向ＰＭ提案推銷，他們會採取行動、併購Anatomix，然後將商標改成Google Body，再來釋出一套新版本的軟體，可供大家免費下載。咪咪依然會是最精彩的部分。

在那之後，尼爾終於會成為無比富有的人，而他會全面發揮金主的功能。首先，尼爾．夏藝文女性基金會會得到一筆捐款、一間辦公室以及一名行政主管：塔碧莎．楚鐸。她會把那間消防站的一樓掛滿素描、畫作、織品跟掛毯，全部出自女性藝術家之手，都是從統通搶救回來的，然後她未來會開始發送獎助金。金額滿大的那種。

接下來，尼爾會誘使馬特．米托布蘭離開ＩＬＭ，他們會合力創設一家製片公司，運用像素、多邊形、刀子以及膠水。尼爾會買下《龍歌三部曲》的電影版權。在Anatomix完成併購之後，他會立刻把伊果從Google聘請回來，讓他擔任半血電影公司的首席程式設計師。他會策劃用３Ｄ拍攝三部曲，由馬特執導。

凱特會在ＰＭ團隊中步步高升。首先她會把阿杜斯．馬努蒂烏斯之書解碼過後的回憶錄帶到Google來，變成失落書籍新方案的基礎。《紐約時報》會在部落格裡報導這件事。接著，

Anatomix的併購案，以及Google Body的大受歡迎，會帶給她更多的動力。她的照片會被印在《連線》雜誌上，佔了半版的光紙頁面，她站在巨大的視覺化螢幕下方，雙手搭在臀上，外套鬆鬆垂在亮紅色的BAM！T恤上。

我將會明白，原來她從來就沒停止穿那件T恤。

奧利佛．果恩完成考古學的博士學位。他馬上就會找到工作，不是在博物館，而是操作**典藏一覽表**的公司。公司會把這項任務交給他：替西元兩百年以前製作的每個大理石工藝品重新分類，他將會快樂似神仙。

我會約凱特出來，而她將會答應。我們會一起去聽**月亮自殺**的現場演唱會，我們沒去討論冷凍腦袋的事，只是單純跳著舞。我將會發現凱特的舞技很糟。在她公寓前方的階梯上，她將會在我唇上輕輕一吻，然後隱入陰暗的門口通道。我會散步回家，沿路發送簡訊給她。而那個訊息只會含有單一數值，是我跟幾何學教科書經過長久掙扎之後，獨力推演出來的數值：**兩萬五千英里**。

在永生書會的基地，會上演一場組織的分裂戲碼。回到紐約之後，首誓者會以厄運與失望，來威脅任何不肯遵守規範的人。為了強調自己的論點，他確實將會燒毀普蘭伯的生命之書——那個舉動是個大大的失算。黑袍人會大感驚愕，最後決定投票表決。所有的誓約者全都聚集在放滿書籍的古墓裡，一個個舉手表決，而科維納將會被卸除職位。他依然會是Festina Lente公司的執行長——那裡的利潤高得很——可是在地底下這裡會有新的首誓者。

將會是艾德格．戴克。

墨利斯．廷多爾將會前往紐約，開始書寫自己的生命之書，而我會建議他申請取代戴克，成為閱讀室的守護員。那間辦公室需要多點生命力。

即使容器會被摧毀，但普蘭伯生命之書的內容會很安全，而我會主動提議協助他出版。他會表示異議。「總有一天或許吧，可是時候未到。現在還是先當成祕密吧。畢竟呢，小子——」他會瞇細藍眼、發出閃光——「你在裡面發現的的東西，可能會讓你很驚訝。」

我跟普蘭伯會成立新的學會——其實是家小公司。我們會說服尼爾把他從Google那裡得到的收益，投資一部分過來，然後還會發現原來費多洛夫有價值幾百萬美元的ＨＰ股票，所以他也會拿一部分來合資。

我跟普蘭伯會坐下來討論，哪種創業類型最適合我們，前後進行很多次。再開家書店？不。某種類型的出版公司？不。普蘭伯承認，讓他最快樂的工作是負責引導與指導，而不是研究學問或破解密碼。我將會承認自己只是想找藉口，讓所有我鍾愛的人們齊聚一堂。所以我們會組成顧問公司：特種任務團隊，專門服務在書本與科技交界運作的公司，試著解開聚集在數位書架陰影裡的謎團。我們到手的第一份合約會是由凱特提供：替Google的電子閱讀器原型設計旁註系統，那台閱讀器超薄超輕，外殼不是塑膠而是布面，有如精裝書。

在那之後，我們就必須自食其力，而普蘭伯在招攬會議上的表現絕對專業。他會穿上整套暗色粗花呢西裝，把眼鏡擦得晶亮，搖搖晃晃走進蘋果跟亞馬遜的會議室，環顧坐在桌邊的人們，然後靜靜說，「你們想在這次會面裡尋覓什麼？」他的藍眼、滿口牙齒的燦爛笑容，還有（老實說）他的大把年紀，最後都會讓他們目瞪口呆、深深著迷，然後照單全收。

我們在陽光普照的瓦倫西亞街上有間狹窄的辦公室，就夾在墨西哥館子跟機車修理店之間，用跳蚤市場買來的大型木桌跟IKEA買來的綠色長櫃來布置。架子上會擺滿普蘭伯的最愛，全是從書店解救過來的：波赫士跟漢密特的初版書、阿西莫夫（Asimov）跟海萊恩（Heinlein）的噴槍封面版本、五本不同的理查．費曼傳記。每隔幾個星期，我們就會用推車把書推到太陽底下，舉行臨時的人行道拍賣，都是最後一分鐘才在Twitter上宣布。

坐在那些大桌子邊的，不會只有我跟普蘭伯。蘿絲瑪莉．拉賓會以頭號雇員的身分加入我們的行列；我會教她使用Ruby，她會負責建構我們的網站。然後我們會用高薪把傑德從Google挖角過來，我也會聘用Grumble。

我們把這家公司取名為**普蘭伯公司**，就**普蘭伯**而已。商標由我親自設計，用的字型當然會是Gerritszoon嘍。

可是，普蘭伯先生的二十四小時神祕書店怎麼辦呢？整整三個月，它空蕩蕩的，窗戶掛著招租告示，因為沒人知道該怎麼處理那個高高窄窄的空間。最後，有人終於想到了。

艾許莉．亞當斯將會出現在電報丘信用合作社的小型企業辦公室，一身碳灰跟米色，隨身攜帶那家銀行還健在的最老顧客的推薦信。她會以公關專才的優雅沉著描述自己的願景。

那會是她擔任公關專才的最後一次出擊。

艾許莉會拆掉書架，重新修飾地板，裝設嶄新燈具，讓書店搖身變成攀岩健身房。休息室會變成置物櫃室；前方的矮櫃會變成一排的 iMac，可以讓攀岩者上網（依然是透過 bootynet）。原本放置櫃檯的地方，現在會有個散發光澤的白色平臺，北臉女（又名「黛芬妮」）會得到一份新工作，負責製作羽衣甘藍果菜汁跟義式燉飯球。前方的牆壁會是一片斑斕繽紛的色彩：由馬特繪製的鮮豔壁畫，全都根據書店的特寫細節畫成。如果你知道要怎麼尋找，就會看到它們：一行字母、一排書背、明亮彎曲的鈴鐺。

在後側書區的原本所在之處，馬特將會指揮一群年輕藝術家，共同打造巨型的攀爬牆面。那裡會是整片綠配灰的斑駁表面，上頭點點散落著發光的金色LED燈，用藍色描繪出分岔的線條，攀岩者的抓握點會是堅實的白頂山峰。馬特這次建造的不只是城市，而是整座大陸，一整個側躺的文明。如果你知道要找什麼——如果你曉得怎麼把手握點全部串連起來——可能就會看到一張從牆面往外窺看的臉龐。

我會在開幕當天付費加入會員，再次開始攀岩。

最後，我將會寫下發生過的一切。有一部分會從工作日誌抄寫過來，並且在以前的電子郵件跟簡訊裡找出更多資訊，剩下的就靠記憶來重建。我會請普蘭伯檢查一遍，然後找個出版商，在現今你找得到書本的地方上架販售：大型的邦諾連鎖書店、明亮的比馬龍、內建在 Kindle 裡的安靜小書店。

你會把這本書捧在手裡，跟我一起學到許多事。

沒有友誼，沒有用心，就不會有永生，世上所有值得你懂的祕密都藏在明顯的地方。要攀上三層樓高的扶梯，要花四十一秒的時間。很難去想像三〇一二年會是什麼樣子，可是那不表示你不該試著想像看看。我們現在具備了嶄新的能力——是我們依然還在適應中的奇異力量。那些山脈是來自蟒蛇之父艾墜格的訊息。而你的人生必須像一座開放的城市，有各種方式可以進去遊歷。

可是在那之後，這本書就會漸漸隱退，如同所有的書籍會淡出你的腦海一樣。但我希望你會記得這一幕：

男人匆匆沿著幽暗寂寞的街道走著。腳步迅捷、呼吸沉重，滿心驚嘆與需求。店門上方的鈴鐺以及它會發出的叮噹響。店員、扶梯跟溫暖的金光，然後：在對的時間，拿到了對的一本書。

國家圖書館出版品預行編目（CIP）資料

24小時神祕書店／羅賓・史隆（Robin Sloan）作；謝靜雯譯. -- 二版. -- 臺北市：馬可孛羅文化出版：英屬蓋曼群島商家庭傳媒股份有限公司城邦分公司發行, 2023.04
面；　公分. --（Echo；MO0028X）
譯自：Mr. Penumbra's 24-hour bookstore
ISBN 978-626-7156-74-2（平裝）

874.57　　　112002395

【Echo】MO0028X
24小時神祕書店
Mr. Penumbra's 24-Hour Bookstore

作　　者❖羅賓・史隆 Robin Sloan
譯　　者❖謝靜雯
封面設計❖謝佳穎
內頁排版❖張彩梅
總 編 輯❖郭寶秀
責任編輯❖李雅玲

發 行 人❖凃玉雲
出　　版❖馬可孛羅文化
104台北市中山區民生東路二段141號5樓
電話：886-2-25007696
發　　行❖英屬蓋曼群島商家庭傳媒股份有限公司城邦分公司
104台北市中山區民生東路二段141號11樓
客服服務專線：(886) 2-25007718；25007719
24小時傳真專線：(886) 2-25001990；25001991
讀者服務信箱：service@readingclub.com.tw
劃撥帳號：19863813　戶名：書虫股份有限公司
香港發行所❖城邦（香港）出版集團有限公司
香港灣仔駱克道193號東超商業中心1樓
E-mail：hkcite@biznetvigator.com
馬新發行所❖城邦（馬新）出版集團 Cite (M) Sdn Bhd
41, Jalan Radin Anum, Bandar Baru Sri Petaling,
57000 Kuala Lumpur, Malaysia.
Tel: (603) 90563833
E-mail：services@cite.my
製版印刷❖前進彩藝有限公司
二版一刷❖2023年4月
定　　價❖370元（紙書）
定　　價❖259元（電子書）

ISBN：978-626-7156-74-2（平裝）
EISBN：9786267156759（EPUB）

城邦讀書花園
www.cite.com.tw